ALFAGUARA INFANTIL

© De esta edición:
2005, Distribuidora y Editora Aguilar, Altea, Taurus, Alfaguara, S.A.
Calle 80 No. 10-23
Teléfono (571) 635 12 00
Telefax (571) 236 93 82
Bogotá-Colombia

Adaptación, selección y notas: Nieves Sánchez Mendieta

Prólogo: Josefina Aldecoa

• Ediciones Santillana, S.A.
Leandro N. Alem 720
C1001AAP - Ciudad de Buenos Aires
Argentina
• Editorial Santillana, S. A. de C.V.
Avda. Universidad, 767. Col. Del Valle,
México D.F. C.P. 03100
• Santillana Ediciones Generales, S.A.
Torrelaguna 60-28043, Madrid-España.

ISBN: 9789587043105
Impreso en los Estados Unidos

Editora:
Marta Higueras Díez

Maquetación:
David Rico Pascual

Ilustraciones:
Constanza Bravo

Diseño de la colección:
Manuel Estrada

Todos los derechos reservados. Esta publicación no puede
ser reproducida, ni en todo ni en parte, ni registrada en o
transmitida por un sistema de recuperación de información,
en ninguna forma ni por ningún medio, sea mecánico,
fotoquímico, electrónico, magnético, electroóptico,
por fotocopia o cualquier otro, sin el permiso previo,
por escrito, a la editorial.

15 14 13   1 2 3 4 5 6 7 8 9

Don Quijote de la Mancha

Miguel de Cervantes

Edición adaptada y anotada por Nieves Sánchez Mendieta
Prólogo de Josefina Aldecoa

Prólogo de
Josefina Aldecoa

Hay un personaje en la Historia de la Literatura Española que se ha convertido en un símbolo universal de la condición humana: don Quijote, creado por el gran Cervantes.

Don Quijote, el hidalgo manchego que enloqueció un día de tanto leer libros de caballerías y decidió armarse caballero andante y lanzarse a cabalgar, mundo adelante en busca de aventuras como los viejos caballeros del pasado.

Primero limpió unas armas viejas, olvidadas en un rincón de su casa. Bautizó a su caballo con el nombre de Rocinante y después de mucho pensar encontró un nombre para sí mismo, don Quijote. Y le añadió como apellido "de la Mancha", el nombre de su tierra. Y así vino a llamarse don Quijote de la Mancha.

Don Quijote vio enseguida que un caballero no podía andar solo por el mundo, así que habló con un labrador vecino suyo que se llamaba Sancho Panza y le pidió que le siguiera como escudero a conquistar tierras lejanas, con la promesa de hacerle gobernador de alguna de ellas.

Sancho abandonó a su familia y se fue con su caballero. Aventuras no les faltaron a los dos compañeros. Por ejemplo, un día en pleno campo vieron treinta o cuarenta molinos de viento y don Quijote, en su locura, los tomó por gigantes y no pudo Sancho convencer al caballero de que no lo eran. Don Quijote arremetió contra ellos con su espada. La fuerza del aspa del molino, movida por el viento, le rompió la espada y tiró al suelo al caballero ante la consternación de Sancho que le repetía que a los que acometía eran molinos y no gigantes. Pero don Quijote no atendía a razones y aseguraba que era venganza de su enemigo, el sabio Freston, que transformó los molinos en gigantes.

Ésta y otras muchas aventuras ilustran el libro de Cervantes. En ellas don Quijote ve castillos donde hay ventas y ejércitos poderosos donde solo hay rebaños de ovejas y carneros que se enfrentan entre ellos.

Lo más conmovedor de la relación de don Quijote y Sancho es la paciencia infinita de Sancho, cada vez que trata de convencer a su alucinado señor, cuando ve cosas que no existen y las transforma en otras que él quiere ver.

Don Quijote el idealista y Sancho el realista, son dos personajes que se complementan. Dos personajes que podemos encontrar en la vida real. Cara y cruz del ser humano que se repiten a lo largo del tiempo. De ese ser humano, aventurero y prudente, soñador y realista, luchador y pacífico. Las conductas del hombre se mantienen a través de los siglos.

En este libro extraordinario, don Quijote y Sancho, la pareja inmortal, protagonizan las más variadas situaciones, en las que se adivina la sabiduría y el talento de don Quijote, el personaje de Miguel de Cervantes, el extraordinario escritor que las inventó; partiendo siempre del conocimiento de los seres que le rodeaban; observando sus reacciones, adivinando sus sentimientos. Seres auténticos que no han perdido valor ni credibilidad con el paso de los siglos, sino todo lo contrario. Se han vuelto cada vez más cercanos, más verdaderos, más humanos. Una muestra más de la genialidad del escritor que los creó. Uno de los más grandes de la Literatura universal de todos los tiempos: don Miguel de Cervantes Saavedra.

Josefina Aldecoa

Nuestra edición

Uno de los grandes retos de los educadores españoles ha sido poner *El Quijote* en manos de los niños. Sin embargo, es evidente que la novela de Cervantes, en su versión íntegra, es una obra compleja que sólo puede ser entendida y saboreada por un lector de mayor edad, y ya debidamente preparado.

Precisamente para evitar esta aversión hacia nuestra obra más universal, presentamos una edición adecuada a la capacidad lingüística y comunicativa de su destinatario: en principio, esta adaptación está dirigida a lectores desde los diez años.

La adaptación que ofrecemos tiene la ventaja de posibilitar a los lectores menos experimentados una presentación lingüística actualizada pues, de otro modo, su comprensión resultaría muy difícil. En este punto, debemos señalar que han sido respetadas ciertas expresiones del lenguaje típico de la época, que no constituyen una dificultad para el lector, y que poseen cierto valor estilístico, sobre todo en el habla de don Quijote y de aquellos personajes que intentan imitar el estilo de los libros de caballerías.

Con esta misma finalidad pedagógica, se han insertado un buen número de notas, algunas en tono de humor, que complementan, aclaran y hacen un guiño de complicidad al texto de Cervantes.

Los capítulos han sido cuidadosamente seleccionados, atendiendo a los intereses del lector y a la continuidad de la obra, de forma que los episodios y fragmentos escindidos no afecten en absoluto al grueso argumental.

Esperamos que los niños disfruten con esta primera lectura y que la recuerden con cariño cuando ya estén capacitados para sumergirse en el maravilloso mundo quijotesco.

Nieves Sánchez Mendieta

Don Quijote de la Mancha

En un pueblecito muy pequeño del Campo de Montiel, entre las actuales provincias de Ciudad Real y Albacete.

Perro de caza.

En ellos se narraban las aventuras de los caballeros andantes.

PRIMERA PARTE

CAPÍTULO I

Te presento al Hidalgo Alonso Quijano y descubre cómo se convierte en el caballero don Quijote de la Mancha

En un lugar de la Mancha, de cuyo nombre no me acuerdo, no hace mucho tiempo que vivía un hidalgo que tenía una lanza, un antiguo escudo, un rocín flaco y un galgo corredor. Vivía en su casa un ama que pasaba de los cuarenta años, una sobrina que no llegaba a los veinte, y un mozo que realizaba diversos trabajos.

La edad de nuestro hidalgo rondaba los cincuenta años; era de constitución fuerte, flaco de rostro, gran madrugador y amigo de la caza. En los ratos que estaba ocioso —que era la mayor parte del año—, leía libros de caballerías, con tanta afición y gusto, que olvidó casi del todo el ejercicio de la caza y hasta la administración de su hacienda. Tanto le gustaban, que llegó a vender parte de sus tierras para comprar estos libros. Con tanta lectura, el pobre caballero iba perdiendo el juicio, y se desvelaba por descifrar el sentido de sus palabras. En resolución, se enfrascó tanto en la lectura de estos libros, que se le pasaban las noches y los días leyendo; y así, del poco dormir y del mucho leer, se le secó el cerebro, de tal manera, que se volvió loco. Se le llenó la imaginación de todo aquello que leía en los libros: encantamientos, batallas, desafíos, heridas, amores, tormentas y disparates imposibles, de

Es un caballo para el trabajo en el campo, no para vivir grandes aventuras.

En tiempos de Cervantes, el escudo se llamaba "adarga" y era de cuero.

¿Alguna vez te has "enganchado" tanto a un libro que has querido seguir leyendo más y más y más...?

tal modo, que creía que todas esas invenciones eran ciertas.

En efecto, rematado ya su juicio, vino a dar en el más extraño pensamiento que jamás dio loco en el mundo, y fue que consideró necesario hacerse caballero andante e ir por todo el mundo con sus armas y caballo en busca de aventuras, imitando todo lo que había leído que los caballeros hacían, deshaciendo agravios, y poniéndose en peligro para conseguir eterno nombre y fama.

Y así, con estos agradables pensamientos, lo primero que hizo fue limpiar unas armas que habían sido de sus bisabuelos y que, llenas de moho, desde hacía siglos estaban olvidadas en un rincón. Las limpió y preparó lo mejor que pudo, pero vio que no tenían el casco propio de los caballeros, así que lo solucionó enseguida porque, con gran habilidad, hizo uno con cartones. Para probar si era fuerte y podría aguantar una cuchillada, sacó su espada y le dio dos golpes, pero con el primero deshizo lo que había hecho en una semana, así que volvió a hacerlo de nuevo, poniéndole unas barras de hierro por dentro, de tal manera, que quedó satisfecho con el resultado.

Fue luego a ver a su rocín y, aunque estaba muy enfermo y sólo tenía piel y huesos, a él le pareció que era mejor que el Bucéfalo de Alejandro y el Babieca del Cid. Cuatro días se le pasaron en imaginar qué nombre le pondría porque —según él creía— no era lógico que el caballo de un caballero tan famoso no tuviera un nombre conocido; y así, después de muchos nombres que pensó, borró, quitó, añadió, deshizo y volvió a hacer, vino a llamarle "Rocinante", nombre, a su parecer, elegante, sonoro y significativo, pues era el mejor rocín del mundo.

Ofensas, insultos.

Este casco se llamaba "celada": cubría toda la cabeza y la nuca. Solía llevar visera para tapar la cara.

Tú también puedes ser un caballero andante: ¡atrévete a hacer tu disfraz!

En realidad, un "quijote" era una pieza de la armadura que cubría el muslo... ¿no te parece un nombre ridículo para un famoso caballero?

16

Puesto nombre a su caballo, quiso ponérselo también a sí mismo, y, con este pensamiento estuvo otros ocho días. Como su apellido era "Quijano", se vino a llamar "don Quijote de la Mancha", con lo que, a su parecer, declaraba su linaje y honraba su patria.

Limpias, pues, sus armas, hecho su casco de cartón, puesto nombre a su rocín y a sí mismo, ya sólo le faltaba buscar una dama de quien enamorarse, porque un caballero andante sin amores es como un árbol sin hojas y un cuerpo sin alma. Y, así, se decía:

Don Quijote considera que su dama es su "señora" y él es su "vasallo".

—Si yo venzo a algún gigante... ¿no sería lógico que éste vaya a presentarse a mi dama, se hinque de rodillas ante <u>mi dulce señora</u>, y diga con voz humilde y rendida: "Yo, señora soy el gigante Caraculiambro, señor de la ínsula Malandrania, a quien venció en singular batalla el jamás como se debe alabado caballero don Quijote de la Mancha, el cual me mandó que me presentase ante vuestra merced, para que la vuestra grandeza disponga de mí como desee"?

Y después de mucho pensar recordó que en un lugar cerca del suyo había una moza labradora de muy buen parecer, de quien él estuvo enamorado, aunque ella jamás lo supo. Esta mujer se llamaba Aldonza Lorenzo. Le buscó un nombre apropiado que sonase a princesa y gran señora y decidió llamarla "Dulcinea del <u>Toboso</u>", nombre musical y muy significativo, como todos los demás que ya había puesto.

El Toboso es un pueblo de la provincia de Toledo.

CAPÍTULO II

La primera salida:
La graciosa manera que tuvo don Quijote de ser armado caballero

Hechos, pues, todos estos preparativos, no quiso esperar más tiempo a poner en práctica su pensamiento, y así, sin decir a nadie su intención y sin que nadie le viese, una mañana del mes de julio se armó con todas sus armas, subió sobre Rocinante, se puso su mal compuesto casco, embrazó su escudo, tomó su lanza y, por la puerta de un corral, salió al campo muy contento por ver con qué facilidad había dado principio a su buen deseo. Mas apenas se vio en el campo, cuando le asaltó un pensamiento terrible que a punto estuvo de hacerle dejar la comenzada aventura; y fue que se dio cuenta de que no había sido armado caballero y que, conforme a la ley de caballería, ni podía ni debía combatir con ningún caballero. Estos pensamientos le hicieron titubear en su propósito, mas pudiendo más su locura que otra razón, pensó que podría ser armado caballero por el primero con quien se encontrase, a imitación de otros muchos que así lo hicieron, según él había leído en sus libros.

Iba caminando nuestro flamante aventurero y hablando consigo mismo:

—¡Dichosa edad en que saldrán a la luz las famosas hazañas mías, dignas de esculpirse en mármoles y pintarse en tablas, para memoria futura! ¡Oh tú,

Patio trasero de las casas por donde se salía a un callejón o al campo.

sabio encantador, que escribirás mi historia, ruégote que no te olvides de mi buen Rocinante, compañero eterno mío en todas mis aventuras!

Luego, decía como si verdaderamente estuviera enamorado:

—¡Oh princesa Dulcinea, señora de este cautivo corazón! Compadeceos, señora, de este vuestro rendido corazón que tantas penas por vuestro amor padece.

Así iba ensartando otros disparates, imitando en cuanto podía el lenguaje de sus libros. Con esto, caminaba tan despacio, y el sol entraba tan aprisa y con tanto ardor, que le hubiera derretido los sesos, si algunos tuviera.

Casi todo aquel día caminó sin que le aconteciese cosa digna de mención. Al anochecer, su rocín y él se hallaron cansados y muertos de hambre y, mirando a todas partes por ver si descubría algún castillo o algunos pastores que pudiesen remediar su necesidad, vio no lejos del camino por donde iba, una venta que fue como si viera una estrella. Se dio prisa y llegó a ella justo cuando anochecía.

Estaban por casualidad en la puerta de la venta dos mozas, las cuales iban a Sevilla con unos arrieros que pasaban allí la noche. Don Quijote creyó que aquella venta era un castillo con sus cuatro torres y tejados de luciente plata, su puente levadizo y su hondo foso. Fue llegando a la venta que a él le parecía castillo, y se detuvo esperando que se diera señal, con alguna trompeta, de la llegada del caballero al castillo. Pero como vio que tardaban y que Rocinante se daba prisa por llegar a la caballeriza, se acercó a la puerta de la venta y vio a las dos mozas que allí estaban, y que a él le parecieron dos hermosas doncellas o dos graciosas damas que en la puerta del castillo se entretenían. En esto, un

Las ventas eran posadas que estaban en el campo, cerca de algún camino.

Los arrieros conducían animales de carga y viaje, por ejemplo, mulas.

porquero que andaba recogiendo sus cerdos tocó un cuerno, y Don Quijote se imaginó que era la señal de su venida y, con extraordinaria alegría, se acercó a la venta y a las mujeres, las cuales, al ver que se acercaba un hombre armado, muertas de miedo quisieron entrar; pero don Quijote, alzándose la visera, les dijo con mucha educación:

—No huyan vuestras mercedes, ni teman daño alguno, pues a la orden de caballería que profeso no toca hacerlo a ninguno, y mucho menos a tan altas doncellas.

Le miraban las mozas y andaban con los ojos buscándole el rostro que la mala visera le encubría; pero como se oyeron llamar doncellas, no pudieron contener la risa, lo cual molestó a don Quijote.

En aquel momento salió el ventero, el cual, viendo aquella extraña figura, estuvo a punto de acompañar a las doncellas en su risa; pero, temiendo aquel cúmulo de armas, determinó hablarle con cortesía y, así, le dijo:

—Si vuestra merced, señor caballero, busca posada, excepto el lecho —que no hay ninguno—, todo lo demás lo encontrará en ella en mucha abundancia.

Viendo don Quijote la humildad del alcaide de la fortaleza —que tal le pareció a él el ventero y la venta—, respondió:

—Para mí, cualquier cosa basta.

Dijo luego al ventero que tuviese mucho cuidado con su caballo, porque era el mejor del mundo. Lo miró el ventero y no le pareció tan bueno como decía don Quijote; y acomodándole en la caballeriza, volvió a ver lo que mandaba su huésped, al cual estaban desarmando las doncellas, que ya se habían reconciliado con él. Aunque ya le habían quitado el peto y el espaldar, no

El que cuida cerdos. Esta palabra deriva de "puerco".

¡¡Uf!! ¡¡Cómo habla don Quijote!! los otros personajes apenas le entienden.

Persona que tiene a su cargo la defensa de un castillo.

Son partes de la armadura: el "peto" protegía el pecho y el "espaldar", la espalda.

pudieron sacarle el casco, que traía atado con unas cintas verdes que era necesario cortar, porque estaban llenas de nudos. Pero él no lo quiso consentir de ninguna manera, y se quedó toda la noche con el casco puesto, formando la más graciosa y extraña figura que se pudiera pensar. Y, al ser desarmado por aquellas damas, dijo con mucho gracia:

¡Qué pintas!

> —*Nunca fuera caballero*
> *de damas tan bien servido*
> *como fuera don Quijote*
> *cuando de su aldea vino:*
> *doncellas cuidaban de él,*
> *princesas, de su rocino,*

Estos versos están basados en un famoso romance dedicado a Lanzarote, un caballero del rey Arturo.

o Rocinante, que este es el nombre, señoras mías de mi caballo, y don Quijote de la Mancha el mío.

Las mozas, que no estaban acostumbradas a este lenguaje, no respondieron palabra, sólo le preguntaron si quería comer alguna cosa.

—Cualquier cosa comería yo —respondió don Quijote—, pues me vendría muy bien.

Pusieron la mesa a la puerta de la venta, pues se estaba más fresco, y el ventero le trajo una porción de mal remojado y peor cocido bacalao y un pan tan negro y mugriento como sus armas; pero daba risa verle comer, porque, como tenía puesto el casco, no podía meter nada en la boca con sus manos si otro no se lo daba, y así, una de aquellas señoras le ayudaba. Pero no hubiera sido posible darle de beber si el ventero no hubiese horadado una caña para ponerle un lado en la boca, y por el otro echarle el vino.

Agujereado.

Todo le parecía bien a don Quijote, pero lo que le angustiaba era no verse armado caballero, por parecerle que no se podría poner legítimamente en aventura sin recibir la orden de caballería. Y así, con esta preocupación, cuando acabó de cenar, llamó al ventero, se encerró con él en la caballeriza, se hincó de rodillas ante él y le dijo:

En la cuadra, donde están los caballos.

—No me levantaré jamás de donde estoy, valeroso caballero, hasta que me otorgue un don que pedirle quiero.

El ventero, que vio a su huésped a sus pies y oyó semejantes razones, estaba confuso mirándole, sin saber qué hacer ni qué decir. Insistió en que don Quijote se levantase, pero éste no quería, hasta que le dijo que le otorgaba el don que le pedía.

—No esperaba yo menos de vuestra grandeza, señor mío —respondió don Quijote— y así, os digo que el don que os pido es que mañana sin falta me habéis de armar caballero y esta noche, en la capilla de este vuestro castillo, velaré las armas, y así mañana podré ir ya por todo el mundo en busca de aventuras en favor de los humildes y menesterosos.

Los que necesitan ayuda.

El ventero, que era un poco socarrón y ya sospechaba algo de la falta de juicio de su huésped, acabó de creerlo cuando le oyó semejantes palabras; y para reír aquella noche, determinó seguirle la corriente. Así, le dijo que andaba muy acertado en lo que deseaba y pedía y que él mismo, en sus años mozos, se había dedicado a aquel honroso ejercicio, andando por diversas partes del mundo, buscando sus aventuras. Le dijo también que no había capilla en su castillo, pero que podía velar las armas en un patio y que, a la mañana siguiente, se harían las debidas ceremonias, de manera que él quedase armado caballero. Le preguntó si traía dinero; don Quijote respondió que no llevaba nada porque él nunca había leído en las historias de los caballeros andantes

Una cajita con pomadas o bálsamos.

Esta pila servía de abrevadero en el que bebían los animales.

Cada vez que don Quijote inicia un combate, se encomienda a su dama, es decir, le pide, simbólicamente, su protección.

que ninguno lo hubiese llevado. A esto explicó el ventero que se engañaba, pues todos los caballeros andantes llevaban las bolsas bien repletas por lo que pudiera suceder y que, además, llevaban camisas y una <u>arqueta pequeña llena de ungüentos</u> para curar las heridas que recibían. Don Quijote prometió hacer lo que le aconsejaba; luego se decidió que velase las armas en un corral grande de la venta y don Quijote, recogiéndolas todas, las <u>puso en una (pila)</u> que estaba junto a un pozo y, tomando su lanza, comenzó a pasear delante de ellas.

El ventero contó a cuantos estaban en la venta la locura de su huésped y todos quedaron admirados y fueron a observarle desde lejos.

En esto, uno de los arrieros que estaban en la venta quiso dar de beber a sus mulas y tuvo que quitar las armas de don Quijote, que estaban sobre la pila; pero éste, al verle, le dijo en voz alta:

—¡Eh tú, quienquiera que seas, atrevido caballero, que tocas las armas del más valeroso andante que jamás se ciñó espada! Mira lo que haces y no las toques, si no quieres perder la vida.

No hizo caso el arriero de estas amenazas sino que, cogiendo las armas por las correas, las arrojó muy lejos. Cuando don Quijote lo vio, alzó los ojos al cielo, y puesto el pensamiento en su señora Dulcinea, dijo:

—<u>Ayudadme, señora mía, en mi primer combate; no me falte vuestro favor y amparo.</u>

Y nada más decir esto, soltando el escudo, alzó la lanza con las dos manos y dio con ella tan gran golpe al arriero en la cabeza, que le derribó en el suelo malherido. Luego recogió sus armas y volvió a pasearse con el mismo reposo que al principio. Al poco rato, vino otro con la misma intención de dar agua a sus mulas y volvió a quitar las armas de la pila; don Quijote, sin hablar palabra ni encomendarse a nadie, alzó la lanza y dio tres golpes en la cabeza del segundo arriero. Al ruido, acudió la gente de la venta y, entre ellos, el ventero. Don Quijote, con el escudo en un brazo y puesta la mano en su espada dijo:

—¡Oh señora de la hermosura, esfuerzo y vigor del debilitado corazón mío! Vuelve tu ojos a este tu cautivo caballero, que tan gran aventura está esperando.

Con esto cobró tanto ánimo, que si le hubieran (acometido) todos los arrieros del mundo, no habría vuelto el pie atrás. Los compañeros de los heridos comenzaron a tirar piedras contra don Quijote, el cual se defendía como podía con su escudo.

Agredido, atacado.

El ventero gritaba que le dejaran, que ya les había dicho que estaba loco. Don Quijote también daba voces llamándoles traidores, y diciendo que el señor del castillo era un cobarde y un mal nacido caballero pues consentía que se tratasen así a los caballeros andantes. Y gritaba:

—¡Venid y ofendedme cuanto podáis, que veréis el pago que llevaréis por vuestro agravio!

Decía esto con tanto brío, que infundió un terrible temor en los que le acometían; y así le dejaron de tirar piedras, y él volvió al cuidado de sus armas con la misma quietud y sosiego que al principio.

No le parecieron bien al ventero las burlas de su huésped, y decidió concederle cuanto antes la orden de caballería antes de que sucediese otra desgracia. Y así, acercándose a él, se disculpó por la insolencia de aquella gente y le prometió que ya serían castigados por su atrevimiento. Le dijo que le daría enseguida la pescozada y el espaldarazo, y con ello quedaría armado caballero y que ya había cumplido con la vela de las armas, pues sólo eran necesarias dos horas y él había estado más de cuatro.

En la ceremonia para ser armado caballero, el padrino daba unos golpecitos, en la nuca del aspirante ("pescozada") y en cada hombro ("espaldarazo").

Todo se lo creyó don Quijote y le dijo que lo hiciera lo antes posible porque, si fuese otra vez atacado después de haber sido armado caballero, no dejaría persona viva en el castillo, excepto las que él le ordenase.

Asustado, el <u>ventero</u> trajo un libro y, con un cabo de vela que le acercó un muchacho y con las dos doncellas, se vino adonde estaba don Quijote; le mandó que se hincara de rodillas, y leyendo en el libro, haciendo como que decía alguna devota oración, alzó la mano y le dio sobre el cuello un buen golpe, y después, con su misma espada, un espaldarazo, siempre murmurando entre dientes, como si rezara. Hecho esto, <u>mandó a una de aquellas damas que le ciñese la espada</u>, la cual lo hizo con mucha desenvoltura, intentando no reventar de risa. Hechas, pues, a toda prisa estas ceremonias, no veía la hora don Quijote de subirse en su caballo y salir en busca de aventuras. Y así, nuestro caballero ensilló a Rocinante, subió en él, abrazó a su huésped, agradeciéndole la merced de haberle armado caballero, y le dijo cosas tan extrañas que no es posible acertar a repetirlas. El ventero, por verle ya fuera de la venta, respondió a sus palabras y, sin pedirle los gastos de la posada, le dejó ir.

La espada y las espuelas eran los símbolos del caballero.

CAPÍTULO III

Don Quijote "salva" al joven Andrés

Estaba amaneciendo cuando don Quijote salió de la venta, tan contento y tan gallardo por verse ya armado caballero, que el gozo le reventaba por las cinchas de su caballo. Pero, recordando los consejos del ventero acerca de los dineros y de las camisas, decidió volver a su casa y proveerse de todo ello y también de un escudero, pensando en tomar como tal a un labrador vecino suyo que era pobre y con hijos, pero muy a propósito para este oficio. Con este pensamiento, guió a Rocinante hacia su aldea, el cual comenzó a caminar con tanta gana, que parecía que no ponía los pies en el suelo.

No había andado mucho cuando le pareció que, a su derecha, de la espesura de un bosque que allí había, salían unas voces delicadas, como de una persona que se quejara y, apenas las hubo oído, cuando dijo:

—Gracias doy al cielo por la merced que me hace, pues tan pronto me pone ocasiones donde yo pueda cumplir con lo que debo a mi profesión. Estas voces son, sin duda, de algún menesteroso o menesterosa que necesita de mi favor y ayuda.

Y volviendo las riendas, encaminó a Rocinante hacia donde le pareció que las voces salían. Y a los pocos pasos, vio una yegua atada a una encina y, atado a otra a un muchacho, desnudo de medio cuerpo arriba,

Las correas que sujetan la silla de montar.

Regalo, favor.

de unos quince años de edad, que era el que daba las voces, y no sin causa, porque un labrador le estaba dando con un cinturón muchos azotes; y cada azote lo acompañaba de una reprimenda y consejo, porque decía:

—Hablar menos y vigilar mejor.

—No lo haré otra vez —decía el muchacho entre sollozos—; yo prometo de ahora en adelante tener más cuidado con el rebaño.

Y viendo don Quijote lo que pasaba, con voz airada dijo:

—Descortés caballero, mal parece pegar a quien no se puede defender; subid sobre vuestro caballo y tomad vuestra lanza, que yo os daré a conocer que es de cobardes lo que estáis haciendo.

El labrador, que vio sobre sí aquella figura llena de armas, blandiendo la lanza sobre su rostro, se tuvo por muerto y respondió con buenas palabras:

—Señor caballero, este muchacho que estoy castigando es mi criado, que guarda una manada de ovejas que tengo en estos contornos, pero es tan descuidado que cada día me falta una. Y porque castigo su descuido, dice que lo hago por no pagarle el sueldo que le debo, y yo digo que miente.

—¿Miente delante de mí, ruin villano? —dijo don Quijote—. Por el sol que nos alumbra, que estoy por pasaros de parte a parte con esta lanza. Pagadle ahora mismo sin más réplica; si no, por el Dios que nos rige, que os aniquilo en este punto. ¡Desatadle enseguida!

El labrador bajó la cabeza y, sin responder palabra, desató a su criado. Don Quijote preguntó al muchacho que cuánto le debía su amo. Él dijo que nueve meses a siete reales cada mes, es decir, sesenta y tres

Don Quijote amenaza al labrador agitando la punta de la lanza delante de su rostro.

¡Cómo se enfada nuestro caballero cuando el labrador dice que el protegido de don Quijote miente!

reales. Don Quijote ordenó al labrador que al momento los desembolsase, si no quería morir por ello. El labrador respondió que no eran tantos, pues debía descontarle tres pares de zapatos que le había dado y un real de dos curas que le habían hecho estando enfermo.

—Bien está todo eso —replicó don Quijote—, pero quédense los zapatos y las curas por los azotes que sin culpa le habéis dado.

—Lo malo es, señor caballero, que no tengo aquí dinero; véngase Andrés conmigo a mi casa, que yo se los pagaré.

—¿Irme yo con él? —dijo el muchacho—. No, señor, de ninguna manera; porque viéndose solo, me desollará como a un San Bartolomé.

—No hará eso —replicó don Quijote—, basta que yo se lo mande para que obedezca mi orden; y con que él me lo jure por la ley de la caballería, le dejaré ir libre y aseguraré la paga.

—Mire vuestra merced, señor, lo que dice —dijo el muchacho— que mi amo no es caballero, ni ha recibido orden de caballería alguna; que es Juan Haldudo, el rico, vecino de Quintanar.

—Importa poco eso —respondió don Quijote—, puesto que también puede haber Haldudos caballeros, que cada uno es hijo de sus obras.

—Así es verdad —dijo Andrés— pero mi amo me niega mi sueldo, mi sudor y mi trabajo.

—No lo niego, hermano Andrés —respondió el labrador—; y haced el favor de veniros conmigo, que yo juro por todas las órdenes de caballería que hay en el mundo que he de pagaros, como tengo dicho, un real sobre otro.

—Cumplidlo como lo habéis jurado —dijo don Quijote—, si no, volveré a buscaros y a castigaros, y os

Según la tradición, el apóstol San Bartolomé murió despellejado, por eso se le suele representar con los músculos al aire.

Quintanar de la Orden es un pueblo de la provincia de Toledo que está cerca del Toboso.

¿Qué crees que hará el labrador: pagarle o pegarle?

encontraré aunque os escondáis más que una lagartija. Y si queréis saber quién os manda esto, sabed que yo soy el valeroso don Quijote de la Mancha, el que deshace agravios. Quedad con Dios y no olvidéis lo prometido y jurado.

Y diciendo esto, picó a su Rocinante y en poco tiempo se apartó de ellos. Le siguió el labrador con los ojos, y cuando vio que había salido del bosque y que ya no se le veía, se volvió a su criado Andrés y le dijo:

—Venid acá, hijo mío, que os quiero pagar lo que os debo, como aquel caballero me dejó mandado.

—Eso juro yo —dijo Andrés—; que andará vuestra merced acertado en cumplir el mandamiento de aquel buen caballero, que mil años viva.

—También lo juro yo —respondió el labrador—, mas, por lo mucho que os quiero, voy a aumentar la deuda para aumentar la paga.

Y agarrándole del brazo, le volvió a atar a la encina, donde le dio tantos azotes que le dejó por muerto.

—Llamad ahora a vuestro caballero —decía el labrador— veréis como os salva.

Pero, al fin, le desató y Andrés se marchó de allí jurando ir en busca del valeroso don Quijote de la Mancha y contarle todo lo que había pasado. Pero, con todo esto, él se marchó llorando y su amo quedó riendo.

Y de esta manera deshizo el agravio el valeroso caballero andante, el cual, contentísimo de lo sucedido, iba caminando hacia su aldea, diciendo a media voz:

—Bien te puedes llamar dichosa sobre todas las que viven en la tierra ¡oh la más bella de todas, Dulcinea del Toboso! pues tienes rendido a tu voluntad a tan valiente y tan nombrado caballero como lo es y será don Quijote de la Mancha...

¡Pobre Andrés!

CAPÍTULO IV

La pelea con los mercaderes toledanos

Nuestro caballero ya había andado como <u>dos millas</u> [*Aproximadamente, cuatro kilómetros.*], cuando descubrió un gran tropel de gente, que, como después se supo, eran unos mercaderes toledanos que iban a comprar seda a Murcia. Eran seis y venían con otros cuatro criados a caballo y tres mozos de mulas a pie. Apenas los divisó don Quijote, cuando se imaginó que era cosa de nueva aventura; y por imitar lo que había leído en sus libros, se afirmó bien en los estribos, apretó la lanza, acercó el escudo al pecho y, puesto en mitad del camino, estuvo esperando a que llegasen aquellos caballeros andantes — que él tenía por tales—. Por fin, llegaron a una distancia desde la que le podían ver y oír, así que levantó la voz y con ademán (arrogante) [*Orgulloso, altivo.*] dijo:

—¡Que todos confiesen que no hay en el mundo doncella más hermosa que la Emperatriz de la Mancha, la <u>sin par</u> Dulcinea del Toboso! [*No hay otra como ella.*]

Se pararon los mercaderes, y, al ver la extraña figura del que decía estas palabras, pronto comprendieron su locura, y uno de ellos, que era un poco burlón, le dijo:

—Señor caballero, nosotros no conocemos a esa buena señora que decís: mostrádnosla, que si ella es de tanta hermosura como aseguráis, de buena gana confesaremos la verdad que nos pedís.

Tan evidente, tan clara.

> —Si os la mostrara —replicó don Quijote— ¿cuál sería el mérito de confesar una verdad tan notoria? La importancia está en que sin verla lo habéis de creer, confesar, afirmar, jurar y defender, si no, entraréis en batalla conmigo, gente descomunal y soberbia.
>
> —Señor caballero —contestó el mercader—, para que no tengamos cargo de conciencia confesando algo que no hemos visto, suplico a vuestra merced que nos muestre algún retrato de esa señora, pues aunque sea fea y tuerta, por complacer a vuestra merced, diremos que es la más bella.
>
> —¡No es fea ni tuerta, canalla! —respondió don Quijote, encendido en cólera—. Pero vosotros pagaréis la gran blasfemia que habéis dicho contra tan gran belleza como es la de mi señora.
>
> Y diciendo esto, arremetió con la lanza contra el que lo había dicho, con tanta furia y enojo, que si Rocinante no hubiera tropezado y caído en la mitad del camino, el atrevido mercader lo hubiera pasado mal. Al caer Rocinante, su amo fue rodando por el campo, y, aunque quiso levantarse, no pudo a causa del peso de las antiguas armas. Pero mientras lo intentaba, iba diciendo:
>
> —No huyáis, gente cobarde, esperad, que no por culpa mía, sino de mi caballo, estoy aquí tendido.
>
> Un mozo de mulas de los que allí venían, oyendo decir al pobre caído tantas arrogancias, no lo pudo soportar, y, acercándose a él, tomó la lanza, y después de haberla hecho pedazos, comenzó a dar a don Quijote tantos palos que, a pesar de sus armas, le dejó molido.
>
> Al fin, el mozo se cansó de apalearle y los mercaderes siguieron su camino, abandonando al pobre apaleado, el cual, cuando se vio solo, volvió a probar si podía levantarse; pero si no lo pudo hacer cuando estaba sano y bueno, ¿cómo lo haría molido y casi deshecho?

Es normal que don Quijote se enfade mucho: ¡acaban de decir que su amada es fea!

Esta es la primera vez que nuestro caballero recibe palos... y no será la última.

> Estos versos pertenecen a un romance donde se cuenta que un famoso caballero, Valdovinos, herido y abandonado en el bosque por Carloto –el hijo de Carlomagno– pide ayuda a su tío, el marqués de Mantua.

CAPÍTULO V

Don Quijote vuelve a su aldea y consigue un estupendo escudero: Sancho Panza

Viendo que no se podía mover, decidió pensar en algún episodio de sus libros, y comenzó a recitar unos versos:

> *¿Dónde estás, señora mía,*
> *que no te duele mi mal?*
> *O no lo sabes, señora,*
> *o eres falsa y desleal*

Y siguió el romance hasta donde dice:

> *¡Oh noble marqués de Mantua,*
> *mi tío y señor carnal!*

En ese momento, quiso la suerte que acertara a pasar por allí un labrador vecino suyo, que venía de llevar una carga de trigo al molino, el cual le preguntó quién era y qué mal sentía, pues tan tristemente se quejaba. Pero don Quijote siguió recitando los versos sin hacer caso de sus preguntas.

El labrador estaba admirado oyendo aquellos disparates y, quitándole el casco que ya estaba hecho pedazos por los palos, le limpió el rostro, que tenía cubierto de polvo, y le reconoció:

> ¡Y eso que le había puesto unas barras de hierro por dentro!

Rucio, asno.

—¡Señor Quijano! —que así debía llamarse cuando estaba en su sano juicio—, ¿quién ha puesto a vuestra merced en este estado?

Pero don Quijote seguía con sus versos. Viendo esto el buen hombre, le quitó el peto y el espaldar, para ver si tenía alguna herida, pero no vio sangre. Procuró levantarle del suelo y no con poco trabajo le subió sobre su propio jumento. Recogió las armas, las lió sobre Rocinante, al cual tomó de las riendas, y se encaminó a su pueblo, pensativo por oír los disparates que don Quijote decía; y no menos iba don Quijote que, de puro molido y quebrantado, no se podía tener sobre el borrico y, de cuando en cuando, daba unos fuertes suspiros.

Por fin, llegaron a su aldea cuando ya anochecía. El labrador entró en el pueblo y se acercó a la casa de don Quijote, la cual halló toda alborotada, pues estaban en ella el cura y el barbero del lugar, que eran grandes amigos de don Quijote, y el ama les estaba diciendo a voces:

Ya conoces este tratamiento de respeto. Equivale al actual "usted".

—¿Qué le parece a vuestra merced, señor licenciado Pedro Pérez —que así se llamaba el cura—, de la desgracia de mi señor? Hace tres días que no aparecen ni él, ni el rocín, ni el escudo, ni la lanza, ni las armas. ¡Desventurada de mí! Me parece que estos malditos libros de caballerías le han trastornado el juicio, pues ahora recuerdo haberle oído decir muchas veces, hablando entre sí, que quería hacerse caballero andante e irse a buscar aventuras por esos mundos.

La sobrina decía lo mismo y aún decía más:

—Sepa, señor maese Nicolás —que éste era el nombre del barbero—, que muchas veces mi señor tío se estaba leyendo estos libros dos días con sus noches, al cabo de los cuales, echaba mano a la espada y andaba a cuchilladas con las paredes. Y cuando estaba muy cansado, decía que había matado a cuatro gigantes como cuatro torres, y el sudor que tenía por el cansancio decía que era sangre de las heridas recibidas en la batalla; y luego se bebía un jarro de agua fría, y quedaba sano y tranquilo, diciendo que aquel agua era una preciosísima bebida, que le había traído <u>el sabio Esquife</u>, un gran encantador y amigo suyo. Mas yo tengo la culpa de todo por no haber avisado a vuestras mercedes de los disparates de mi señor tío, para que lo remediaran antes de llegar a lo que ha llegado, y quemaran todos esos libros.

La sobrina lo pronuncia mal: en realidad se llama Alquife, y era un encantador muy famoso de los libros de caballerías.

—Eso digo yo también —dijo el cura—; y no se pasará el día de mañana sin que sean condenados al fuego, para que no den ocasión de hacer a quien los lea, lo que le han hecho a mi buen amigo.

Todo esto lo estaba oyendo el labrador, con lo que acabó de entender la enfermedad de su vecino, y comenzó a decir a voces:

—¡Abran vuestras mercedes!

A estas voces salieron todos; y conociendo los unos a su amigo, las otras a su amo y tío, que aún no se había apeado del jumento porque no podía, corrieron a abrazarle. Pero él dijo:

—Párense todos, que vengo malherido por culpa de mi caballo. Llévenme a mi lecho y llamen, si es posible, a <u>la sabia Urganda para que cure mis heridas</u>.

Esposa de Alquife. Era maga y se la conocía como "Urganda la desconocida".

—Si me decía bien el corazón <u>de qué pie cojeaba mi señor</u> —dijo el ama—. Suba vuestra merced, que sin que venga esa Urganda lo sabremos curar aquí. ¡Malditos sean los libros de caballerías que así le han puesto a vuestra merced!

"cuál era el mal de mi señor".

Le llevaron en seguida a la cama, pero no le hallaron heridas, y don Quijote dijo que todo era molimiento por haber dado una gran caída con Rocinante combatiendo con los <u>diez gigantes más enormes y atrevidos de la Tierra</u>.

¿Gigantes? ¡Qué imaginación!

Le hicieron a don Quijote mil preguntas, pero no quiso responder a ninguna. Sólo dijo que le diesen de comer y le dejasen dormir, que era lo que más le importaba.

Así se hizo, y el cura se informó por el labrador del modo que había hallado a don Quijote. Él se lo contó todo, con los disparates que había dicho, lo cual acrecentó en el licenciado el deseo de hacer lo que al otro día hizo, que fue llamar a su amigo el barbero maese Nicolás, con el cual se vino a casa de don Quijote.

El cura pidió a la sobrina las llaves del aposento donde estaban los libros autores del daño, y ella se las dio de muy buena gana. Aprovechando que don Quijote dormía, entraron todos y hallaron más de cien libros grandes muy bien encuadernados y otros pequeños. El cura mandó al barbero que le fuese dando aquellos libros, uno a uno, para ver de qué trataban, pues podía haber alguno que no mereciese el castigo del fuego.

—No hay por qué perdonar a ninguno —dijo la sobrina— porque todos han sido culpables, y mejor será arrojarlos por las ventanas al patio, hacer con ellos un montón y pegarles fuego; y si no, llevarlos al corral y allí se hará la hoguera.

Lo mismo dijo el ama, pero el cura no quiso hacerlo sin primero leer por lo menos los títulos.

Una vez revisados, casi todos los libros fueron arrojados al corral. Sólo se salvaron unos pocos que guardaron el cura y el barbero.

Estando en esto, don Quijote comenzó a dar voces:

—¡Aquí, valerosos caballeros! ¡Aquí habéis de mostrar la fuerza de vuestros brazos!

Cuando acudieron todos adonde estaba don Quijote, él ya estaba levantado de la cama y proseguía en sus voces y en sus desatinos dando cuchilladas a todas partes, pero entre todos le obligaron a volver al lecho. Le dieron de comer y se quedó otra vez dormido, y ellos, admirados de su locura.

Aquella noche, el ama quemó todos los libros que habían arrojado al corral. El cura y el barbero ordenaron que tapiasen el aposento de los libros para que así, cuando se levantase don Quijote, no los hallase, y que dijese que un encantador se los había llevado. Y así se hizo todo con mucha rapidez.

¡Qué pena de libros!

Al cabo de dos días se levantó don Quijote, y lo primero que hizo fue ir a ver sus libros, y como no hallaba el aposento donde lo había dejado, andaba de un lado a otro buscándolo. Llegaba adonde solía tener la puerta, y la tentaba con las manos, y volvía y revolvía los ojos por todas partes, sin decir palabra; pero al cabo de un tiempo, preguntó a su ama que dónde estaba el aposento de sus libros.

El ama, que ya estaba bien advertida de lo que había de responder le dijo:

—¿Qué aposento busca vuestra merced? Ya no hay aposento ni libros en esta casa, porque todo se lo llevó el mismo diablo.

—No era el diablo —replicó la sobrina—, sino un encantador que vino sobre una nube una noche y no sé lo que hizo dentro, que cuando salió volando por el tejado, ya no había ni aposento, ni libros, ni nada. Dijo que se llamaba "el sabio Muñatón".

Frestón, Fritón... ¡Vaya nombres!

—Frestón diría —dijo don Quijote.

—No sé si se llamaba "Frestón" o "Fritón" —respondió el ama— sólo sé que su nombre acababa en "tón".

—Así es —dijo don Quijote—, que es un sabio encantador, gran enemigo mío, que procura hacerme

Los escuderos de los caballeros solían ser mozos a los que se les aleccionaba pero Sancho no es muy jovencito que digamos...

Isla. Sancho no entiende muy bien qué es eso.

¿Qué te sugiere este apellido? ¿Tendrá que ver con su barriga...?

36

todo el daño que puede, pero no podrá evitar lo que por el cielo está ordenado.

—Pero ¿quién le mete a vuestra merced, señor tío, en esas pendencias? —dijo la sobrina—. ¿No será mejor estarse pacífico en su casa y no irse por el mundo a meterse en líos?

—¡Oh, sobrina mía —respondió don Quijote—, qué mal enterada estás!

No quisieron las dos replicarle más porque vieron que se indignaba.

El caso es que él estuvo quince días en casa muy sosegado, y en estos días tuvo unas conversaciones graciosísimas con el cura y el barbero, pues decía que lo que más necesitaba el mundo eran caballeros andantes.

En este tiempo, don Quijote pidió a un labrador vecino suyo —hombre de bien, pero de muy poca sal en la mollera— que fuera su escudero. Tanto le dijo, tanto le persuadió y prometió, que el pobre campesino decidió salir con él y servirle de escudero. Don Quijote le decía, entre otras cosas, que se dispusiese a ir con él de buena gana porque tal vez podría ganar alguna ínsula y dejarle a él de gobernador de ella. Con estas y otras promesas, Sancho Panza —que así se llamaba el labrador— dejó a su mujer y a sus hijos, y se comprometió a servir de escudero a su vecino.

Dio luego don Quijote orden de buscar dineros; y, vendiendo una cosa y empeñando otra, reunió una razonable cantidad. Se procuró asimismo un escudo pequeño que pidió prestado a un amigo; y reparando su roto casco lo mejor que pudo, avisó a su escudero Sancho del día y la hora en que pensaba ponerse en camino, para que él se proveyese de lo que consideraba más necesario. Sobre todo, lo encargó que llevase alforjas. Él dijo que sí llevaría y que además pensaba llevar un asno que tenía muy bueno, porque él no estaba acostumbrado a andar mucho a pie.

En lo del asno puso algún reparo don Quijote, pues no recordaba que ningún caballero andante hubiera llevado un escudero que montase un asno; mas, a pesar de todo, decidió que lo llevase, con el propósito de proveerle de mejor montura en cuanto tuviese ocasión para ello, quitándole el caballo al primer descortés caballero con que topase. Se proveyó de camisas y de las demás cosas que pudo, conforme al consejo que el ventero le había dado; y hecho todo esto, sin despedirse Sancho de su mujer y sus hijos, ni don Quijote de su ama y sobrina, una noche se marcharon de su aldea sin que nadie los viese, y caminaron tanto, que al amanecer se creyeron seguros de que no los hallarían aunque los buscasen.

Pues se le debe de haber olvidado esto, porque Sancho irá con su asno durante toda la historia.

Este nuevo escudo es redondo, de madera, y se llama "rodela".

Todavía es posible ver molinos como los que se describen en esta aventura, en distintos lugares de España.

CAPÍTULO VI

La famosa aventura de los molinos de viento

Iba Sancho Panza sobre su jumento muy a gusto, con sus alforjas y su bota de vino, y con mucho deseo de verse ya gobernador de la ínsula que su amo le había prometido. Don Quijote tomó el mismo camino que en su primer viaje, que fue por el campo de Montiel.

En esto, descubrieron treinta o cuarenta <u>molinos de viento que hay en aquel campo</u>, y en cuanto don Quijote los vio, dijo a su escudero:

—La ventura va guiando nuestros pasos; porque ves allí, amigo Sancho Panza, que aparecen treinta o más desaforados gigantes con quienes pienso hacer batalla y vencerles.

—¿Qué gigantes? —dijo Sancho Panza.

—Aquellos que allí ves —respondió su amo—, de los brazos largos.

—Mire vuestra merced —dijo Sancho— que aquellos que allí aparecen no son gigantes sino molinos de viento, y lo que en ellos parecen brazos son las aspas que, dando vueltas por el viento, hacen andar la piedra del molino.

—Bien parece que no entiendes tú de esto —respondió don Quijote—: son gigantes y, si tienes miedo, apártate y ponte en oración, que yo voy a entrar con ellos en fiera y (desigual) batalla.

Muy peligrosa.

Y diciendo esto, picó espuelas a su caballo Rocinante, sin atender a las voces que su escudero Sancho le daba, advirtiéndole que sin duda alguna eran molinos de viento, y no gigantes, aquellos que iba a atacar. Pero él iba tan convencido de que eran gigantes, que ni oía las voces de su escudero Sancho, ni se daba cuenta, aunque estaba ya bien cerca, de lo que eran, y así, iba diciendo en voz alta:

—No huyáis, cobardes y viles criaturas, que es un caballero solo el que os acomete.

En esto, se levantó un poco de viento, y las grandes aspas comenzaron a moverse, y don Quijote dijo:

—¡Pues aunque mováis vuestros brazos me lo habéis de pagar!

Y diciendo esto y encomendándose de todo corazón a su señora Dulcinea, arremetió a todo el galope de Rocinante y embistió al primer molino que estaba delante; y dándole una lanzada en el aspa, la volvió el viento con tanta furia que hizo pedazos la lanza, llevándose tras sí al caballo y al caballero, que fue rodando por el campo <u>muy maltrecho</u>.

Herido, golpeado. ¡Vaya golpe!

Acudió Sancho Panza a socorrerle, a todo el correr de su asno, y cuando llegó, encontró que no se podía mover: tal fue el golpe que dio con él Rocinante.

—¡Válgame Dios! —dijo Sancho—. ¿No le dije yo que eran molinos de viento?

—Calla, amigo Sancho, —respondió don Quijote—, que las cosas de la guerra cambian continuamente. Además, yo pienso que aquel sabio Frestón, que me robó el aposento y los libros, ha convertido esos gigantes en molinos para quitarme la gloria de su vencimiento: tal es la enemistad que me tiene. Pero de poco han de servir sus maldades contra mi espada.

Sancho Panza ayudó a levantar a su amo y lo

Es un paso entre dos colinas, en el camino de la Mancha a Andalucía.

subió sobre Rocinante. Y, hablando de la pasada aventura, siguieron el camino de <u>Puerto Lápice</u>, porque allí <u>decía don Quijote que enc</u>ontrarían muchas aventuras. Pero don Quijote iba muy pesaroso por no tener lanza y le dijo a su escudero:

—Recuerdo haber leído que un caballero español, habiéndosele roto la espada en una batalla, arrancó de una encina una pesada rama y con ella machacó tantos enemigos que le quedó por sobrenombre "Machuca". Digo esto porque de la primera encina que encontremos pienso arrancar una rama tan buena como aquélla, y realizaré con ella tantas hazañas que tú estarás orgulloso de verlas.

—Que sea lo que Dios quiera —dijo Sancho—; yo lo creo todo tal como vuestra merced lo dice; pero enderécese un poco, que parece que va de medio lado y debe de ser del molimiento de la caída.

—Ésa es la verdad —respondió don Quijote—; y si no me quejo del dolor es porque no está bien que los caballeros andantes se quejen de herida alguna, aunque se le salgan las tripas por ella.

—Si eso es así, nada tengo yo que replicar —contestó Sancho—; pero yo preferiría que vuestra merced se quejara cuando le doliera alguna cosa, porque yo me he de quejar al más pequeño dolor que tenga, a no ser que sea también con los escuderos de los caballeros andantes eso del no quejarse.

Don Quijote rió muy a gusto la simplicidad de su escudero y le dijo que podía quejarse como y cuando quisiese, con ganas o sin ellas, que hasta entonces no había leído nada en contra de ello en la orden de caballería.

Le dijo Sancho que se fijase en que era la hora de comer, pero su amo respondió que de momento no lo necesitaba y que comiese él cuando se le antojase. Así, pues, Sancho se acomodó lo mejor que pudo sobre su jumento y, sacando de las alforjas lo que en ellas había puesto, iba caminando y comiendo detrás de su amo. De vez en cuando, empinaba la bota muy a gusto, y no le parecía ningún trabajo el ir buscando aventuras, por muy peligrosas que fuesen, sino más bien un gran descanso.

En conclusión, aquella noche la pasaron entre unos árboles, y de uno de ellos arrancó don Quijote un tronco seco que casi podía servir de lanza y le puso la punta de hierro que quitó de la que se había roto. Don Quijote no durmió en toda la noche pensando en su señora Dulcinea, por imitar lo que había leído en sus libros, cuando los caballeros pasaban sin dormir muchas noches en los bosques, entretenidos en pensar en sus señoras. Pero Sancho Panza, que tenía el estómago lleno, durmió de un tirón; tanto es así, que si su amo no le hubiese llamado, no se habría despertado ni con los rayos del sol que le daban en la cara.

Al levantarse, dio un tiento a la bota y la encontró algo más flaca que la noche antes, con lo que se le afligió el corazón. Don Quijote no quiso desayunar, porque se sustentaba de sabrosas memorias. Volvieron a seguir el camino de Puerto Lápice, y a eso de las tres de la tarde lo descubrieron.

—Aquí —dijo al verlo don Quijote— podemos, hermano Sancho Panza, meter las manos hasta los codos en eso que llaman aventuras. Mas advierte que, aunque me veas en los mayores peligros del mundo, no has de poner la mano a tu espada para defenderme, si no vieras que los que me ofenden son gente baja, porque en tal caso puedes ayudarme; pero si fueran caballeros, en ningún modo te está permitido por las leyes de la caballería que me ayudes, hasta que seas armado caballero.

—Vuestra merced será muy bien obedecido en esto, porque mi carácter es pacífico y <u>soy enemigo de meterme en ruidos ni pendencias</u> —respondió Sancho.

Sancho no tiene ninguna intención de meterse en líos...

CAPÍTULO VII

La aventura con los frailes y la pelea con el vizcaíno

Mientras estaban hablando, asomaron por el camino dos frailes montados en dos mulas muy grandes. Detrás de ellos venía un carruaje con cuatro o cinco criados a caballo y dos mozos de mulas a pie. Dentro iba una señora vizcaína que iba a Sevilla, donde la esperaba su marido. No venían los frailes con ella, aunque seguían el mismo camino; mas apenas los divisó don Quijote, dijo a su escudero:

—O yo me engaño, o ésta ha de ser la más famosa aventura que se haya visto, porque aquellos bultos negros que allí aparecen deben de ser algunos encantadores que llevan raptada a una princesa en aquel coche y es necesario deshacer ese agravio con todo mi poderío.

—Peor será esto que los molinos de viento —dijo Sancho—. Mire señor, que aquellos son unos frailes y el coche debe de ser de alguna gente pasajera. Mire bien lo que hace, no sea que el diablo le engañe.

—Ya te he dicho, Sancho —respondió don Quijote—, que sabes muy poco de aventuras: lo que yo digo es verdad, y ahora lo verás.

Y diciendo esto, se adelantó y se puso en mitad del camino por donde venían los frailes, y cuando estuvieron cerca, les gritó:

Esto indica que, quien iba dentro, era alguien muy importante.

¡Los "bultos negros" son los frailes!

A la fuerza, secuestradas.

—Gente endiablada y descomunal, dejad a las princesas que lleváis forzadas en ese coche; si no, preparaos a recibir la muerte como justo castigo.

Los frailes se detuvieron y quedaron admirados de la figura y de las palabras de don Quijote. Luego respondieron:

—Señor caballero, nosotros no somos endiablados ni descomunales, sino dos religiosos que llevamos nuestro camino, y no sabemos si en este coche vienen forzadas princesas.

—Para conmigo no hay palabras blandas, que ya os conozco, gente canalla —dijo don Quijote.

Y sin esperar más respuesta, picó espuelas a Rocinante y, con la lanza baja, arremetió contra el primer fraile, con tanta furia, que si no se dejara caer de la mula le hubiera hecho ir por el suelo herido o incluso muerto. El segundo religioso, que vio cómo trataban a su compañero, arreó a su mula y comenzó a correr por aquel campo más ligero que el viento.

Ropa que utilizan los religiosos

Sancho Panza, que vio en el suelo al fraile, apeándose de su asno arremetió contra él y empezó a quitarle los hábitos. Llegaron en este momento dos mozos de los frailes y le preguntaron que por qué le desnudaba. Respondió Sancho que aquello le tocaba a él legítimamente como despojos de la batalla que su señor había ganado. Los mozos, que no estaban para bromas ni entendían aquello de despojos ni batallas, arremetieron contra Sancho moliéndole a coces y le dejaron tendido en el suelo, sin aliento ni sentido. Aprovechó el fraile para subir en su mula y, todo temeroso y sin color en el rostro, se fue con su compañero que le estaba esperando a un buen espacio de allí y siguieron su camino, haciéndose más cruces que si llevaran el diablo a las espaldas.

Santiguándose, haciendo la señal de la cruz.

Mientras tanto, don Quijote estaba hablando con la señora del carruaje, diciéndole:

—Vuestra hermosura, señora mía, puede hacer ya lo que desee, pues la soberbia de vuestros raptores yace por el suelo, derribada por mi fuerte brazo; sabed que yo me llamo don Quijote de la Mancha, caballero andante, aventurero y cautivo de la sin par y hermosa señora Dulcinea del Toboso; y en pago al beneficio que de mí habéis recibido, os pido que os presentéis de mi parte a esta señora y le digáis lo que he hecho por vuestra libertad.

Todo esto que decía don Quijote lo estaba escuchando un escudero vizcaíno de los que acompañaban el coche, el cual, viendo que no quería dejar pasar el coche adelante, sino que decía que tenía que dar la vuelta al Toboso, se fue para don Quijote y, asiéndole de la lanza, le dijo en mala lengua castellana y peor vizcaína:

—Anda, caballero, que mal andes: ¡por el Dios que me crió, que si no dejas coche, así te matas, como estás ahí vizcaíno!

Le entendió muy bien don Quijote y con mucho sosiego le respondió:

—Si fueras caballero, que no lo eres, ya hubiera castigado tu atrevimiento.

A lo cual replicó el vizcaíno:

—¿Yo no caballero? Si lanza arrojas y espada sacas, verás que soy hidalgo por el diablo, y mientes que mira, si otra cosa dices.

—Ahora lo veremos —respondió don Quijote.

Y arrojando la lanza al suelo, sacó su espada, embrazó su escudo, y arremetió contra el vizcaíno con intención de quitarle la vida. El vizcaíno, que le vio venir, no pudo hacer otra cosa sino sacar su espada; pero le vino bien el hecho de hallarse junto al coche, de

En esta época a los vascos se les daba el nombre de vizcaínos, aunque fueran de otra provincia vasca.

¿¿¿Qué dice??? No lo entendemos muy bien, pero no parece nada bueno...

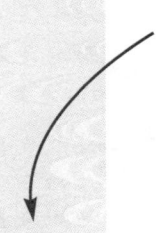

¡Una almohada como escudo! ¡Menuda defensa!

donde pudo tomar <u>una almohada que le sirvió de escudo</u>, y luego se fueron el uno contra el otro como si fueran dos mortales enemigos. Los demás querían ponerlos en paz, pero no pudieron porque el vizcaíno decía que si no le dejaban acabar su batalla, él mismo mataría a su ama y a todo el que le estorbase.

La señora del coche, admirada y temerosa de lo que veía, hizo que el cochero se desviase un poco de allí, y desde lejos, se puso a mirar la terrible contienda. En ese momento, el vizcaíno dio a don Quijote una gran cuchillada encima de un hombro, por encima del escudo. Don Quijote, que sintió la pesadumbre de aquel bárbaro golpe, dio una gran voz diciendo:

—¡Oh, señora de mi alma, Dulcinea, flor de la hermosura! ¡Socorred a este vuestro caballero, que por satisfacer a vuestra gran bondad se halla en este terrible trance!

El decir esto, apretar la espada, cubrirse con su escudo y arremeter contra el vizcaíno fue todo uno. El vizcaíno, que así le vio venir contra él, se dio cuenta de su coraje, y le esperó bien cubierto con su almohada, sin conseguir que la mula se moviese, pues ya, de puro cansada, no podía dar ni un paso.

Venía, pues, don Quijote contra el vizcaíno con la espada en alto, decidido a abrirle por medio, y el vizcaíno le aguardaba también con la espada levantada, agarrado a su almohada. Todos los presentes estaban temerosos esperando lo que iba a suceder; y la señora del coche y las demás criadas suyas estaban rezando para que Dios librase a su escudero y a ellas de aquel peligro tan grande en que se encontraban.

Puestas y levantadas en alto las cortantes espadas de los dos valerosos y enojados combatientes, parecían estar amenazando al cielo, a la tierra y al abismo.

Don Quijote va perdiendo dientes y trozos de oreja por el camino...

El primero en descargar el golpe fue el colérico vizcaíno; y lo dio con tanta fuerza y tanta furia que, a no desviársele la espada en el camino, aquel golpe hubiera bastado para dar fin a la batalla y a todas las aventuras de nuestro caballero; pero la buena suerte torció la espada de su contrario, de modo que, aunque le acertó en el hombro izquierdo, sólo le desarmó todo aquel lado, llevándose gran parte del casco <u>con la mitad de la oreja</u> y acabando con él en el suelo.

¡Qué rabia le entró a nuestro manchego viéndose maltratar de aquella manera! Se alzó de nuevo en los estribos y apretando más la espada con las dos manos, la descargó sobre el vizcaíno con tal furia, que <u>le acertó de lleno sobre la almohada y sobre la cabeza</u>, y el hombre comenzó a echar sangre por las narices, por la boca y por los oídos; la mula, espantada por el terrible golpe, empezó a correr por el campo y a los pocos saltos tiró a su dueño a tierra.

Ya me parecía a mí que una almohada como escudo...

En cuanto le vio caer, don Quijote saltó de su caballo y con mucha ligereza llegó hasta él y, poniéndole la espada entre los ojos, le dijo que se rindiera, si no, le cortaría la cabeza. Estaba el vizcaíno tan turbado, que no podía responder palabra y lo habría pasado mal si las señoras del coche no hubieran llegado hasta allí pidiendo a don Quijote que perdonara la vida de su escudero. A lo cual don Quijote respondió con mucha gravedad:

—De acuerdo, hermosas señoras, yo estoy muy contento de hacer lo que me pedís, pero con la condición de que este caballero me prometa ir al Toboso y presentarse de mi parte ante la sin par doña Dulcinea para que ella haga de él lo que quiera.

La temerosa y desconsolada señora, sin saber lo que don Quijote pedía y sin preguntar quién era

Se besaba la mano a un superior en señal de respeto y vasallaje, sobre todo como agradecimiento o para pedir algo.

Dulcinea, le prometió que el escudero haría todo aquello que le fuese mandado.

—Pues siendo así, no le haré más daño, aunque lo tenía bien merecido.

En ese momento ya se había levantado Sancho Panza, algo maltratado por los mozos de los frailes. Había estado atento a la batalla de su señor don Quijote y rogaba a Dios para que venciera y ganase alguna isla de la cual le hiciese gobernador, como le había prometido. Viendo que la pelea había terminado y que su amo volvía a subir sobre Rocinante, se acercó corriendo hasta allí, se hincó de rodillas ante él, <u>le tomó la mano, se la besó</u> y le dijo:

—Ruego a vuestra merced, señor don Quijote mío, que me dé el gobierno de la ínsula que ha ganado en esta terrible batalla que, por grande que sea, yo la gobernaré tan bien como otro que haya gobernado ínsulas por todo el mundo.

A lo cual respondió don Quijote:

—Advertid, hermano Sancho, que esta aventura no es de ínsulas, sino de encrucijadas en las que no se gana otra cosa que sacar la cabeza rota o una oreja menos. Pero tened paciencia que ya vendrán aventuras donde os pueda hacer gobernador.

Se lo agradeció mucho Sancho y, besándole otra vez la mano, le ayudó a subir sobre Rocinante, y después él subió sobre su asno. Por el camino, don Quijote preguntó a su escudero:

¡Qué "modesto"!

—Dime, <u>¿has visto caballero más valiente que yo en toda la tierra? ¿Has leído en alguna historia que otro tenga más brío en acometer, más aliento, más destreza al pelear, ni más maña al derribar?</u>

—La verdad sea —respondió Sancho— que yo no he leído ninguna historia jamás, porque ni sé leer ni

> Es una bebida maravillosa que utilizaban algunos caballeros de los libros que leía don Quijote para curar sus heridas.

escribir, pero lo que puedo apostar es que yo no he servido a ningún amo más atrevido que vuestra merced, y quiera Dios que estos atrevimientos no se paguen caros. Lo que le ruego a vuestra merced es que se cure, que le sale mucha sangre de esa oreja. Traigo algodón y un poco de pomada en las alforjas.

—Eso no sería necesario —respondió don Quijote— si yo recordara cómo se hace <u>el bálsamo de Fierabrás</u>, que con solo una gota se ahorrarían tiempo y medicinas.

—¿Qué bálsamo es ése? —dijo Sancho Panza.

—Es un bálsamo —respondió don Quijote— cuya receta tengo en la memoria. Con él no hay que temer a la muerte, ni hay que pensar en morir de ninguna herida. Y así, cuando yo lo haga y te lo dé, <u>si ves que en alguna batalla me han partido por medio del cuerpo, como muchas veces suele ocurrir, me pondrás sobre la otra mitad que quede en la silla y luego me darás a beber dos tragos del bálsamo que he dicho y verás que quedaré más sano que una manzana.</u>

> ¡Pues va listo si piensa eso!

—Si eso es cierto —dijo Sancho—, yo renuncio desde ahora al gobierno de la prometida ínsula, y no quiero otra cosa en pago de mis servicios sino que vuestra merced me dé la receta de ese licor, que valdrá mucho dinero, y con esto ya no necesitaré más para vivir honradamente. Pero quiero saber si es muy costoso hacerlo.

—Con menos de tres reales se pueden hacer dos litros —respondió don Quijote.

—¡Pecador de mí! —replicó Sancho— pues ¿a qué espera vuestra merced para hacerlo y enseñármelo?

—Calla amigo —respondió don Quijote—, que mayores secretos pienso enseñarte; y por ahora, curémonos, que la oreja me duele más de lo que yo quisiera.

Como la espada tiene forma de cruz, hace su juramento sobre ella.

Sacó Sancho algodón y bálsamo. Pero, cuando don Quijote vio su roto casco, puso la mano en la espada y alzando los ojos al cielo dijo:

—Juro que tomaré venganza del que tal desaguisado me hizo.

Oyendo esto Sancho, le dijo:

—Advierta vuestra merced, señor don Quijote, que si el caballero cumplió lo que se le dejó ordenado de irse a presentar ante mi señora Dulcinea del Toboso, ya habrá cumplido con lo que debía y no merece otro castigo si no comete un nuevo delito.

—Has hablado muy bien —respondió don Quijote—, y así anulo el juramento de vengarme de él; pero no descansaré hasta que quite por la fuerza otro casco tan bueno como éste a algún caballero. Pero ahora dejemos eso, y mira si traes algo para comer en esas alforjas, para que vayamos en busca de algún castillo donde alojarnos esta noche y podamos hacer el bálsamo que te he dicho, porque te juro por Dios que me duele mucho la oreja.

Y sacando lo que Sancho traía en las alforjas, que era una cebolla, un poco de queso y unos mendrugos de pan, comieron los dos en buena paz y compañía. Deseosos de buscar algún lugar donde alojarse aquella noche, acabaron con mucha brevedad su pobre y seca comida. Subieron a caballo y se dieron prisa por llegar a algún pueblo antes de que anocheciese, pero sólo consiguieron llegar a las chozas de unos cabreros que les acogieron con buen ánimo y les ofrecieron comida caliente, que amo y escudero aceptaron de buen grado.

CAPÍTULO VIII

Donde cuenta la desgraciada aventura que le pasó a don Quijote con unos desalmados arrieros

A la mañana siguiente se despidieron de los cabreros, y don Quijote y su escudero se internaron en un bosque, viniendo a parar a un prado lleno de fresca hierba, junto al cual corría un arroyo tan apacible y fresco que convidaba a pasar allí las horas de la siesta. Allí se apearon don Quijote y Sancho y, dejando al asno y a Rocinante paciendo a sus anchas, comieron lo que hallaron en las alforjas.

Pero ordenó la suerte y el diablo —que nunca duerme— que por aquel valle también estuviesen paciendo unas (jacas) gallegas de unos arrieros. Sucedió, pues, que, en cuanto Rocinante las olió, se fue hacia ellas sin pedir permiso, con un trotecillo galante; pero las jacas le recibieron con herraduras y dientes, de tal manera, que en un momento le rompieron las cinchas y se quedó sin silla. Pero cuando más le dolió fue cuando acudieron los arrieros con unas estacas y le dieron tantos palos que lo derribaron en el suelo.

En esto, llegaron jadeantes don Quijote y Sancho, que habían visto la paliza que habían propinado al caballo. Y dijo don Quijote a su escudero:

—Por lo que yo veo, amigo Sancho, estos no son caballeros, sino gente soez y de baja ralea; lo digo porque bien me puedes ayudar a tomar la debida ven-

Yeguas

¡Vaya pícaro! ¡Rocinante quería impresionar a las yeguas!

Gente grosera y de poca educación. No tenían nada de caballeros.

ganza del agravio que, delante de nuestros ojos, se le ha hecho a Rocinante.

—¿Qué diablos de venganza hemos de tomar —respondió Sancho— si estos son más de veinte y nosotros sólo somos dos y quizás uno y medio?

—Yo valgo por cien —replicó don Quijote.

Y sin decir más palabras, echó mano a su espada y arremetió contra los arrieros, y lo mismo hizo Sancho Panza, incitado a seguir el ejemplo de su amo; y nada más empezar, don Quijote dio a uno tal cuchillada que le abrió el sayo de cuero con que venía vestido y gran parte de la espalda.

Los arrieros, que se vieron maltratar por aquellos dos hombres solos, siendo ellos tantos, acudieron armados con sus estacas y, agarrando a los dos en medio, comenzaron a golpearles con gran fuerza y vehemencia. La verdad es que al segundo palo dieron con Sancho en el suelo, y lo mismo le sucedió a don Quijote sin que le sirviesen de nada su destreza y su buen ánimo.

Viendo los arrieros la imprudencia que habían hecho, recogieron su recua rápidamente y siguieron su camino, dejando a los dos aventureros en mal estado y con muy mal humor.

Su manada de yeguas.

El primero que se resintió fue Sancho Panza, que con voz enferma y lastimera dijo:

—¿Señor don Quijote? ¡Ah, señor don Quijote!

—¿Qué quieres, Sancho hermano? —respondió don Quijote con el mismo tono débil y doliente que Sancho.

—Querría, si fuese posible— respondió Sancho Panza—, que vuestra merced me diese dos tragos de aquella bebida del feo Blas.

¡Sancho dice "feo Blas" en lugar de "Fierabrás"! Se refiere al bálsamo milagroso que lo cura todo.

—Si la tuviera yo aquí, desgraciado de mí, ¿qué nos faltaría? —respondió don Quijote—. Mas yo te

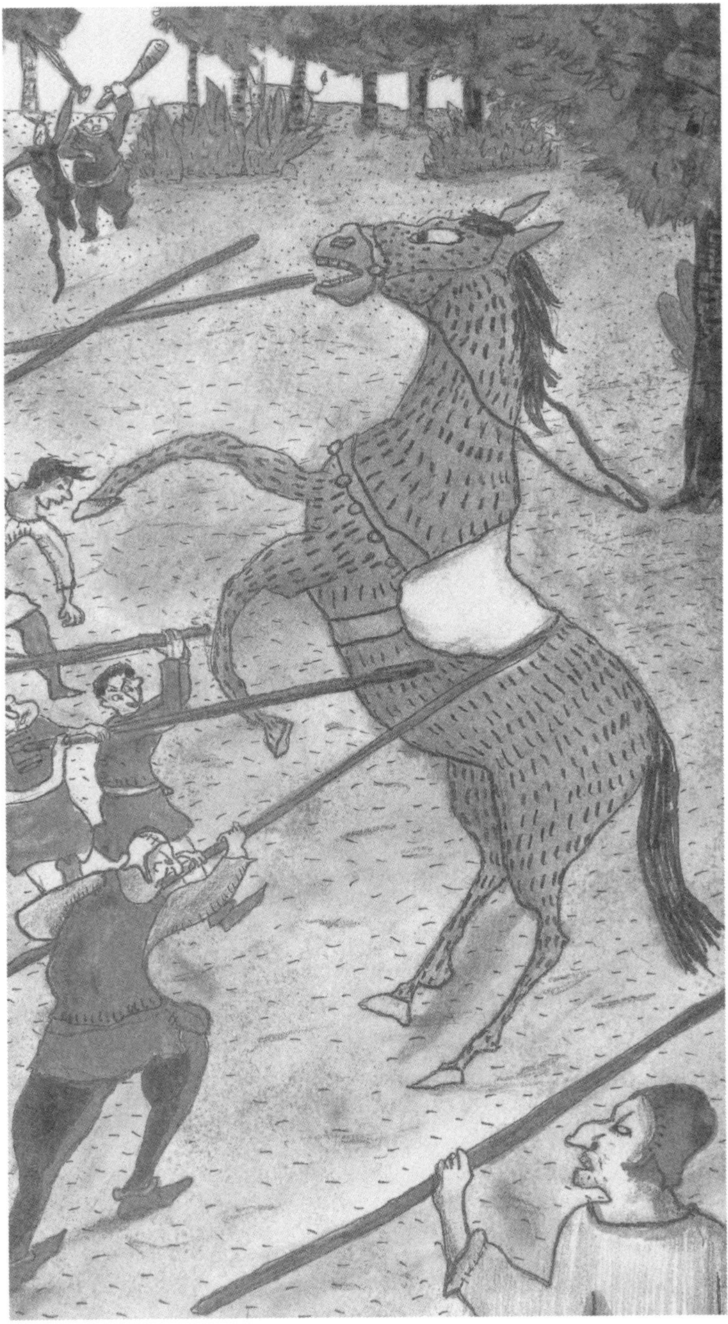

juro, Sancho Panza, a fe de caballero andante, que antes de dos días la tendré en mi poder.

—Pues ¿en cuántos le parece a vuestra merced que podremos mover los pies? —replicó Sancho Panza.

—Yo tengo la culpa de todo, pues no debí haber puesto mano a la espada contra hombres que no fuesen armados caballeros como yo. Por lo que conviene, Sancho, que, cuando veas que semejante gente nos hace algún agravio, no esperes a que yo luche con ellos, porque no lo haré en ninguna manera, sino que pelea tú y castígalos a tu gusto.

—Señor, yo soy un hombre pacífico y paso por alto cualquier injuria porque tengo mujer e hijos que sustentar y criar. Así que ya aviso desde ahora a vuestra merced que de ningún modo pondré mano a la espada contra nadie y que perdono todos los agravios que me han hecho y los que me han de hacer.

A esto respondió su amo:

—Quisiera tener aliento para darte a entender el error en el que estás. Pero ahora levántate y vámonos de aquí antes de que venga la noche y nos sorprenda en este despoblado.

Finalmente, don Quijote se levantó dando treinta ayes y sesenta suspiros. Sancho acomodó a su señor sobre el asno y ató detrás a Rocinante, y de esta manera se dirigió al lugar donde le pareció que podía estar el camino principal, y tuvo suerte, pues aún no había andado una legua cuando se encontró en dicho camino, en el cual descubrió una venta, que a don Quijote le pareció un castillo.

Unos cinco kilómetros. → una legua

CAPÍTULO IX

De nuevo en una venta. La aventura de Maritornes y el manteamiento de Sancho

Sancho miente para que no se sepa que su amo ha sido apaleado.

El ventero, que vio a don Quijote atravesado en el asno, preguntó a Sancho qué le ocurría. Sancho respondió que no era nada, sólo que su amo se había caído desde una peña y tenía magulladas las costillas.

La mujer del ventero acudió enseguida a curar a don Quijote e hizo que una hija suya, muchacha de buen parecer, la ayudase. Servía también en la venta una moza asturiana, ancha de cara, de nariz chata, tuerta de un ojo y del otro no muy sana. Cierto es que la gallardía de su cuerpo compensaba todo lo demás, pues no llegaba a medir ni siete palmos de estatura, y sus espaldas, algo más inclinadas de lo debido, le hacían mirar al suelo más de lo que ella quisiera.

Esta gentil moza ayudó a la muchacha, y entre las dos hicieron una cama bastante mala a don Quijote en un cobertizo donde también se alojaba un arriero que tenía su cama un poco más allá de la de nuestro caballero. Aquí se acostó después de que la ventera y su hija le emplastaron de arriba abajo, mientras les alumbraba Maritornes, que así se llamaba la moza asturiana.

Le untaron una pomada curativa por todo el cuerpo.

Cuando la ventera vio tantos cardenales a don Quijote, dijo que aquello más parecían golpes que caída.

—No fueron golpes —mintió Sancho—, sino que la peña tenía muchos picos y tropezones, y cada uno ha hecho un cardenal.

Y también le dijo:

—Deje algunas vendas para mí, que también me duelen a mí un poco los lomos.

—Entonces —respondió la ventera— también debisteis vos de caer.

—No caí —dijo Sancho Panza—, sino que del susto de ver caer a mi amo, también me duele a mí el cuerpo como si me hubieran dado mil palos.

—Bien podrá ser eso —dijo la hija de la ventera— que yo he soñado muchas veces que caía de una torre abajo y nunca acababa de llegar al suelo y, cuando despertaba, me encontraba tan molida como si verdaderamente hubiera caído.

—Así es, señora —respondió Sancho Panza— que yo, sin soñar nada, sino estando más despierto que ahora estoy, tengo no menos cardenales que mi señor don Quijote.

—¿Cómo se llama este caballero? —preguntó la asturiana Maritornes.

—Don Quijote de la Mancha —respondió Sancho Panza—, y es caballero aventurero y de los mejores y más fuertes que hay en el mundo.

—¿Y qué es eso? —replicó la moza.

—Es alguien que en un momento se ve apaleado y emperador: hoy es la más desdichada criatura del mundo y mañana tiene dos o tres coronas de reinos que dar a su escudero.

—¿Y cómo vos, siendo su escudero, no tenéis ya algún condado? —dijo la ventera.

—Aún es temprano —respondió Sancho—. Sólo hace un mes que andamos buscando aventuras y

¡Qué mentiroso! Sólo hace tres días que salieron de casa.

hasta ahora no hemos topado con ninguna que lo sea de verdad.

Todas estas pláticas las estaba escuchando muy atento don Quijote; y, sentándose en el lecho como pudo, tomando de la mano a la ventera, le dijo:

—Creedme, hermosa señora, que os podéis llamar afortunada por haber alojado en vuestro castillo a mi persona. Solamente os digo que quedará eternamente escrito en mi memoria el servicio que me habéis prestado, para agradecéroslo mientras me dure la vida.

La ventera, su hija y la buena de Maritornes estaban confusas oyendo tales razones en la boca del caballero andante, y le entendían como si hablara en griego, aunque sí comprendieron que todo se refería a ofrecimientos y alabanzas; y como no estaban acostumbradas a semejante lenguaje, le miraban y se admiraban y les parecía un hombre muy distinto de los corrientes; por fin, agradeciéndole con sencillas razones sus ofrecimientos, le dejaron, y la asturiana Maritornes curó a Sancho que lo necesitaba casi tanto como su amo.

El arriero había concertado con Maritornes que pasarían aquella noche juntos, y ella le había dado su palabra de que, cuando estuvieran todos dormidos, le iría a buscar. Pero el humilde lecho de don Quijote estaba el primero al entrar en aquel establo y junto a él, el de Sancho, que sólo contenía una estera y una manta. El más lejano era el del arriero, que esperaba que Maritornes viniera a su encuentro.

Ya estaba Sancho acostado y, aunque procuraba dormir, no se lo permitía el dolor de sus costillas; y don Quijote, con el dolor de las suyas, tenía los ojos tan abiertos como una liebre. Toda la venta estaba en silencio, y en toda ella no había más luz que la que daba una lámpara que ardía colgada en medio del portal. Esta

Una especie de alfombra, como la que utilizas cuando vas de excursión al campo o a la playa.

maravillosa quietud, y los pensamientos que siempre tenía nuestro caballero de los sucesos que se cuentan en los libros culpables de su locura, le trajo a la imaginación una de las mayores locuras que buenamente pueden imaginarse, y fue que él pensó que había llegado a un famoso castillo y la hija del señor de ese castillo se había enamorado de él y vendría a declararse. Así, comenzó a preocuparse y se propuso no cometer traición al amor de su señora Dulcinea.

Mientras pensaba en estos disparates, llegó la hora de la venida de la asturiana, la cual entró en el aposento donde los tres se alojaban, en busca del arriero. Pero, apenas llegó a la puerta, cuando don Quijote la oyó y, sentándose en la cama, tendió los brazos pensando que era la hija del señor del castillo. Maritornes topó con los brazos de don Quijote, el cual la asió fuertemente de una muñeca y tirándola hacia sí, la hizo sentar sobre la cama. Era tanta la ceguedad del pobre hidalgo, que ni el tacto ni el mal aliento ni otras cosas que traía la moza le desengañaron. Y, teniéndola bien agarrada, con voz amorosa y baja le explicó por qué no podía corresponder a su amor. Maritornes estaba muy apurada y, sin entender ni estar atenta a las razones que le decía, procuraba soltarse de él.

En esto, el arriero, que estaba despierto, estuvo escuchando todo lo que don Quijote decía y, celoso de que la asturiana le engañara con él, se fue acercando al lecho del caballero y estuvo quieto hasta ver en qué acababan aquellas palabras que él tampoco entendía; pero como vio que la moza luchaba por soltarse y don Quijote la seguía agarrando, <u>subió el brazo y descargó tan terrible puñetazo en la mandíbula del enamorado caballero que le bañó toda la boca en sangre, y no contento con esto, se le subió encima de las costillas y se las pisoteó.</u>

Lo que le faltaba al pobre don Quijote... ¡otra tunda de golpes!

El lecho, que era un poco endeble, con tanto peso se cayó al suelo, por lo que se despertó el ventero, que imaginó que eran cosas de Maritornes, porque la había llamado y no respondía. Con esta sospecha se levantó y, encendiendo un candil, se fue hacia donde había oído la pelea.

Una lamparita de aceite.

La moza, viendo que su amo venía, toda medrosa y alborotada se metió en la cama de Sancho Panza, que aún dormía, y allí se acurrucó y se hizo un ovillo. El ventero entró y, con el ruido, se despertó Sancho que, sintiendo aquel bulto encima de él, pensó que tenía una pesadilla y comenzó a dar puñetazos por todas partes alcanzando así a Maritornes, que, toda dolorida, le dio a él tantos golpes que le quitó el sueño y comenzaron los dos la más reñida y graciosa pelea del mundo.

¿Quién no se despabilaría con tanto mamporro?

Y así, pegaba el arriero a Sancho, Sancho a la moza, la moza a él, el ventero a la moza y todos se golpeaban con tanta prisa, que no descansaban. Y lo mejor fue que al ventero se le apagó el candil y, como quedaron a oscuras, se daban todos a bulto y donde ponían la mano no dejaban cosa sana.

Y así estuvieron hasta que un cuadrillero, que había oído el extraño estruendo de la pelea, asió su vara y entró a oscuras en el aposento. El primero con quien topó fue con el apuñeado don Quijote, que estaba en su derribado lecho, tendido boca arriba sin sentido y, agarrándole de las barbas, no paraba de decir:

Un guardia.

—¡Favor a la justicia!

Pero viendo que aquel hombre no se movía, creyó que estaba muerto y que los que allí estaban eran sus asesinos y, con esta sospecha, alzó la voz diciendo:

Como símbolo de su autoridad.

—¡Cierren la puerta de la venta! ¡Que no se vaya nadie, que aquí han matado a un hombre!

Esta voz sobresaltó a todos, y dejaron la pelea. Se retiró cada uno a su habitación, quedándose solos los desventurados don Quijote y Sancho, que no se podían mover de donde estaban.

Don Quijote volvió en sí, y comenzó a llamar a su escudero:

—Sancho, amigo ¿duermes?

—¡Cómo voy a dormir! —respondió Sancho, lleno de rabia—. Si parece que todos los diablos han andado sobre mí esta noche.

—Así es, Sancho —dijo don Quijote— porque, o yo sé poco, o este castillo está encantado. Porque has de saber... Pero me tienes que jurar que esto que ahora quiero decirte lo tendrás en secreto.

—Lo juro —contestó Sancho.

—Has de saber que esta noche me ha sucedido una extraña aventura. Sabrás que hace poco vino a verme la hija del señor del castillo, que es la más hermosa doncella que en gran parte de la tierra se puede hallar. Y como este castillo está encantado, mientras que yo estaba con ella en dulcísimos coloquios, sin que yo la viese ni supiese por dónde venía, llegó una mano pegada a un brazo de algún descomunal gigante, y me dio un puñetazo en las mandíbulas, tan fuerte, que las tengo todas bañadas en sangre; y después me molió de tal manera que estoy peor que ayer, cuando los arrieros, por culpa de Rocinante, nos hicieron el agravio que ya sabes. Por lo cual deduzco que algún duende encantado debe de ser el guardián del tesoro de la hermosura de esta doncella, y no debe de ser para mí.

—Ni para mí tampoco —respondió Sancho—; porque más de cuatrocientos duendes me han aporreado a mí, de tal manera que el molimiento de las estacas no fue nada comparado con esto.

—Luego, ¿también tú estás aporreado? —respondió don Quijote.

—¿No le he dicho que sí, para mi desgracia? —dijo Sancho.

—No tengas pena, amigo —dijo don Quijote—, que yo haré ahora el bálsamo precioso con el que sanaremos en un abrir y cerrar de ojos.

En esto, entró en la habitación el cuadrillero a ver al que pensaba que estaba muerto; y Sancho, en cuanto le vio entrar, viéndole en camisón, con su gorro de dormir en la cabeza y el candil en la mano, preguntó a su amo en voz baja:

—Señor, ¿si será éste el duende encantado, que vuelve a castigarnos por si se dejó algo en el tintero?

Por si se olvidó de algo.

—No puede ser él —respondió don Quijote—, porque los seres encantados no permiten que les vea nadie.

—Aunque no se dejan ver, sí se dejan sentir —respondió Sancho—, si no, que lo digan mis espaldas.

—También lo podrían decir las mías —respondió don Quijote—; pero esto no es suficiente indicio para creer que sea éste el duende encantado.

Llegó el cuadrillero y como les encontró hablando en tranquila conversación, quedó sorprendido. Bien es verdad que don Quijote estaba todavía boca arriba sin poderse menear de puro molido. Se acercó a él el cuadrillero y se interesó por su estado:

—¿Cómo va, buen hombre?

—Yo hablaría con más cuidado si estuviera en vuestro lugar —respondió don Quijote—. ¿Es costumbre en esta tierra hablar así a los caballeros andantes, majadero?

El cuadrillero, que se vio tratar de aquella manera, no lo pudo soportar y, alzando el candil con todo su

¡Lo que le faltaba a nuestro caballero!
¡Otro golpe!

aceite, <u>dio a don Quijote con él en la cabeza, con tal fuerza, que le dejó descalabrado</u>. Y como todo quedó a oscuras y el cuadrillero se fue, Sancho Panza dijo:

—Sin duda, señor, que éste es el duende encantado.

—Así es —respondió don Quijote—, pero no hay que hacer caso de estas cosas de encantamientos porque, como son invisibles y fantásticas, no encontraremos de quién vengarnos, por más que lo intentemos. Levántate, Sancho, si puedes, y llama al alcaide de la fortaleza para que me dé un poco de aceite, vino, sal y romero para hacer con ellos el bálsamo de la salud, que creo que lo necesito ahora, porque se me va mucha sangre de la herida que este fantasma me ha hecho.

Duendes, encantadores, bálsamos milagrosos... ¡Es lógico que le tomen por loco!

Sancho se levantó con gran dolor de sus huesos y fue a oscuras a buscar al ventero, pero se encontró con el cuadrillero a quien pidió las cosas que su amo le había encargado, diciendo que estaba descalabrado por algún encantador maligno. Cuando oyó esto, <u>el cuadrillero le tuvo por falto de seso</u>, y como ya comenzaba a amanecer, abrió la puerta de la venta y, llamando al ventero, le dijo todo lo que aquel buen hombre quería. El ventero le proporcionó a Sancho todo cuanto pedía y éste se lo llevó a don Quijote, que estaba con las manos en la cabeza, quejándose del dolor del candilazo, que le había hecho dos buenos chichones.

Cuando lo tuvo todo, don Quijote mezcló todos los ingredientes y los coció un buen rato, hasta que le pareció que estaban en su punto. Luego pidió una botella, pero como no había ninguna en la venta, decidió ponerlo en una aceitera de hojalata que le regaló el ventero. Luego dijo sobre ella más de ochenta padrenuestros y otras tantas avemarías, salves y credos y cada palabra la acompañaba con una cruz, como si fuera una bendición.

Una vez hecho esto, quiso hacer él mismo la experiencia para comprobar la virtud que él se imaginaba que poseía aquel precioso bálsamo; y así, se bebió casi un litro. Apenas lo acabó de beber cuando comenzó a vomitar, de tal manera que no le quedó nada en el estómago; y con las ansias y la agitación del vómito le dio un sudor enorme, por lo cual mandó que le arropasen y le dejasen solo.

Así lo hicieron, y se quedó dormido más de tres horas, al cabo de las cuales despertó, sintiéndose aliviadísimo, de modo que se consideró sano y creyó que había acertado con el bálsamo de Fierabrás y que con aquel remedio podía acometer sin temor alguno cualquier riña, batalla o pendencia por peligrosa que fuese.

Sancho Panza, que también tuvo por milagro la mejoría de su amo, le rogó que le diese a él lo que quedaba en la olla, que era bastante cantidad. Se lo concedió don Quijote, y él, tomándola con las dos manos, se tragó casi la misma dosis que su amo. Pero el caso es que el estómago del pobre Sancho debía de ser más delicado que el de su amo; y así, antes de que llegase a vomitar, le dieron tantas ansias y tantas náuseas, tantos sudores y desmayos, que el pobre creyó con toda seguridad que le había llegado su última hora. Y viéndose tan afligido, maldecía el bálsamo.

En esto, comenzó a hacer efecto el brebaje, y <u>empezó el pobre escudero a echar líquido por uno y por otro lado, con tanta prisa, que quedaron inservibles la estera, sobre la cual se había vuelto a echar, y la manta que le cubría</u>; sudaba con tales angustias que no sólo él, sino todos los que estaban allí pensaron que se le acababa la vida. Le duró esta borrasca casi dos horas, al

¡Qué asco!

cabo de las cuales no quedó como su amo, sino tan molido, que no se podía sostener.

Don Quijote, que se sentía ya aliviado y sano, empezó a hacer los preparativos para la marcha. Así, ensilló a Rocinante y ayudó a Sancho a subir en su asno. Luego llamó al ventero y con voz reposada y grave le dijo:

—Muchos son los favores que he recibido en vuestro castillo, señor alcaide, y quedo obligado a agradecéroslo todos los días de mi vida. Si os lo puedo pagar haciendo venganza de algún soberbio que os haya hecho algún agravio, sabed que mi oficio es ayudar al prójimo.

El ventero le respondió:

—Señor caballero, yo no tengo necesidad de que vuestra merced me vengue de ningún agravio, porque yo sé tomar la venganza que me parece. Sólo deseo que vuestra merced me pague el gasto que esta noche ha hecho en la venta, tanto de la paja y cebada de sus animales, como de la cena y de las camas.

—Luego ¿venta es esta? —replicó don Quijote.

—Y muy honrada —respondió el ventero.

—Engañado he vivido hasta ahora creyendo que esto era un castillo —repuso don Quijote—; pero, puesto que no es castillo sino venta, lo que se podrá hacer es perdonar la deuda, pues yo no puedo ir contra la orden de los caballeros andantes, de los cuales sé cierto que jamás pagaron posada ni otra cosa en las ventas donde estuvieron.

—Yo no tengo nada que ver con todo eso —respondió el ventero—. Págueme lo que se me debe y dejémonos de cuentos ni de caballerías.

—Vos sois un mal hostelero —respondió don Quijote.

Sin embargo, don Quijote esta vez sí que llevaba dinero, como le aconsejó el primer ventero.

¡Qué caradura! ¡Se va sin pagar!

Y picando espuelas a Rocinante, y enderezando su lanza, salió de la venta sin que nadie le detuviese; y sin mirar si le seguía su escudero, se alejó un buen trecho.

El ventero, que le vio marchar sin pagarle, acudió a cobrar a Sancho Panza, el cual dijo que, puesto que su señor no había querido pagar, él tampoco pagaría.

Se irritó mucho por ello el ventero y le amenazó con que, si no le pagaba, se lo cobraría de un modo que le gustaría menos. A lo cual respondió Sancho que por la ley de caballería que su amo había recibido, no pagaría ni una sola moneda, aunque le costase la vida.

Quiso la mala suerte del desdichado Sancho que, entre los huéspedes que estaba en la venta, se encontrasen algunos trabajadores andaluces, gente alegre y juguetona, los cuales, como movidos por una misma idea, se acercaron a Sancho y le bajaron del asno. Luego uno de ellos entró a buscar una manta y, echándole en ella, alzaron los ojos y vieron que el techo era algo más bajo de lo que necesitaban para llevar a cabo su obra, y decidieron salir al corral, que tenía por techo el cielo; y allí, después de poner a Sancho en mitad de la manta, comenzaron a levantarle en alto, y a divertirse con él.

En las fiestas de Carnaval era costumbre mantear perros o peleles ¡pero ahora mantean a Sancho!

Las voces que el pobre manteado daba fueron tantas, que llegaron a los oídos de su amo, el cual, deteniéndose a escuchar atentamente, creyó que se le presentaba alguna nueva aventura, hasta que se dio cuenta de que el que gritaba era su escudero, por lo que volvió a la venta y, en cuanto llegó a las paredes del corral, vio la broma que se le hacía a Sancho. Le vio bajar y subir por el aire con tanta gracia y rapidez que, si la cólera le dejara, seguro que se hubiera reído. Probó a subir al muro del patio desde su caballo, pero estaba tan molido que no pudo, y así, empezó a maldecir e insultar a los que manteaban a su escudero, sin que los otros le hicieran caso. Por fin, se cansaron y dejaron en paz a Sancho; le subieron en su asno y le arroparon con su (gabán.) La compasiva Maritornes dio a Sancho un vaso de vino y éste se fue de la venta muy contento por no haber pagado nada y por haberse salido con la suya, aunque el ventero se quedó con sus alforjas en pago de lo que se le debía; pero Sancho no las echó de menos, ya que salió atontado después del manteamiento.

Abrigo.

CAPÍTULO X

Nuestro valiente caballero se enfrenta ¡¡a un ejército de ovejas!!

Llegó Sancho hasta donde estaba su amo, tan marchito y desmayado que casi no podía arrear a su jumento. Cuando don Quijote le vio así, le dijo:

—Ahora sí que creo que aquel castillo o venta estaba encantado, pues aquellos que se divertían contigo sólo podían ser fantasmas y seres del otro mundo. Y lo digo porque no me fue posible subir por los muros del corral y menos todavía apearme de Rocinante, pues me debían de tener encantado; porque te juro que si hubiera podido subir o apearme del caballo, yo te habría vengado de manera que aquellos malandrines se acordaran de la burla para siempre.

—También me hubiera vengado yo si hubiese podido, pero no pude, aunque yo pienso que aquellos no eran fantasmas ni hombres encantados, como vuestra merced dice, sino hombres de carne y hueso como nosotros. Y lo que yo saco en limpio de todo esto es que estas aventuras que andamos buscando nos traen muchas desventuras; y lo mejor sería volvernos inmediatamente a nuestra aldea, y <u>no andar de ceca en meca</u>.

—Calla y ten paciencia, Sancho, —respondió don Quijote—, que llegará un día en que verás lo honroso que es hacer este ejercicio. Si no, dime: ¿qué mayor

No ir de una parte a otra sin ningún fin.

contento puede haber en el mundo o qué gusto puede igualarse al de vencer una batalla y al de triunfar sobre el enemigo? Ninguno, sin duda alguna.

—Así debe de ser —respondió Sancho—, puesto que yo no lo sé. <u>Sólo sé que desde que somos caballeros andantes jamás hemos vencido en ninguna batalla</u>, salvo la del vizcaíno, y de ella salió vuestra merced con media oreja y medio casco menos.

Así iban en conversación, cuando vio don Quijote que, por el camino que llevaban, venía hacia ellos una espesa y gran polvareda; y al verla dijo a Sancho:

—Este es el día ¡oh Sancho! en que se va a mostrar el valor de mi brazo y en el que tengo que hacer tales obras que queden escritas en el libro de la fama para siempre. ¿Ves aquella polvareda que allí se levanta? Pues por allí viene un numerosísimo ejército formado por diversas e innumerables gentes.

—Deben de ser dos ejércitos, pues por la parte contraria se levanta también otra polvareda semejante —dijo Sancho.

Volvió a mirar don Quijote y vio que era cierto y se alegró mucho, porque pensó que se trataba de dos ejércitos que iban a embestirse en aquella llanura; pues a todas horas tenía llena la fantasía de aquellas batallas, encantamientos, sucesos, amores y desafíos, que se cuentan en los libros de caballerías. Y en realidad, la polvareda que había visto la levantaban dos grandes manadas de ovejas y carneros que venían de dos sitios diferentes por aquel mismo camino, las cuales, por el polvo, no se llegaron a ver hasta que estuvieron muy cerca. Y con tanta seguridad afirmaba don Quijote que eran ejércitos, que Sancho le creyó y dijo:

—Señor, ¿y qué hemos de hacer nosotros?

El pobre Sancho ya está harto de recibir mamporros, y esto no ha hecho más que empezar...

—¿Qué? —dijo don Quijote—. Favorecer y ayudar a los necesitados y desvalidos; y has de saber, Sancho, que este que viene delante de nosotros lo conduce y guía el gran emperador Alifanfarón, señor de la gran isla de Trapobana; este otro que está a nuestras espaldas es el de su enemigo, el rey de los garamantas, Pentapolín del Arremangado Brazo, porque siempre entra en las batallas con el brazo derecho desnudo.

—¿Y por qué se quieren tan mal estos dos señores? —preguntó Sancho.

—Se quieren mal —respondió don Quijote— porque este Alifanfarón no es cristiano y está enamorado de la hija de Pentapolín, que es una señora muy hermosa y además cristiana; y su padre no se la quiere entregar a este rey si no deja la religión de Mahoma y se hace cristiano.

—¡Por mis barbas —dijo Sancho— que hace muy bien Pentapolín! Y le ayudaré en todo lo que pueda.

—En eso harás lo que debes, Sancho —contestó don Quijote—; porque para entrar en esta clase de batallas no es necesario haber sido armado caballero.

—Ya lo veo —respondió Sancho—; pero ¿dónde pondremos este asno para estar seguros de hallarlo después de la batalla? Porque no creo que sea costumbre entrar a combatir con semejante cabalgadura.

—Eso es verdad —dijo don Quijote—. Lo que puedes hacer con él es dejarle a la ventura, tanto si se pierde como si no, porque serán tantos los caballos que tendremos después de quedar vencedores, que hasta Rocinante corre peligro de que lo cambie por otro. Pero estate atento y mira, que te diré quiénes son los caballeros más importantes que vienen en estos dos ejércitos. Y

Pueblos antiguos que vivían en el extremo sur de África.

Alifanfarón, Pentapolín... ¡Vaya nombres se inventa Cervantes!

En la época de Cervantes, era un problema que una pareja no compartiera la misma religión.

¡Qué optimista!

para que les veas mejor, subamos a aquella loma, desde donde se deben de ver bien los dos ejércitos.

Así lo hicieron, y se pusieron sobre una loma, desde la cual se verían bien las dos manadas que a don Quijote le parecían ejércitos, si las nubes de polvo que levantaban no les cegaran la vista; pero a pesar de todo, viendo en su imaginación lo que no veía ni había, comenzó a explicar a su escudero cuáles eran los caballeros que iban a entrar en la gran batalla.

Estaba Sancho colgado de sus palabras, sin hablar, y de vez en cuando volvía la cabeza por si veía a los caballeros y gigantes que su amo nombraba, pero no descubría a ninguno y dijo:

—Que el diablo me lleve si los hombres, gigantes y caballeros que dice vuestra merced se divisan por alguna parte. Al menos yo no los veo.

—¿Cómo dices eso? —replicó don Quijote— ¿No oyes el relinchar de los caballos, el tocar de los clarines y el ruido de los tambores?

—No oigo otra cosa —respondió Sancho— sino muchos balidos de ovejas y carneros.

Y era verdad, porque ya llegaban cerca los dos rebaños.

—El miedo que tienes —dijo don Quijote— hace que no veas ni oigas a derechas. Y si tanto temes, retírate a una parte y déjame solo, que yo me basto solo para dar la victoria a la parte a la que yo dé mi ayuda.

Diciendo esto, picó espuelas a Rocinante y, con la lanza en ristre, bajó de la cuesta como un rayo. Mientras, Sancho gritaba a su amo:

—¡Vuélvase vuestra merced, señor don Quijote, que son carneros y ovejas las que va a embestir. ¡Vuélvase! ¿Qué locura es ésta? Mire que no hay gigantes ni caballeros ¿qué es lo que hace?

Son instrumentos que usaban los ejércitos.

En posición de ataque.

Sancho siempre advierte a su señor del peligro.

Pero ni por esas volvió don Quijote, sino que iba diciendo:

—¡Ea, caballeros, los que estáis bajo la bandera del valeroso emperador Pentapolín del Arremangado Brazo, seguidme todos! Veréis cómo le doy venganza a su enemigo Alifanfarón de la Trapobana!

Diciendo esto, entró por medio del escuadrón de las ovejas y empezó a lancearlas con tanto coraje como si de veras lanceara a sus mortales enemigos. Los pastores y ganaderos que venían con la manada, le gritaron que se detuviera, pero como don Quijote proseguía en su empeño, sacaron sus hondas y empezaron a arrojarle piedras como puños.

Tira de cuero o de otro material flexible que se dobla y se hace girar para lanzar piedras.

Pero don Quijote no hacía ningún caso de las piedras, sino que, corriendo por todas partes, decía:

—¿Por dónde estás, soberbio Alifanfarón? Ven a mí, que sólo soy un caballero que desea probar tus fuerzas y quitarte la vida por lo que haces sufrir al valeroso Pentapolín Garamanta.

Llegó en esto una piedra, y dándole en un lado, le hundió dos costillas en el cuerpo. Viéndose tan maltrecho, creyó sin duda que estaba muerto o malherido; y acordándose de su bálsamo milagroso, sacó su frasco, se lo llevó a la boca y empezó tragar, pero antes de que acabase llegó otra piedra y le dio en la mano y en el frasco, con tanta fuerza, que lo hizo pedazos; y de paso, se le llevó tres o cuatro dientes y muelas de la boca, aparte de machacarle dos dedos de la mano. Tan fuerte fue el golpe, que nuestro pobre caballero se cayó del caballo. Se acercaron a él los pastores y creyeron que lo habían matado, así que, recogiendo a toda prisa su ganado, cargaron con las ovejas muertas, que eran más de siete, y sin querer saber nada más, se marcharon.

Dañado.

Orejas, dientes, dedos... ¡No le va a quedar nada sano!

En todo este tiempo había estado Sancho sobre la cuesta, mirando las locuras que hacía su amo, y se arrancaba las barbas, maldiciendo el día y la hora en que le había conocido. Viéndole caído en el suelo y que los pastores ya se habían ido, bajó de la cuesta, se acercó a él, y le encontró con muy mal aspecto, aunque no había perdido el sentido, y le dijo:

—¿No le decía yo, señor don Quijote, que se volviese; que los que iba a acometer no eran ejércitos, sino manadas de carneros?

—Aquel sabio encantador, mi enemigo, puede hacer desaparecer cosas mayores. Has de saber que es muy fácil para él hacernos parecer lo que quiere. Haz una cosa, Sancho, para que veas que es verdad lo que te digo: sube a tu asno y síguelos sin que lo noten, ya verás cómo en cuanto se hayan alejado de aquí dejan de ser carneros y vuelven a ser hombres hechos y derechos, tal como yo los vi antes... Pero no vayas ahora: acércate a mí y mira cuántas muelas y dientes me faltan, porque me parece que no me ha quedado ninguno en la boca.

Tanto se acercó Sancho, que casi le metía los ojos en la boca; y en aquel mismo momento comenzó a hacer efecto el bálsamo en el estómago de don Quijote y empezó a vomitar encima de su compasivo escudero. Al verle, Sancho Panza retrocedió asustado diciendo:

—¡Santa María! ¿qué es lo que ha sucedido? Sin duda mi señor está herido de muerte, pues vomita sangre por la boca.

Pero, reparando un poco más en ello, se dio cuenta de que no era sangre, sino el bálsamo que él le había visto beber; y fue tanto el asco que le dio, que <u>se le revolvió el estómago y vomitó él también sobre su señor, quedando los dos como de perlas</u>.

¡Qué asco! ¡Vómitos otra vez!

Sancho fue a buscar las alforjas para limpiarse y curar a su señor, y como no las halló, estuvo a punto de perder el juicio, y se propuso dejar a su amo y volver a su tierra, aunque perdiese el salario y las esperanzas del gobierno de la prometida ínsula.

En esto, se levantó don Quijote y se puso la mano en la boca, para que no se le acabasen de salir los dientes, agarró con la otra las riendas de Rocinante y se fue donde su escudero estaba, apoyado sobre su asno, con la mano en la mejilla con gesto pensativo; y viéndole tan triste le dijo:

—Todas estas borrascas que nos suceden, son señales de que pronto ha de serenar el tiempo y han de sucedernos bien las cosas, porque no es posible que esta mala suerte dure tanto. Así que no debes disgustarte por las desgracias que a mí me suceden, pues a ti no te afectan.

—¿Cómo que no? —respondió Sancho—. Ayer me mantearon y hoy me faltan mis alforjas.

—¿Qué te faltan las alforjas, Sancho? —dijo don Quijote.

Recuerda que se las quedó el ventero, como pago por los gastos ocasionados en la venta.

Ya sabes el refrán: "tras la tormenta viene la calma".

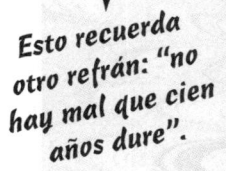

Esto recuerda otro refrán: "no hay mal que cien años dure".

—Sí que me faltan —contestó Sancho.

—De este modo, no tenemos nada qué comer hoy —dijo don Quijote.

—Eso sería si no hubiese por estos prados esas hierbas que usted dice que conoce, con las que se alimentan los caballeros andantes —repuso Sancho.

—A pesar de todo, me comería yo mejor un trozo de pan y dos cabezas de sardinas que todas las hierbas del prado; pero en fin, sube sobre tu jumento y ven detrás de mí que Dios nos ayudará, pues no falta el aire a los mosquitos, ni la tierra a los gusanillos, ni el agua a los renacuajos.

—Sea como vuestra merced dice —dijo Sancho—, pero vámonos pronto de aquí y busquemos un lugar donde alojarnos esta noche, y quiera Dios que no haya manteadores ni fantasmas.

—Vamos, pues, que te dejo elegir el sitio donde alojarnos. Yo te seguiré donde quieras —suspiró don Quijote.

Así lo hizo Sancho y se dirigió hacia donde creyó podría haber alguna posada, sin dejar el camino real.

CAPÍTULO XI

Lo que sucedió una noche con un muerto

Iban charlando tan tranquilos, cuando les tomó la noche en mitad del camino, sin tener donde alojarse; y lo peor era que se morían de hambre, pues con la falta de las alforjas les faltó la provisión de comida.

Yendo, pues, de esta manera, el escudero hambriento, y el amo con ganas de comer, vieron que por el mismo camino por el que iban, venían hacia ellos muchas antorchas, que parecían estrellas que se movían. Sancho se pasmó al verlas y don Quijote no las tuvo todas consigo. Pararon sus cabalgaduras y estuvieron quietos, mirando atentamente lo que podía ser aquello, y vieron que las lumbres se iban acercando a ellos y, mientras más se acercaban, más grandes parecían. Sancho comenzó a temblar, y a Don Quijote <u>se le erizaron los cabellos</u>.

Se le pusieron los pelos de punta.

—Esta debe de ser —dijo al fin Don Quijote— una grandísima y peligrosísima aventura, en la que será necesario que yo muestre todo mi valor y esfuerzo.

—¡Desdichado de mí! —respondió Sancho—. Si acaso esta aventura fuese de fantasmas, como me lo va pareciendo, ¿dónde habrá costillas que lo sufran?

—Por más fantasmas que sean —dijo don Quijote—, no consentiré yo que te toquen ni el pelo de la ropa, que si la otra vez se burlaron de ti, fue porque yo

Eran unos clérigos que llevaban unas vestiduras blancas sobre la sotana.

no pude saltar las paredes del corral, pero ahora estamos en campo raso, donde podré esgrimir mi espada como quiera.

Y, apartándose los dos a un lado del camino, volvieron a mirar atentamente lo que podían ser aquellas luces y pronto descubrieron muchos encamisados, cuya temerosa visión remató el ánimo de Sancho Panza, que comenzó a dar diente con diente como si tuviera frío.

Eran veinte encamisados, todos a caballo, con sus antorchas encendidas en las manos, y detrás suya venía una litera cubierta de negro, a la cual seguían otros seis hombres también a caballo, enlutados hasta las patas de los animales, que iban murmurando con voz baja y compasiva. Esta extraña visión, a tales horas y en tal despoblado, bien bastaba para poner miedo en el corazón de Sancho y en el de su amo.

¡Qué miedoso!

Don Quijote imaginó que aquella era una de las aventuras de sus libros: creyó que en la litera debía de ir algún malherido o muerto caballero, cuya venganza a él solo estaba reservada, y sin pensárselo más, enristró su lanza, se colocó bien en la silla, y con gentil brío se puso en la mitad del camino por donde los encamisados forzosamente habían de pasar, y cuando los vio cerca, alzó la voz y dijo:

—Deteneos, caballeros, quienquiera que seáis, y dadme cuenta de quién sois, de dónde venís, adónde vais, y qué es lo que lleváis ahí.

—Vamos deprisa —respondió uno de los encamisados—; la venta está lejos y no nos podemos detener a dar tantas explicaciones como pedís.

Las correas que sujetan la cabeza del caballo y que sirven para conducirlo y pararlo.

Y picando la mula, pasó adelante. Don Quijote se ofendió mucho con esta respuesta y, agarrando la mula por la brida, dijo:

—Deteneos y dadme cuenta de lo que os he preguntado; si no, conmigo sois todos en batalla.

Era la mula asustadiza, y al agarrarla se espantó de manera que, alzándose sobre sus patas traseras, dio con su dueño en el suelo. Un mozo que iba a pie, viendo caer al encamisado, comenzó a insultar a don Quijote, el cual, ya encolerizado, sin esperar más, enristrando su lanza, arremetió a uno de los enlutados y, malherido, dio con él en tierra. Luego, moviéndose entre los demás, había que ver la rapidez con que los acometía y desbarataba, que no parecía sino que en aquel instante le habían nacido alas a Rocinante, según andaba de ligero y orgulloso.

Miedosos, cobardes.

Todos los encamisados eran (medrosos) y sin armas, y así, con facilidad, en un momento dejaron la refriega, y comenzaron a correr por aquel campo. Los enlutados, revueltos y envueltos en sus ropajes, no se podían mover; así que Don Quijote los apaleó a todos, y les hizo dejar el sitio mal de su grado, porque todos pensaron que aquel no era hombre, sino diablo del infierno, que les salía a quitar el cuerpo muerto que llevaban en la litera.

Todo lo miraba Sancho, admirado por la osadía de su señor, y decía entre sí: "Sin duda este mi amo es tan valiente como él dice".

Era una grave falta maltratar a un religioso. Estaba penado con ser apartado de la iglesia.

Don Quijote se acercó al que derribó la mula y, poniéndole la punta de la lanza en el rostro, le dijo que se rindiese, si no, que le mataría. A lo cual respondió el caído:

—Bastante rendido estoy, pues no me puedo mover, que tengo una pierna quebrada; suplico a vuestra merced, si es caballero cristiano, que no me mate, que cometerá un gran sacrilegio, que soy licenciado y tengo las primeras órdenes de sacerdote.

—Pues ¿quién diablos os ha traído aquí —dijo Don Quijote— siendo hombre de iglesia?

—¿Quién, señor? —replicó él caído—. Mi desventura.

—Pues otra mayor os amenaza —dijo Don Quijote—, si no me respondéis a todo cuanto os pregunté.

—Con facilidad será vuestra merced satisfecho —respondió el licenciado—; y así sabrá vuestra merced que no soy licenciado sino bachiller, que me llamo Alonso López y soy natural de Alcobendas; vengo de la ciudad de Baeza con otros once sacerdotes, que son los que huyeron. Vamos acompañando un cuerpo muerto que va en aquella litera, que es de un caballero que murió en Baeza, y que ahora llevábamos a dar sepultura a Segovia, de donde era natural.

—¿Y quién le mató? —preguntó Don Quijote.

—Dios, por medio de unas fiebres pestilentes —respondió el bachiller.

—De ese modo —dijo Don Quijote—, Nuestro Señor me ha quitado el trabajo de vengar su muerte, si otro le hubiera matado; pero habiéndole muerto quien le mató, no hay sino callar y encoger los hombros. Y quiero que sepa vuestra reverencia que yo soy un caballero de la Mancha, llamado Don Quijote, y es mi oficio andar por el mundo enderezando ofensas y deshaciendo agravios.

—No sé cómo puede ser eso de enderezar tuertos —dijo el bachiller— pues a mí me habéis dejado una pierna quebrada, la cual no se verá derecha en todos los días de mi vida; y gran desventura ha sido topar con vos, que vais buscando aventuras.

—El daño estuvo, señor bachiller, —respondió Don Quijote— en venir como veníais, de noche, vestidos con aquellas ropas blancas, con las hachas encendidas, rezando, cubiertos de luto, que parecíais cosa mala y del otro mundo.

—Ya que así lo ha querido mi suerte —dijo el bachiller—, suplicó a vuestra merced, señor caballero andante, que me ayude a salir de debajo de esta mula, que me tiene atrapada una pierna entre el estribo y la silla.

—¡Haberlo dicho antes! —dijo Don Quijote— ¿Cuándo pensabais decirme vuestro apuro?

Dio luego voces a Sancho Panza para que viniese; pero él andaba ocupado desvalijando una mula cargada de comida que traían aquellos buenos señores. Recogió todo lo que pudo, cargó su jumento, y luego acudió a las voces de su amo y ayudó a sacar al señor bachiller de la opresión de la mula. Le ayudó a subir, le dio su antorcha, y Don Quijote le dijo que siguiese el camino de sus compañeros, y de su parte les pidiese perdón por el agravio. Le dijo también Sancho:

—Si acaso quisieran saber esos señores quién ha sido el valiente que les ha puesto así, dígales vuestra merced que es el famoso Don Quijote de la Mancha, por otro nombre llamado el "Caballero de la Triste Figura".

Con esto se fue el bachiller, y Don Quijote preguntó a Sancho, que qué le había movido a llamarle el "Caballero de la Triste Figura".

—Yo se lo diré —respondió Sancho—, porque le he estado mirando un rato a luz de aquella antorcha que llevaba aquel malandante, y verdaderamente tiene vuestra merced la más mala figura que jamás he visto, debido seguramente al cansancio de este combate, o a la falta de muelas o dientes.

Se rió Don Quijote de la ocurrencia de Sancho, pero, con todo, decidió llamarse con aquel nombre,

¡Vaya con Sancho! ¡No pierde el tiempo!

Era costumbre de los caballeros andantes que tomaran algún apelativo. Don Quijote va a tener varios, ya lo verás...

incluso pensó hacer pintar una triste figura en su escudo, a imitación de lo que hacían los caballeros de los libros.

Al poco rato, se hallaron en un espacioso y escondido valle, donde se apearon y, sobre la verde hierba, desayunaron, comieron, merendaron y cenaron al mismo tiempo, satisfaciendo por fin sus estómagos. Pero les sucedió otra desgracia, que Sancho tuvo por la peor de todas, y fue que no tenían vino que beber, ni siquiera agua. Así que, muerto de sed, y viendo que el prado donde se encontraban estaba lleno de hierba, Sancho propuso buscar algún arroyo cercano donde saciarse. Le pareció bien el consejo a don Quijote, y comenzaron a caminar por el prado arriba <u>a tientas</u>, porque la oscuridad de la noche no les dejaba ver nada. Mas, no habían andado mucho cuando, de pronto, llegó a sus oídos un gran ruido de agua, como si se despeñara de algunos grandes riscos. El ruido les alegró mucho y, parándose a escuchar hacia qué parte sonaba, oyeron otro estruendo, seguido de unos golpes a compás y un crujir de hierros y cadenas que les asustó muchísimo, especialmente a Sancho, que era muy miedoso...

A ciegas, sin ver.

CAPÍTULO XII

Los batanes: La aventura con menos peligro de todas

Es lógico... ¡Qué miedo!

Era la noche, como se ha dicho, muy oscura. Acertaron a entrar entre unos árboles altos, cuyas hojas, movidas por el viento, hacían un temeroso ruido, de manera que <u>la soledad, el sitio, la oscuridad, el ruido del agua con el susurro de las hojas, todo causaba horror y espanto</u>, y más cuando vieron que ni los golpes cesaban ni el viento paraba, ni la mañana llegaba, añadiéndose a todo esto que no sabían dónde se hallaban. Pero don Quijote, acompañado de su intrépido corazón, saltó sobre Rocinante y, embrazando su escudo, terció su lanza y dijo:

—Yo soy aquel para quien están guardados los peligros, las grandes hazañas y los valerosos hechos. Yo soy quien ha de poner en olvido a todos los famosos caballeros andantes del pasado, haciendo tales grandezas que oscurezcan las que ellos hicieron. Bien notas, escudero fiel, las tinieblas de esta noche, su extraño silencio, el sordo y confuso estruendo de estos árboles, el temeroso ruido de aquella agua que venimos buscando, y aquel incesable golpear que nos lastima los oídos, lo cual infunde mucho miedo. Pues todo esto despierta mi ánimo, que ya hace que el corazón me reviente en el pecho con el deseo que tiene de acometer esta aventura, por más dificultosa que se muestre. Así que aprieta un poco las cinchas a Rocinante, quédate con Dios, y espérame solamente tres días; y si no vuelvo en este plazo de tiempo, puedes volverte a nuestra aldea, y desde allí, irás al Toboso, donde dirás a la incomparable señora mía Dulcinea que su cautivo caballero murió por acometer cosas que le hiciesen digno de su amor.

Cuando Sancho oyó las palabras de su amo, comenzó a llorar con la mayor ternura del mundo, y a decirle:

—Señor, yo no sé por qué quiere vuestra merced acometer esta temerosa aventura. Ahora es de noche, aquí no nos ve nadie: bien podemos torcer el camino y desviarnos del peligro, aunque no bebamos en tres días. Que no está bien tentar a Dios acometiendo tan atrevida aventura, de la que no podrá escapar sino por milagro. Y si esto no es suficiente para ablandar ese duro corazón, piense que yo me moriré de miedo en cuanto vuestra merced se haya apartado de aquí. Por Dios, señor mío, no me haga esto, dilátelo a lo menos hasta la mañana, que según aprendí cuando era pastor, no debe de faltar más de tres horas.

—Falte lo que falte —respondió don Quijote—, no se ha de decir que las lágrimas y ruegos de mi escudero me apartaron de hacer lo que debía; y así, te ruego, amigo Sancho, que calles, pues Dios, que me ha puesto en el corazón el deseo de acometer esta temerosa aventura, tendrá cuidado de mirar por mi salud y de consolar tu tristeza. Lo que has de hacer es apretar bien las cinchas a Rocinante y quedarte aquí, que yo daré la vuelta presto, vivo o muerto.

Viendo, pues, Sancho, la última resolución de su amo y lo poco que valían con él sus lágrimas, consejos y ruegos, decidió aprovecharse de sus artimañas y hacerle esperar hasta el día; y así, cuando apretaba las cinchas al caballo, sin que su señor se diera cuenta, ató las patas a

Rocinante, de manera que cuando don Quijote quiso partir no pudo, porque el caballo no se podía mover sino a saltos. Viendo Sancho Panza el éxito de su truco, dijo:

—Ea, señor, que el cielo, conmovido por mis lágrimas y plegarias, ha ordenado que no se pueda mover Rocinante; y si vos queréis insistir, será enojar a la fortuna.

Sancho se ha salido con la suya...

Se desesperaba don Quijote y, por más que golpeaba al caballo, no lo podía mover; y, sin caer en la cuenta de que estaba atado, <u>decidió sosegarse y esperar a que amaneciese o a que Rocinante se moviese, creyendo sin duda que aquello venía de otra parte que de la industria de Sancho</u>; y así, le dijo:

—Pues así es, Sancho, que Rocinante no puede moverse, esperaré <u>el alba</u>.

El amanecer.

—No se preocupe vuestra merced —respondió Sancho—, que yo le entretendré contando cuentos desde aquí al día, a no ser que quiera echarse a dormir un poco sobre la verde hierba, como hacen los caballeros andantes, para hallarse más descansado cuando llegue el día y el momento de acometer esta incomparable aventura que le espera.

—¿A qué llamas dormir? —contestó don Quijote—. ¿Soy yo por ventura de aquellos caballeros que reposan en los peligros? Duerme tú, que naciste para dormir, o haz lo que quieras, que yo haré lo que vea que más me conviene.

—No se enoje vuestra merced, señor mío —replicó Sancho—, que no lo dije con intención de ofender.

Y, acercándose a él, se abrazó al muslo izquierdo de su amo, sin atreverse a apartarse de él ni un dedo: tal era el miedo que tenía a los golpes que todavía sonaban.

En esto, parece ser que, o por el frío de la mañana o que Sancho hubiese cenado algunas cosas que

Eran unos pantalones anchos que llegaban hasta la rodilla.

ablandan el vientre, o bien que fuese cosa natural —que parece lo más probable—, tuvo necesidad de hacer lo que otro no pudiera hacer por él; pero era tanto el miedo que había entrado en su corazón, que no osaba apartarse lo más mínimo de su amo, aunque pensar en no hacer lo que tenía tantas ganas tampoco era posible. Así que lo que hizo fue soltarse la lazada de los calzones, alzarse la camisa lo mejor que pudo y echar al aire sus hermosas posaderas, pues no eran muy pequeñas. Hecho esto, que él pensó que era lo que tenía que hacer para salir de aquel terrible aprieto y angustia, le sobrevino otra mayor, y fue que le pareció que no podría hacer sus necesidades sin hacer estrépito y ruido, y comenzó a apretar los dientes y a encoger los hombros, recogiendo el aliento todo cuanto podía; pero, a pesar de estos cuidados, fue tan desdichado que hizo un poco de ruido. Lo oyó don Quijote y dijo:

—¿Qué ruido es ese, Sancho?

—No sé, señor —respondió él—. Alguna cosa nueva debe de ser, que las aventuras y desventuras nunca vienen solas.

Como cuando estás resfriado. Haz la prueba: tápate la nariz y habla.

Volvió otra vez a probar suerte, y tuvo tanto éxito, que sin más ruido ni alboroto se halló libre de la carga que tanta pesadumbre le había dado. Pero como don Quijote tenía el sentido del olfato tan vivo como el de los oídos y Sancho estaba tan pegado a él, casi por línea directa subían los vapores hacia arriba, hasta que llegaron a sus narices; apenas llegaron, cuando se las tapó con dos dedos, y con tono algo gangoso dijo:

—Me parece, Sancho, que tienes mucho miedo.

Y no a flores precisamente. Vamos, que olía muy mal...

—Sí tengo —respondió Sancho—, mas ¿en qué lo nota vuestra merced justo ahora?

—En que ahora más que nunca hueles, y no a ámbar —respondió don Quijote.

—Bien podrá ser —dijo Sancho—, pero yo no tengo la culpa, sino vuestra merced, que me trae a deshoras por estos lugares.

—Apártate, amigo —dijo don Quijote (todo esto sin quitarse los dedos de las narices)—, y de aquí en adelante ten más cuenta con tu persona y con lo que debes a la mía.

—Apostaré —replicó Sancho— que piensa vuestra merced que yo he hecho alguna cosa que no debía.

—Es mejor no hablar más del asunto, amigo Sancho —respondió don Quijote.

En estos coloquios y otros semejantes pasaron la noche amo y mozo; mas viendo Sancho que ya venía la mañana, con mucho tiento desató a Rocinante y se ató los calzones. Cuando Rocinante se vio libre, comenzó a dar golpes con las patas delanteras. Viendo, pues, don Quijote que ya Rocinante se movía, lo tuvo por buena señal y creyó que significaba que ya era el momento de que acometiese aquella temerosa aventura.

Acabó en esto de descubrirse el alba, y vio don Quijote que estaba entre unos árboles altos, los cuales eran castaños, que hacen una sombra muy oscura. Sintió también que el extraño ruido no cesaba, pero no vio qué lo podía causar, y así, sin más detenerse, hizo sentir las espuelas a Rocinante, y, volviendo a despedirse de Sancho, le mandó que le aguardase allí tres días como mucho, como ya se lo había dicho la otra vez, y que si al cabo de ellos no hubiese vuelto, tuviese por cierto que Dios había querido que en aquella peligrosa aventura se le acabasen sus días. Volvió a referir el recado que había de llevar de su parte a su señora Dulcinea, y que no se preocupara en lo que tocaba a la paga de sus servicios, pues antes de salir de su aldea había dejado hecho su testamento, donde estaba todo lo tocante a su salario; pero que si Dios le sacaba de aquel peligro sano y salvo, se podía tener por más que cierta la prometida ínsula.

De nuevo volvió a llorar Sancho oyendo las lastimeras razones de su buen señor, y decidió no dejarle hasta el fin de aquel asunto. Este sentimiento enterneció algo a su amo, pero no tanto que mostrase flaqueza, sino que, disimulando lo mejor que pudo, comenzó a caminar hacia la parte por donde le pareció que venía el ruido del agua y los golpes.

Sancho le seguía a pie, llevando del cabestro, como tenía por costumbre, a su jumento, perpetuo compañero de sus prósperas y adversas fortunas; y habiendo andado un buen trecho por entre aquellos castaños, dieron en un pradecillo que se abría al pie de unas altas peñas, de las cuales se precipitaba un grandísimo golpe de agua. Al pie de las peñas estaban unas casas mal hechas, que más parecían ruinas de edificios que casas, de entre las cuales advirtieron que salía el ruido y estruendo de aquel golpear que aún no cesaba.

Rocinante se alborotó con el estruendo del agua y de los golpes, y, sosegándole don Quijote, se fue acercando poco a poco a las casas, encomendándose de todo corazón a su señora, suplicándole que en aquella temerosa empresa le favoreciese, y de camino, se encomendaba también a Dios para que no le olvidase. No se le quitaba del lado Sancho, el cual alargaba cuanto podía el cuello y la vista por entre las piernas de Rocinante, por ver si ya se veía lo que tan suspenso y medroso le tenía.

Anduvieron otros cien pasos, cuando apareció la causa de aquel espantable ruido que tanto miedo les había dado toda la noche. Y eran... ¡seis <u>mazos de batán</u>, que, movidos por la fuerza del agua, golpeaban

Cuerda que se pone en el cuello de los animales para atarlos o conducirlos.

con fuerza unas telas, provocando aquel terrible estruendo!

Cuando don Quijote vio lo que era, enmudeció y se quedó de piedra. Sancho le miró y vio que tenía la cabeza inclinada sobre el pecho, con muestras de estar avergonzado. Miró también don Quijote a Sancho y vio que tenía los carrillos hinchados, con evidentes señales de querer reventar de risa, y no pudo dejar de reírse. Sancho, como vio que su amo había comenzado a reír, soltó la carcajada, de manera que tuvo que apretarse el pecho con los puños para no reventar riendo. Cuatro veces se sosegó, y otras tantas volvió a su risa, con el mismo ímpetu que al principio. Don Quijote ya se empezó a enfadar, y más cuando le oyó decir, como con guasa:

—"Yo soy aquel para quien están guardados los peligros, las grandes hazañas, los valerosos hechos..." —repitiendo lo que su amo había dicho la primera vez que oyeron los temerosos golpes.

Viendo, pues, don Quijote que Sancho hacía burla de él, se avergonzó y se enojó de tal manera, que alzó el lanzón y le dio dos palos. Viendo Sancho que su amo se enfadaba de verdad, con mucha humildad le dijo:

—Sosiéguese vuestra merced, que sólo bromeo.

¡Con el miedo que han pasado y solo eran unos mazos de madera!

Son gruesos mazos de madera, recubiertos de cuero, que golpean las telas para limpiarlas. Sobre la tela se echaba la llamada "tierra batán". Los mazos se movían por la fuerza del agua de algún río.

CAPÍTULO XIII

Don Quijote consigue el yelmo de Mambrino y libera a los galeones

Es un casco encantado que perteneció a un rey moro llamado Mambrino.

Una palangana que usaban los barberos, en forma semiesférica, con un hueco en el borde.

En esto, comenzó a llover un poco y decidieron torcer por un camino, a la derecha, parecido al del día anterior. Al poco rato, don Quijote descubrió un hombre a caballo que llevaba en la cabeza una cosa que brillaba como si fuera de oro y, volviéndose hacia Sancho, le dijo:

—Me parece, Sancho, que, si no me engaño, hacia nosotros viene un hombre que en su cabeza lleva puesto el yelmo de Mambrino.

—Lo único que veo es un hombre sobre un asno pardo como el mío, que sobre la cabeza lleva una cosa que brilla.

—Pues ese es el yelmo de Mambrino —dijo don Quijote—. Apártate y déjame con él a solas: verás cómo, sin hablar palabra, concluyo esta aventura y queda por mío el yelmo que tanto he deseado.

El caso es que el yelmo, el caballo y el caballero que don Quijote veía eran esto: que en aquellos contornos había dos aldeas, una de las cuales era tan pequeña, que no tenía ni botica ni barbero, y así el barbero de la mayor servía a la menor. Ocurrió que dos hombres tuvieron necesidad de él, para lo cual venía el barbero y llevaba una bacía de latón; y como había comenzado a llover, para que no se le manchase el sombrero, que debía de ser nuevo, se puso la bacía en la cabeza, que era lo que se veía brillar de lejos. <u>Venía sobre un asno pardo, como Sancho dijo, pero a don Quijote le pareció un caballo.</u>

Cuando el barbero vio que el caballero se acercaba a él, sin cruzar con él ni una palabra, a todo correr de Rocinante, apuntándole con su lanza y con intención de atravesarle de lado a lado, no se lo pensó dos veces: se dejó caer del asno y, más ligero que un gamo, comenzó a correr por aquel llano abandonando la bacía o yelmo en el suelo. Don Quijote la tomó muy contento en sus manos y dijo:

—Sin duda que el (pagano) para quien se hizo este famoso casco debía de tener una cabeza grandísima; y lo peor de todo es que le falta la mitad.

Cuando Sancho oyó llamar casco a la bacía del barbero, no pudo contener la risa.

—¿De qué te ríes, Sancho?

—Me río de pensar en la cabeza tan enorme que tenía el dueño de este yelmo, que parece más bien la bacía de un barbero.

—¿Sabes qué imagino, Sancho? Que este encantado yelmo debió de venir a manos de quien no supo conocer su valor y, sin saber lo que hacía, viéndolo de oro purísimo, debió de fundir la otra mitad para aprovecharse del precio, y de la otra mitad hizo ésta que parece una bacía de barbero, como tú dices. Pero sea como fuere, como yo conozco su valor, la haré arreglar por un herrero y, entretanto, la llevaré como pueda y será suficiente para defenderme de alguna pedrada.

Sancho pidió a su amo que le dejase quedarse con los (aparejos) del asno del barbero. Don Quijote le dio permiso y, de este modo, Sancho puso a su jumento a las mil maravillas, dejándole muy mejorado.

Como siempre, Sancho ve la realidad y don Quijote se deja llevar por su fantasía.

Le llama pagano porque así se referían a los que no eran cristianos, como Mambrino.

Instrumentos que se le ponen al animal de carga para poder montar en él.

Hombres condenados a remar en los barcos o galeras de la armada real.

Después de almorzar subieron a caballo y, sin tomar un determinado camino, se pusieron a caminar por donde Rocinante quiso.

Yendo caminando, don Quijote alzó los ojos y vio que, por el camino que llevaban, venían unos doce hombres a pie, unidos todos por una gran cadena de hierro que les rodeaba los cuellos y con esposas en las manos. Iban con ellos dos hombres a caballo y dos a pie con escopetas y espadas. Así como Sancho los vio, dijo:

—Ésta es una cadena de galeotes, gente forzada del rey, condenados que van a remar en las galeras.

—¿Cómo gente forzada? —preguntó don Quijote—. ¿Es posible que el rey fuerce a alguna persona?

—No digo eso —respondió Sancho— sino que es gente que, por sus delitos, va condenada a servir al rey a las galeras, por la fuerza.

—Pues si van forzados —dijo don Quijote— aquí tengo que ejercer mi oficio de socorrer a los desgraciados.

—Advierta vuestra merced —dijo Sancho— que la justicia, que es el mismo rey, no hace fuerza a esta gente, sino que les castiga por sus delitos.

Llegó en esto la cadena de los galeotes y don Quijote, con muy corteses palabras, pidió a los guardianes que le dijesen la causa por la cual llevaban a aquella gente de aquella manera. Uno de los guardias respondió que eran galeotes, gente de Su Majestad, que iban a galeras, y que no había más que decir, ni él tenía más que saber.

—A pesar de todo —replicó don Quijote—, quisiera saber la causa de la desgracia de cada uno de esos hombres.

—Aunque llevamos aquí las sentencias de los castigos de cada uno de estos desventurados, no es momento de detenerse a leerlas. Si quiere vuestra merced, pregúnteselo a ellos mismos y ya se lo dirán si quieren hacerlo.

Con este permiso, que don Quijote se tomó, se acercó a la cadena y le preguntó al primero que por qué pecados había sido condenado. Él respondió que por enamorado.

—¿Por eso nada más? —replicó don Quijote—. Pues si por enamorado se va a galeras, algún día estaré yo remando en ellas.

—No son los amores que vuestra merced piensa —dijo el galeote—; pues los míos fueron que quise tanto a una canasta de ropa blanca, que la abracé conmigo tan fuertemente que, si no me la hubiera quitado la justicia por la fuerza, aún la tendría. Se vio la causa, me dieron cien azotes y por añadidura tres años en gurapas, y se acabó todo.

Así llamaban los delincuentes a las galeras.

—¿Qué son gurapas? —preguntó don Quijote.

—Gurapas son galeras —respondió el galeote.

Lo mismo preguntó don Quijote al segundo, que no respondió palabra, porque iba muy triste y melancólico; mas el primero respondió por él y dijo:

—Este, señor, va por canario... Digo, por músico y cantor.

"Cantar" aquí significa que confesó su delito. Esto era mal visto por los demás presos.

—Pero ¿cómo? —replicó don Quijote—. ¿Por músicos y cantores también van a galeras?

—Sí, señor —respondió el galeote.

—No lo entiendo —dijo nuestro caballero.

Pero uno de los guardianes le dio esta explicación:

—Señor caballero, "cantar" se dice entre esta gente a confesar en la tortura. A este pecador le dieron tormento y confesó su delito, que era robar bestias, y por haber confesado le condenaron a seis años de galeras, además de darle doscientos azotes; va siempre pensativo y triste ya que los demás ladrones le menosprecian porque no tuvo valor para negar su falta.

Tras todos ellos venía un hombre de muy buen aspecto, de unos treinta años de edad. Venía más atado que los demás porque traía una cadena al pie, tan grande, que se le liaba por todo el cuerpo, y dos argollas a la garganta. Don Quijote preguntó cómo iba aquel hombre con más cadenas que los demás. El guarda respondió que porque tenía él solo más delitos que todos los otros juntos y que era tan atrevido y tan bellaco, que aunque le llevaban de aquella manera, no iban seguros de él, sino que temían que se les podía escapar.

—¿Qué delitos puede tener —dijo don Quijote— si sólo va a galeras?

—Va por diez años —replicó el guarda— y ha perdido todos sus derechos. Es el famoso Ginés de Pasamonte, también llamado Ginesillo de Parapilla.

Este es el mote que le han puesto, y él se enfada mucho cuando le llaman así.

—Señor comisario, —dijo entonces el galeote— me llamo Ginés y mi apellido es Pasamonte, y no Parapilla como vuestra merced dijo. Y métase en sus asuntos.

—Hable con menos tono, señor ladrón —replicó el comisario— si no quiere que le haga callar.

—Algún día sabrá si me llamo Parapilla o no... —repuso Ginés de Pasamonte.

—Pues ¿no te llaman así, embustero? —dijo el guardia.

—Sí me llaman —respondió Ginés—, mas yo haré que no me lo llamen. Señor caballero, si tiene algo que darnos, dénoslo ya y vaya con Dios, que ya enfada con tanto querer saber de vidas ajenas.

El comisario alzó la vara para castigar al galeote, pero don Quijote se puso en medio y le rogó que no

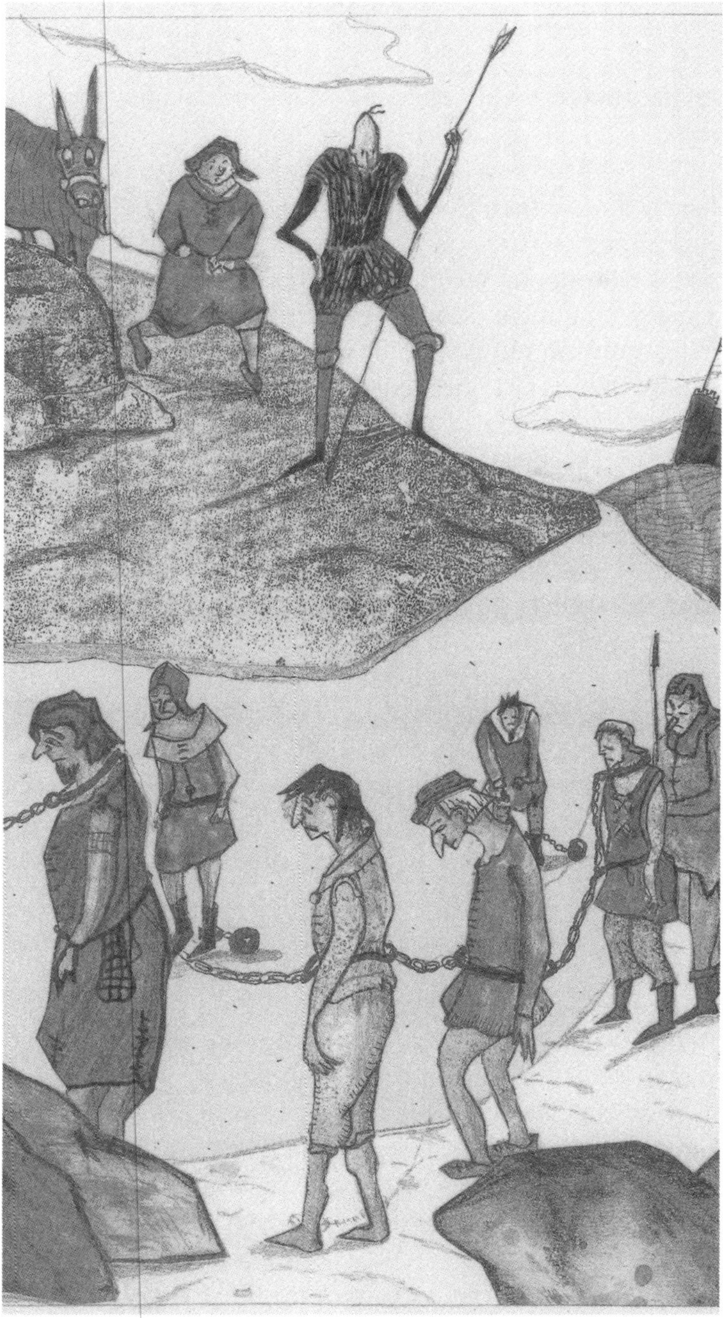

le maltratase; y volviéndose a todos los encadenados les dijo:

—De todo cuanto me habéis dicho, queridos hermanos, he sacado en limpio que, aunque os han castigado por vuestras culpas, las penas que vais a padecer no os dan mucho gusto, y que vais a ellas de muy mala gana y en contra de vuestra voluntad; de manera que estoy convencido de que he de ejercer con vosotros mi oficio, para el cual me fue otorgada la orden de caballería que profeso, y el voto que hice de favorecer a los necesitados. Pero como sé que lo que se puede hacer a las buenas no hay que hacerlo a las malas, quiero rogar a estos señores guardianes y al comisario que hagan el favor de desataros y dejaros ir en paz. Pido esto con toda mansedumbre y sosiego, porque si no lo hacéis de buen grado, esta lanza y esta espada, junto con la fuerza de mi brazo, harán que lo hagáis por la fuerza.

—¡Menuda tontería! —respondió el comisario—. ¡Vaya con lo que ha salido al cabo de tanto rato! Quiere que soltemos a los presos, como si él tuviera autoridad para mandárnoslo. Siga vuestra merced, señor, su camino, enderécese ese orinal que lleva en la cabeza, y no busque tres pies al gato.

—¡Vos sois el gato y el bellaco! —dijo don Quijote.

Y diciendo y haciendo arremetió contra él tan deprisa que, sin que tuviera tiempo de defenderse, le tiró al suelo, malherido de una lanzada; y tuvo suerte porque era éste el de la escopeta. Los demás guardianes quedaron atónitos y suspensos, a causa del inesperado acontecimiento; pero, volviendo en sí, echaron mano a sus espadas y a sus dardos y arremetieron contra don Quijote, quien, con mucha calma, les estaba aguardando; y sin duda lo hubiera pasado mal si los galeotes,

¡Pretende que los guardias suelten a los presos!

No busque problemas donde no los hay.

viendo la ocasión que se les ofrecía de alcanzar la libertad, no hubiesen procurado romper la cadena donde venían ensartados.

La revuelta fue de tal manera que los guardianes, entre vigilar a los galeotes que se desataban y acometer a don Quijote, no hicieron nada de provecho. Ayudó Sancho, por su parte, a la soltura de Ginés de Pasamonte, que fue el primero que quedó libre y, arremetiendo contra el comisario caído, le quitó la espada y la escopeta, con la cual, apuntando a unos y a otros, sin disparar, no quedó ni un guardia en todo el campo, porque huyeron todos.

Y, llamando Don Quijote a todos los galeotes, que andaban alborotados y habían quitado las ropas al comisario hasta dejarle en cueros, les dijo así:

—De gente bien nacida es agradecer los beneficios que se reciben, y uno de los pecados que más ofende a Dios es la ingratitud. En pago del beneficio que de mí habéis recibido, es mi voluntad que, cargados con esta cadena que quité de vuestros cuellos, os pongáis en camino hasta el Toboso, y allí os presentéis a la señora Dulcinea del Toboso, y le digáis que su Caballero de la Triste Figura os envía, y le contéis que os he dado vuestra deseada libertad; y hecho esto, os podréis marchar adonde queráis.

Respondió por todos Ginés de Pasamonte y dijo:
—Lo que vuestra merced nos manda, señor y libertador nuestro, es imposible de cumplir, porque no podemos ir juntos por los caminos, sino solos y separados, cada uno por su lado, procurando escondernos para no ser hallados por la justicia, que sin duda alguna saldrá en nuestra busca. Lo que vuestra merced puede hacer es cambiar ese tributo a la señora Dulcinea del Toboso por alguna cantidad de avemarías y credos, que

Esto recuerda al refrán que dice: "De gente bien nacida es ser agradecida" o "De bien nacidos es ser agradecidos".

No es la primera vez que don Quijote pide a alguien que vaya a presentarse ante Dulcinea...

Que es imposible...

nosotros diremos por la intención de vuestra merced; y esto se podrá cumplir de día y de noche, huyendo o reposando; pero pedir que vayamos con la cadena a cuestas hasta el Toboso, es casi lo <u>mismo que pedir peras al olmo</u>.

—Pues ¡voto a tal! —dijo don Quijote ya puesto en cólera—, don Ginesillo de Paropillo o como os llaméis, que habéis de ir vos solo, con toda la cadena a cuestas.

Pasamonte —que ya se había dado cuenta de que don Quijote no era muy cuerdo, por el disparate que había hecho de darles la libertad—, viéndose tratar de aquella manera, guiñó un ojo a los compañeros y se apartó hacia atrás. En aquel instante comenzaron a llover tantas piedras sobre don Quijote que no era capaz de cubrirse con el escudo. Sancho se puso detrás de su asno y con él se defendía de la nube de pedrisco que sobre ambos llovía. A pesar del escudo, unos cuantos guijarros acertaron en el cuerpo de don Quijote, con tanta fuerza, que dieron con él en el suelo; y apenas hubo caído, cuando se arrojaron sobre él los galeotes y le quitaron todo, lo mismo que a Sancho, al que dejaron en pelota. Luego se fueron cada uno por su lado.

Quedaron solos el jumento y Rocinante, don Quijote y Sancho: el asno cabizbajo y pensativo, sacudiendo de cuando en cuando las orejas, pensando que aún no había cesado la borrasca de las piedras; Rocinante, tendido junto a su amo, que también vino al suelo de otra pedrada; Sancho en pelota y temeroso de la justicia; y don Quijote apesadumbrado de verse tan maltratado por los mismos a quienes tanto bien había hecho.

CAPÍTULO XIV

Don Quijote y Sancho en Sierra Morena

Viéndose tan malparado, don Quijote dijo a su escudero:
—Siempre he oído decir, Sancho, que hacer bien a villanos es como echar agua en el mar. Si yo hubiera creído lo que me dijiste, nos hubiéramos evitado esta pesadumbre. Pero ya está hecho: paciencia y escarmentar de aquí en adelante.
—Así escarmentará vuestra merced —respondió Sancho— y ahora suba sobre Rocinante y sígame.
Subió don Quijote sin replicarle más palabra y, guiado por Sancho sobre su asno, se metieron por una parte de Sierra Morena que estaba allí cerca, pues Sancho pretendía atravesarla y esconderse algunos días para no ser encontrados por si la justicia les buscaba.
En cuanto don Quijote entró por aquellas montañas se alegró mucho, pues le pareció que aquellos lugares eran propios para las aventuras que buscaba. Le venían a la memoria los maravillosos sucesos que en semejantes soledades y asperezas les habían sucedido a los caballeros andantes.
En esto, Sancho alzó los ojos y vio que su amo estaba parado, procurando levantar con la punta de la lanza un bulto que estaba caído en el suelo, por lo cual se dio prisa en ayudarle. Llegó al tiempo que alzaba con la lanza un cojín y una maleta medio podridos o

Es algo inútil.

Cordillera que sirve de límite entre la Mancha y Andalucía.

Es lógico que Sancho tenga miedo de la justicia... ¡su amo acaba de liberar a unos presos!

podridos del todo, y deshechos. Como pesaban tanto, Sancho se agachó a tomarlos y su amo le mandó que viese lo que había en la maleta. Así lo hizo Sancho y, aunque la maleta venía cerrada con una cadena y su candado, por los agujeros que tenía vio que en ella había cuatro camisas de lino y, en un pañuelo, un buen montón de escudos de oro, y así como los vio dijo:

—¡Bendito sea todo el cielo, que nos ha deparado una aventura que es de provecho!

Y, buscando más, hallaron un cuadernillo. Don Quijote guardó para sí el cuadernillo y dio a Sancho el dinero. El caballero lo abrió y vieron que contenía unos poemas y una cartas de amor, quejas, lamentos, desconfianzas, sabores y sinsabores. El Caballero de la Triste Figura quedó con un gran deseo de saber quién era el dueño de la maleta, aunque por lo que leyó en el cuadernito y por el dinero que encontraron, supuso que debía de ser algún rico enamorado a quien los desdenes de su dama habían conducido allí.

Yendo con este pensamiento, vio que en la cumbre de una colina iba saltando un hombre de risco en risco y de mata en mata. Le pareció que iba casi desnudo, que tenía una barba negra y espesa, los cabellos revueltos y los pies descalzos. Aunque lo procuró, Don Quijote no pudo seguirle, porque Rocinante no podía andar por aquellas asperezas. Luego imaginó que aquél sería el dueño del cojín y de la maleta, y se propuso ir a buscarle hasta hallarle, y así mandó a Sancho que atajase por una parte de la montaña, pues él iría por la otra. Pero Sancho no quiso apartarse de su amo, porque tenía miedo.

Así pues, Don Quijote picó a Rocinante y Sancho le siguió con su asno y, cuando rodearon parte de la montaña, hallaron en un arroyo una mula muerta, lo que confirmó que aquel que huía era el dueño de la mula y del cojín.

Mientras la estaban mirando, oyeron un silbido de pastor que guardaba ganado, y a su izquierda apareció una buena cantidad de cabras y, tras ellas, el cabrero que las guardaba, que era un hombre anciano. Don Quijote le dio voces y le rogó que bajase al lugar donde estaban. Él respondió a gritos que quién les había traído por aquel lugar frecuentado por lobos y otras fieras que por allí andaban. Sancho le respondió que bajase, que se lo explicarían todo. Bajó el cabrero, y al llegar adonde estaba don Quijote dijo:

—Apuesto a que está mirando la mula que está muerta en esa <u>hondonada</u>. Pues ya hace casi seis meses que está en ese mismo lugar. Díganme ¿han topado por ahí con su dueño?

—No hemos topado con nadie —respondió don Quijote— más que con un cojín y una maleta que hallamos no lejos de este lugar.

—También la hallé yo —respondió el cabrero—, mas nunca quise tocarla, <u>por temor a que me ocurriese alguna desgracia</u> y que me acusaran <u>de hurto</u>; porque el diablo tiende al hombre trampas donde tropieza y cae sin saber cómo.

—Eso mismo digo yo —mintió Sancho—; <u>porque también yo la encontré y no quise acercarme a ella, sino que la dejé donde estaba</u>, pues no quiero problemas.

—Decidme, buen hombre —dijo don Quijote—, ¿sabéis quién es el dueño de estas prendas?

A estas palabras respondió el cabrero explicando que hacía unos seis meses que había aparecido por allí un joven de muy buena presencia, el cual, abandonando la mula y la maleta donde las habían

Valle, terreno bajo.

Los supersticiosos creen que no deben abrirse los objetos cerrados que se encuentran, porque puede pasar algo malo.

De haberla robado.

¡Qué mentiroso! ¡Amo y escudero se quedan con lo que había dentro!

visto, se había quedado a vivir solo entre aquellas montañas. Desde entonces no le habían vuelto a ver hasta que, en una ocasión, había asaltado violentamente a un pastor, por lo que algunos cabreros fueron a buscarle. Le encontraron metido en el hueco de un robusto alcornoque, y les saludó cortésmente. Al verle en aquellas condiciones, le rogaron que cuando tuviese necesidad de sustento, nos dijese dónde podríamos encontrarle y se lo llevaríamos con mucho gusto, pero que no se lo quitara a los pastores. El joven les pidió perdón y agradeció su ofrecimiento llorando pero, repentinamente, enmudeció y atacó a uno de los pastores, por lo cual pudieron darse cuenta de que, en determinados momentos, le daba una súbita locura que le hacía ser violento y acusaba a un tal Fernando de todas sus desdichas.

—Así que —prosiguió el cabrero— ayer decidimos unos amigos y yo, que por las buenas o por las malas, le llevaremos a Almodóvar del Campo, que está cerca de aquí, y allí le curaremos, si es que su mal tiene cura, o sabremos quién es cuando esté en sus cabales y si tiene parientes a quien dar noticia de su desgracia.

Don Quijote quedó admirado de lo que el cabrero le había contado y tuvo más deseo de saber quién era el desdichado loco, así que se propuso buscarle por toda la montaña, sin dejar de mirar en ningún rincón ni cueva hasta hallarle. Pero en aquel mismo instante apareció por el hueco de una sierra el mancebo a quien buscaba, el cual venía hablando consigo mismo, sin que se pudiera entender lo que decía.

Al llegar a ellos, el mancebo les saludó con voz bronca, pero con mucha cortesía. Don Quijote se apeó de Rocinante y le abrazó durante un rato. El joven le miró extrañado y le dijo:

—Señor, quienquiera que seáis, que yo no os conozco, os agradezco la cortesía que habéis tenido conmigo.

Y tras mirar y remirar a don Quijote de arriba abajo, continuó:

—Si tienen algo que darme de comer, por amor de Dios que me lo den, que después de haber comido, yo haré todo lo que me manden, en agradecimiento a vuestros buenos deseos.

Sancho se apresuró a sacar comida de su costal y el cabrero de su zurrón, con lo cual el muchacho satisfizo su hambre. Después empezó a explicar su historia:

—Mi nombre es Cardenio y pertenezco a una noble y rica familia de Andalucía. Desde mis más tiernos años, amé a la hermosa Luscinda, cosa que agradó a nuestros padres. Pero un amigo mío, llamado Fernando, aunque se había prometido a otra bella doncella llamada Dorotea, vio a Luscinda y se enamoró de ella. Procuraba siempre don Fernando leer los papeles que yo enviaba a Luscinda y los que ella me respondía, pues los dos éramos muy amigos. Sucedió que un día que Luscinda me pidió para leer un libro de caballería, a los que era muy aficionada, que era el de *Amadís de Gaula*...

<u>No bien hubo oído don Quijote nombrar "libro de caballerías" cuando interrumpió las explicaciones de Cardenio:</u>

¡Qué mal educado! Ha cortado el relato de Cardenio... Ahora nos quedamos sin saber qué pasó.

—Con que vuestra merced me hubiera dicho que la señora Luscinda era aficionada a los libros de caballerías, habría sido suficiente para comprender la alteza de su entendimiento. Perdone por la interrupción, y siga su historia.

Cardenio había bajado la cabeza y no respondía palabra, pero al cabo de un rato, empezó a discutir con don Quijote y, en un arrebato, el joven alzó un guijarro y lo lanzó contra el pecho del caballero con tal fuerza que le hizo caer de espaldas. Sancho, que vio tratar así a su señor, arremetió contra el loco con el puño cerrado, pero éste le recibió con un buen puñetazo y luego le tiró al suelo, se subió sobre él y le molió las costillas. El cabrero, que le quiso defender, recibió el mismo trato. Y después de rendirlos a todos, Cardenio les dejó y fue a esconderse en la montaña.

Sancho se levantó y quiso vengarse del cabrero diciéndole que él tenía la culpa, pero el cabrero respondió que él ya había advertido que le tomaba a ratos la locura, y que no era suya la culpa.

Don Quijote preguntó al cabrero si sería posible hallar a Cardenio porque quería saber el final de su historia, y éste respondió que si andaba mucho por aquellos contornos quizá lo encontrara de nuevo, cuerdo o loco.

Don Quijote se despidió del cabrero y, subiendo sobre Rocinante, mandó a Sancho que le siguiese. Iban charlando de lo que había sucedido con Cardenio cuando Sancho dijo:

—Señor, ¿es buena regla de caballería que andemos perdidos por estas montañas, sin senda ni camino, buscando a un loco que quizá la emprenda a golpes otra vez con nosotros?

—Calla, Sancho —dijo don Quijote—, que no solo me trae a estos lugares el deseo de hallar al loco, sino que tengo que hacer una hazaña que me hará ganar perpetuo nombre y fama por toda la Tierra.

—¿Y es de mucho peligro esa hazaña? —preguntó Sancho Panza.

—No— respondió el de la Triste Figura —pero todo depende de ti.

—¿De mí? —preguntó Sancho.

—Sí —dijo don Quijote—; porque si vuelves pronto del lugar adonde pienso enviarte, pronto se acabará mi pena y comenzará mi gloria. Y como no quiero tenerte intrigado, quiero que sepas, Sancho, que el famoso Amadís de Gaula fue uno de los más perfectos caballeros andantes, el único, el señor de todos los que hubo en su tiempo en el mundo; y una de las cosas en que este caballero mostró su prudencia, valor, valentía, sufrimiento, firmeza y amor fue cuando se retiró, desdeñado por su dama Oriana, a hacer penitencia en la Peña Pobre, cambiando su nombre por el de "Beltenebros", nombre muy apropiado para la clase de vida que por su voluntad había escogido. Así que a mí me es más fácil imitarle en esto, que no en matar gigantes, descabezar serpientes, desbaratar ejércitos y deshacer encantamientos; y puesto que estos lugares son tan apropiados para semejante obra, no he de dejar pasar la ocasión que ahora se me ofrece.

—Y entonces —preguntó Sancho—: ¿qué es lo que vuestra merced quiere hacer en este remoto lugar?

—Ya te he dicho —respondió don Quijote— que quiero imitar a Amadís haciendo aquí de desesperado y de furioso.

—Pero vuestra merced, ¿qué causa tiene para volverse loco?

—Ahí está lo hermoso de mi pretensión —respondió don Quijote—, pues volverse loco un caballero andante con causa no tiene gracia; el toque está en desvariar sin motivo. Así que, Sancho amigo, no pierdas el tiempo en aconsejarme. Loco soy y loco he de ser hasta que tú vuelvas con la respuesta de una carta que contigo pienso enviar a mi señora Dulcinea.

Pasaron aquella noche entre dos peñas y entre muchos alcornoques. Pero la mala suerte ordenó que

Don Quijote siempre trata de imitar todo lo que hizo este héroe de ficción.

Lejano, retirado.

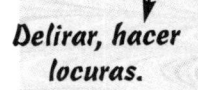

Delirar, hacer locuras.

Ginés de Pasamonte, el famoso embustero y ladrón que se había escapado de la cadena de galeotes, llevado por el miedo a la justicia, decidió esconderse en aquellas montañas, y su miedo le llevó a la misma parte donde estaban Don Quijote y Sancho Panza. Los reconoció y los dejó dormir con la intención de robarle el asno a Sancho Panza, descartando a Rocinante por ser prenda tan mala para empeñarla como para venderla. Mientras Sancho dormía, le hurtó su jumento y, antes de que amaneciese, se halló bien lejos de poder ser hallado.

Salió la aurora [*Amaneció.*] alegrando la tierra y entristeciendo a Sancho Panza, porque echó en falta su asno, y viéndose sin él, comenzó a hacer el más triste y doloroso llanto del mundo. Don Quijote despertó con las voces y oyó que decía:

—¡Oh hijo de mis entrañas, nacido en mi misma casa, tesoro de mis hijos, deleite de mi mujer, envidia de mis vecinos y alivio de mis cargas!

Don Quijote, que vio el llanto y supo la causa, consoló a Sancho con las mejores razones que pudo y le rogó que tuviese paciencia, prometiéndole darle un documento para que le diesen tres pollinos [*Asnos, borricos.*] en su casa, de cinco que había dejado en ella. Se consoló Sancho con esto, limpió sus lágrimas y agradeció a Don Quijote la merced que le hacía.

Con esta conversación, llegaron al pie de una alta montaña por cuya falda corría un manso arroyuelo. Había por allí muchos árboles y algunas plantas y flores que hacían el lugar apacible. Este sitio escogió el Caballero de la Triste Figura para hacer su penitencia, tal como había leído en sus libros. Y así, dijo en voz alta:

—Este es el lugar ¡oh cielos! que escojo para llorar la desventura en que me habéis puesto. ¡Oh solitarios árboles, que me vais a hacer compañía en mi soledad, moved vuestras ramas como señal de que no os desagrada mi presencia! ¡Oh tú, escudero mío, toma bien en la memoria lo que aquí me verás hacer, para que lo cuentes a la causante de todo ello!

Y, diciendo esto, se apeó de Rocinante y, en un momento, le quitó el freno y la silla; y dándole una palmada en las ancas, le dijo:

—Libertad te da el que se queda sin ella. ¡Vete por donde quieras!

Viendo esto, Sancho dijo:

—Será mejor que vuelva a ensillar a Rocinante para que supla la falta del rucio, porque ahorraré tiempo en mi ida y vuelta; que si la hago a pie, no sé cuándo llegaré, ni cuándo volveré, porque soy mal caminante.

—Sea como tú quieras —respondió Don Quijote—. De aquí a tres días partirás, porque quiero que, mientras, veas lo que hago y digo por mi señora, para que se lo digas.

—Pues ¿qué más tengo que ver —dijo Sancho— que lo que he visto?

—¡No te enteras de nada! —respondió Don Quijote— Ahora me falta rasgar las vestiduras, esparcir las armas y darme calabazadas por estas peñas y hacer otras cosas parecidas que te han de admirar.

—Por amor de Dios —dijo Sancho—, mire vuestra merced cómo se da esas calabazadas. Conténtese con dárselas en el agua o en alguna cosa blanda; y déjeme a mí, que yo le diré a mi señora que vuestra merced se las daba en una punta de peña, más dura que un diamante.

—Agradezco tu buena intención, amigo Sancho —respondió don Quijote— , mas quiero que sepas que estas cosas que hago no son de burlas, sino muy de

> *Pieza de hierro que se pone en la boca de los caballos y sirve para sujetarlos y dirigirlos.*

> *Grupa, parte trasera del caballo.*

> *En señal de dolor y de locura.*

veras. Así que mis calabazadas han de ser verdaderas. Y será necesario que me dejes algunas vendas para curarme, pues la mala suerte quiso que nos falte el bálsamo que perdimos.

—Ruego a vuestra merced que no me recuerde más aquel maldito brebaje —protestó Sancho—, que sólo con oírle mentar se me revuelve el alma y no sólo el estómago.

—Y en cuanto a la carta —prosiguió don Quijote—, la escribiré en el cuadernillo que fue de Cardenio y tendrás cuidado de hacerla escribir en papel, con buena letra, en el primer lugar donde haya un maestro de escuela o un sacristán.

—¿Y qué se ha de hacer con la firma? —dijo Sancho.

—Nunca las cartas de Amadís se firmaron —respondió don Quijote.

—Está bien —respondió Sancho—. Pero el documento de los pollinos forzosamente se ha de firmar, porque si la firma otra persona, dirán que la firma es falsa y me quedaré sin ellos.

—El documento irá firmado. Y en lo que toca a la carta de amores, pondrás por firma: "Vuestro hasta la muerte, el Caballero de la Triste Figura". Poco importa que vaya firmada por mano ajena, porque, por lo que yo recuerdo, Dulcinea no sabe escribir ni leer y nunca ha visto ni letra ni carta mía, porque mis amores y los suyos han sido siempre platónicos, sin extenderse más que a una honesta mirada, y muy de cuando en cuando, pues en doce años que hace que la amo no la he visto cuatro veces y puede ser que ella ni se haya dado cuenta, tal es el recato y encerramiento con que su padre, Lorenzo Corchuelo y su madre Aldonza Nogales, la han criado.

—¡Ta, ta! —dijo Sancho—. ¿Que la hija de Lorenzo Corchuelo es la señora Dulcinea del Toboso, llamada por otro nombre Aldonza Lorenzo?

—Esa es —dijo don Quijote— y es la que merece ser señora de todo el universo.

—Bien la conozco— dijo Sancho— y sé decir que tira tan bien una barra como el más forzudo muchacho de todo el pueblo. ¡Por Dios que es moza hecha y derecha y de pelo en pecho! Recuerdo que un día se subió al campanario del pueblo y se puso a llamar a voces a unos muchachos que andaban en una tierra de su padre y aunque estaban a más de media legua, la oyeron como si estuvieran al pie de la iglesia.

¿Te parece propio de una princesa?

—Ya te tengo dicho que hablas demasiado y que te pasas de listo —dijo don Quijote—. Yo la imagino hermosa y honesta y me hago a la idea de que es la más alta princesa del mundo. Yo la pinto en mi imaginación como la deseo, y que cada uno diga lo que quiera.

—En todo tiene razón vuestra merced —respondió Sancho—. Venga la carta, que me voy.

Después de escribir la carta para Dulcinea, se la entregó a Sancho y, para que éste se enterara de su contenido se la leyó; luego le pidió que viera por lo menos algunas de esas locuras que hacían los caballeros andantes para hacer la penitencia y, desnudándose a toda prisa, se quedó en paños menores y luego sin más ni más dio dos zapatetas en el aire e hizo dos volteretas con la cabeza abajo y los pies en alto. Sancho ya se dio por satisfecho, pues podía jurar que su amo quedaba loco y se dispuso a emprender su camino que, como veremos, fue breve.

Saltos en el aire golpeándose los pies con las manos.

CAPÍTULO XV

Sancho, "pillado" por el cura y el barbero. La aparición de la Princesa Micomicona

En cuanto salió al camino real, el escudero se puso en busca del Toboso y, al día siguiente, llegó a la venta donde le había sucedido la desgracia de la manta. Cuando la vio, no quiso entrar, aunque el deseo de comer algo caliente le obligó a acercarse. Estando en esto, salieron de la venta dos personas que le reconocieron.

—Dígame, señor licenciado, aquel del caballo ¿no es Sancho Panza el que había salido como escudero de nuestro aventurero?

—Sí es —dijo el licenciado—, y aquel es el caballo de nuestro don Quijote.

Y le conocieron tan bien porque eran el cura y el barbero de su mismo pueblo, los cuales, cuando acabaron de conocer a Sancho Panza y a Rocinante, deseosos de saber algo de don Quijote, se fueron hacia él. El cura le llamó por su nombre, diciéndole:

—Amigo Sancho Panza, ¿dónde está vuestro amo?

Les conoció Sancho Panza y decidió encubrir el lugar y el estado en que su amo estaba, y así les respondió que su amo se había quedado ocupado en cierta parte y en cierta cosa que le era de mucha importancia, la cual él no podía descubrir.

—No, no —dijo el barbero—, Sancho Panza, si vos no nos decís donde está, imaginaremos que le habéis matado y robado, pues venís con su caballo.

—No hay por qué amenazarme, pues no soy hombre que robe ni mate a nadie. Mi amo se ha quedado haciendo penitencia en medio de la montaña, muy a su gusto.

Y luego, sin parar, les contó las aventuras que le habían sucedido y cómo llevaba una carta a la señora Dulcinea del Toboso, que era la hija de Lorenzo Corchuelo, de quien su amo estaba enamorado.

Quedaron admirados los dos de lo que Sancho Panza les contaba, y le pidieron que les enseñase la carta que llevaba a la señora Dulcinea del Toboso. Él dijo que iba escrita en un cuadernillo y que tenía orden de su señor de hacerla trasladar en papel en el primer lugar adonde llegase, a lo cual dijo el cura que se la mostrase, que él la trasladaría con muy buena letra. Empezó Sancho a buscar el cuadernillo, pero no lo encontró, ni lo podía encontrar, porque se había quedado don Quijote con él, y no se lo había dado, ni él se acordó de pedírselo.

Cuando Sancho vio que no hallaba el cuaderno, se quedó pálido, y sin más ni más <u>se puso a arrancarse las barbas con ambas manos y se quedó con la mitad de ellas, y luego se dio media docena de puñetazos en el rostro y en las narices</u>.

¡Qué bruto!

Al ver esto el cura y el barbero le preguntaron qué era lo que sucedía.

—¿Qué me ha de suceder —respondió Sancho— sino que he perdido en un instante tres pollinos como tres castillos?

—¿Cómo es eso? —preguntó el barbero.

—He perdido el cuadernillo donde venía la carta para Dulcinea y un documento firmado de mi señor, por el cual mandaba a su sobrina que me diese tres pollinos —respondió Sancho.

Y con esto les contó la pérdida de su asno. El cura le consoló y le dijo que cuando hallase a su señor, él le haría repetir el documento en papel, puesto que los escritos en cuadernos jamás se aceptaban ni cumplían.

Con esto se consoló Sancho y contó cosas de su amo, pero no dijo nada del manteamiento. Contó cómo su señor iba a procurar ser emperador o por lo menos monarca, pues era cosa muy fácil serlo, según era el valor de su persona y la fuerza de su brazo; y que cuando lo fuera, le iba a dar a él por mujer a una emperatriz heredera de un rico y gran estado.

Decía esto Sancho limpiándose de cuando en cuando las narices y, con tan poco juicio, que los dos se admiraron de la gran locura de don Quijote, pues había llevado tras sí el juicio de aquel pobre hombre. No quisieron cansarse en sacarle del error en el que estaba, pareciéndoles que les sería de más gusto oír sus necedades, y así le dijeron que rogase a Dios por la salud de su señor.

Estupideces, tonterías.

—Pero lo que ahora se ha de hacer —continuó el cura— es sacar a vuestro amo de aquella inútil penitencia que dices que queda haciendo; y para pensarlo, y para comer, que ya es hora, será mejor que entremos en esta venta.

Sancho dijo que entrasen ellos, que él les esperaría fuera, que después les diría la causa por la que no entraba en ella; pero que les rogaba que le sacasen algo caliente de comer, y un poco de cebada para Rocinante.

Después, al cura se lo ocurrió una idea, muy del gusto de don Quijote, y le dijo al barbero que él se vestiría como doncella andante y que el barbero procurase ponerse lo mejor posible como escudero y que, así, irían donde don Quijote estaba, fingiendo ser una doncella afligida y le pediría un don, al cual él no podría negarse, como valeroso caballero andante. Y que el don que pensaba pedir era que se viniese con ella donde ella le llevase, a deshacer un agravio que un mal caballero le había hecho, y que le suplicaba que no le mandase quitar su antifaz, ni le preguntase nada hasta que le hubiese deshecho este agravio. Así creían que don Quijote haría todo lo que le pidiese y, de esta manera, le sacarían de allí y se lo llevarían a su aldea, donde procurarían ver si tenía algún remedio su extraña locura.

No le pareció mal al barbero la invención del cura, y enseguida la pusieron por obra.

Pidieron a la ventera una falda y unas (tocas) para el cura, y el barbero se hizo una gran barba con una cola de buey. Preguntó la ventera que para qué le pedían aquellas cosas. El cura le contó brevemente la locura de don Quijote y los dueños de la venta cayeron en que el loco había sido su huésped, el del bálsamo milagroso, y contaron al cura todo lo que había ocurrido, sin olvidar el manteamiento de Sancho.

Pero, apenas salieron de la venta, cuando el cura pensó que hacía mal en haberse puesto de aquella manera, por ser cosa indecente que un sacerdote se pusiese así y, diciéndoselo al barbero, le rogó que cambiasen los trajes, pues era más justo que él fuese la doncella y él hiciese de escudero, pues así se profanaba menos su dignidad.

En esto llegó Sancho, y al ver a los dos en aquel traje, no pudo contener la risa. Así, el cura y el barbero decidieron no vestirse hasta que no estuviesen donde don Quijote estaba. Siguieron su camino, guiados por Sancho Panza, el cual les fue contando lo que les ocurrió con el loco que hallaron en la sierra.

Prenda de tela fina para cubrir la cabeza.

No era apropiado que un cura se vistiese de aquella manera.

Al día siguiente, llegaron al lugar donde Sancho había dejado puestas unas señales para acertar el lugar donde había dejado a su señor. Se vistieron con sus disfraces y advirtieron a Sancho que, si don Quijote le preguntaba si le había dado la carta a Dulcinea, que dijese que sí y que le había respondido que al momento fuera a verla, pues era cosa que le importaba mucho.

Sancho se adelantó y entró por aquella sierra, dejando a los dos en una parte por donde corría un pequeño y manso arroyo. Allí escucharon una voz que cantaba canciones de amor y de celos:

> *¿Quién me causa este dolor?*
> *Amor*
> *¿Y quién mi gloria repugna?*
> *Fortuna*
> *¿Y quién consiente en mi duelo?*
> *El cielo...*

Puñal.

Era Cardenio, que esta vez estaba en su sano juicio. El cura y el barbero, que ya sabían su historia por Sancho, le rogaron que la contara hasta el final. Así, Cardenio contó cómo se había enterado de que don Fernando había pedido a su amada Luscinda por esposa y se iban a casar en pocos días. Pero Luscinda prometió a Cardenio que, antes que casarse con Fernando, pondría fin a su vida con una daga que llevaría escondida el día de la boda. Cuando llegó este momento, Cardenio se escondió y observó cómo Luscinda daba el sí quiero a Fernando, se ponían los anillos y se desmayaba en los brazos de su esposo, que encontró una carta escondida en su pecho. Cardenio salió de la ciudad y vino a parar a esas montañas.

—Esta es ¡oh señores! la amarga historia de mi desgracia —dijo Cardenio.

Aquí dio fin Cardenio a su historia y, cuando el cura se disponía a consolarle, oyeron una triste voz que se quejaba de sus desgracias. Era Dorotea, la muchacha que Fernando había abandonado para casarse con Luscinda. Venía vestida con ropa de labrador pero, cuando se quitó el sombrero y soltó sus cabellos, descubrieron que era una de las mujeres más hermosas que habían visto.

A petición de los tres hombres, Dorotea relató cómo se había enamorado de don Fernando, que le dio su palabra de casarse con ella, y su traición, pues se había casado con una bella y noble doncella llamada Luscinda.

En la literatura de esta época era frecuente que los personajes femeninos se vistieran de hombre para salir a buscar a su amado.

—Cuando llegó esta triste noticia a mis oídos —continuó Dorotea— en lugar de helárseme el corazón, fue tanta la cólera y la rabia que se encendió en él, que <u>decidí vestirme de labrador y buscar a don</u> Fernando. Cuando llegué a su ciudad, me contaron que, cuando Luscinda dio el sí a don Fernando, se desmayó y, que al desabrocharle su esposo para que le diese el aire, le halló una carta en la que declaraba que ella no podía ser esposa de don Fernando <u>porque había dado su palabra de matrimonio a Cardenio</u>; y que si había dado el sí a don Fernando, fue por obedecer a sus padres. Además, en esa carta daba a entender que había tenido la intención de matarse después de la boda. Este se sintió burlado y desapareció de la ciudad. Luscinda, que había contado a sus padres que estaba enamorada de Cardenio, también desapareció. Y estando en la ciudad, llegó a mis oídos un pregón en el que se prometía una recompensa a quien me encontrase, dando señas de mi edad y del traje que traía, por lo que salí de la ciudad y me escondí en lo espeso de esta montaña. Esta, es señores, la verdadera historia de mi tragedia. Juzgad ahora si

En aquella época, una simple promesa de matrimonio entre los novios tenía tanta validez como una ceremonia religiosa.

los suspiros y quejas que escuchasteis estaban justificados, y veréis que será en vano el consuelo, pues mi desgracia no tiene remedio.

—En fin señora, que tú eres la hermosa Dorotea, hija única del rico Clenardo —dijo Cardenio.

Admirada quedó Dorotea cuando oyó el nombre de su padre.

—¿Y quién sois vos, que sabéis el nombre de mi padre?

—Soy —respondió Cardenio— el desdichado Cardenio, a quien la misma causa que a vos me ha traído en el estado en que me veis: desnudo, falto de todo humano consuelo y lo que es peor, falto de juicio. Y, puesto que Luscinda no puede casarse con don Fernando, por ser mía, ni don Fernando con ella, por ser vuestro, bien podemos esperar que el cielo nos (restituya) [Devuelva.] lo que es nuestro.

El cura y el barbero se ofrecieron a ayudarles en todo lo que necesitaran y les contaron la causa que allí les había traído, con la extraña locura de don Quijote y cómo esperaban a su escudero que había ido a buscarle.

En esto llegó Sancho y todos le preguntaron por don Quijote. Les dijo que le había hallado en camisa, flaco, amarillo, muerto de hambre y suspirando por su señora Dulcinea; y que cuando le había dicho que ella le mandaba que saliese de aquel lugar y se fuese al Toboso había respondido que estaba determinado a no aparecer ante ella hasta que hubiese realizado hazañas que le hicieran digno de su gracia.

El cura le respondió que no se preocupase, que ellos le sacarían aunque no quisiera. Contó luego a Cardenio y Dorotea lo que tenían pensado para remedio de don Quijote. Entonces, Dorotea dijo que ella haría de doncella menesterosa mejor que el barbero y que, además, tenía vestidos con que hacerlo al natural; que le dejasen representar todo aquello que fuese necesario para llevar adelante su intento, porque ella había leído muchos libros de caballerías y sabía bien el estilo que tenían las doncellas cuando pedían sus dones a los caballeros andantes.

Necesario.

—Pues no es menester más —dijo el cura—, sino que luego se ponga por obra; que sin duda la buena suerte se muestra en favor nuestro, pues tan sin pensarlo se nos ha facilitado lo que necesitábamos.

Dorotea sacó un vestido de cierta telilla rica y un manto de otra vistosa tela verde; y de una cajita un collar y otras joyas con que en un instante se adornó de manera que parecía una rica y gran señora.

¡Vaya nombre! ¡Qué imaginación tiene el cura!

Sancho estaba admirado, pues le parecía que nunca había visto tan hermosa criatura en toda su vida, y así, preguntó al cura quién era esa hermosa señora y qué era lo que buscaba por aquellos lugares.

—Esta señora —mintió el cura— es la heredera por línea directa del gran reino de Micomicón, la cual viene en busca de vuestro amo a pedirle que le deshaga un entuerto o agravio que un mal gigante le tiene hecho.

—Dichoso hallazgo y más si mi amo endereza este tuerto y mata al gigante que vuestra merced dice —dijo Sancho Panza—. Pero una cosa le quiero pedir, señor licenciado, y es que aconseje a mi amo que se case con esta princesa y así irá al imperio de esta señora que no sé cómo se llama.

—Se llama —explicó el cura— princesa Micomicona, pues siendo su reino el de Micomicón, está claro que ella se ha de llamar así.

Mientras tanto, Dorotea se puso sobre la mula del cura, y el barbero se acomodó al rostro la barba postiza y dijeron a Sancho que les guiase adonde don Quijote estaba y que no dijese que conocía al cura ni al barbero, pues de este modo convencerían a su amo.

Anduvieron unos tres cuartos de legua, cuando descubrieron a don Quijote entre unas peñas, ya vestido, aunque no armado. Cuando Dorotea le vio, se apeó de la montura, se hincó de rodillas ante él y habló de esta manera:

—De aquí no me levantaré ¡oh valeroso y esforzado caballero! hasta que vuestra bondad y cortesía me otorgue un don, que ha de redundar en honra para vuestra persona y en pro de esta agraviada doncella.

En provecho, en favor.

—No os responderé palabra, hermosa señora, hasta que os levantéis de la tierra —respondió don Quijote.

—No me levantaré, señor, —respondió la afligida doncella— si primero no me es otorgado el don que os pido.

—Yo os lo otorgo y concedo —respondió don Quijote— mientras no sea en daño de mi rey, de mi patria y de la dama de mi corazón.

—No será en daño de lo que decís, mi buen señor —replicó la dolorosa doncella.

Y en esto, se acercó Sancho Panza que dijo a su señor en voz baja:

—Bien puede vuestra merced concederle el don que pide, que no es cosa de importancia. Sólo se trata de matar a un gigante y la que lo pide es la princesa Micomicona, del gran reino Micomicón.

Y volviéndose a la doncella, dijo don Quijote:

—Levántese, señora, que yo le otorgo el bien que quiera pedirme.

—Pues lo que pido es que vuestra magnánima persona se venga conmigo donde yo le lleve y me prometa que no intervendrá en otra aventura hasta vencer al gigante que ha usurpado mi reino.

Se ha apropiado, ha quitado.

—Digo que así lo haré —respondió don Quijote—. Con la ayuda de Dios y de mi brazo, vos os veréis restituida en vuestro reino y sentada en vuestro trono. Y manos a la obra, que dicen que en la tardanza está el peligro.

La afligida doncella quiso besarle las manos, pero don Quijote, que era un cortés caballero, no lo consintió, sino que la hizo levantar y la abrazó con mucha cortesía. Mandó a Sancho que comprobase las cinchas de Rocinante y luego le armase a él.

—Vámonos de aquí, en nombre de Dios, a favorecer a esta gran señora —dijo don Quijote.

Estaba el barbero de rodillas, intentando contener la risa y procuraba que no se le cayese la barba, pues de ser así, todo se descubriría. Se acomodaron todos en sus cabalgaduras y emprendieron el camino.

Todo lo habían presenciado escondidos Cardenio y el cura, y no sabían cómo juntarse con ellos. Pero al cura se le ocurrió quitar la barba a Cardenio y que los dos se disfrazaran. Hecho esto, dieron alcance al grupo y el cura se puso a mirar a don Quijote muy despacio, dando señales de haberle reconocido y, al cabo de haberle estado mirando un buen rato, se fue a él con los brazos abiertos y diciendo:

Se habían escondido para que don Quijote no reconociera a Cardenio.

—Para bien sea hallado el espejo de la caballería, mi buen compatriota don Quijote de la Mancha, flor y nata de la gentileza, amparo de los débiles y quintaesencia de todos los caballeros andantes.

Paisano, del mismo pueblo.

El mejor.

Y diciendo esto, el cura tenía abrazado a don Quijote por la rodilla de la pierna izquierda, el cual, espantado de lo que veía y oía decir y hacer a aquel hombre, se le puso a mirar con atención y al fin le reconoció y quedó asombrado al verle. Quiso apearse para ofrecer su rocín al cura, pero éste no lo consintió:

—Estése vuestra grandeza en su caballo, que a mí me bastará con subir a las ancas de una de las mulas de estos señores que con vuestra merced caminan.

—En eso no había pensado, señor licenciado —respondió don Quijote—. Y yo sé que mi señora princesa mandará a su escudero que le dé a vuestra merced la silla de su mula.

—No será necesario mandárselo, —respondió la princesa— que él es tan cortés que no consentirá que una persona eclesiástica vaya a pie, pudiendo ir a caballo.

Pero cuando el barbero le dejó la silla y fue él a subirse a las ancas de la mula, ésta alzó un poco los cuartos traseros y dio dos coces en el aire. Con esto, el barbero cayó en el suelo, con tan poco cuidado, que las barbas se le despegaron y se cayeron al suelo. Cuando se vio sin ellas, no tuvo otro remedio que cubrirse el rostro con ambas manos y quejarse de que le habían roto las muelas. Don Quijote, cuando vio toda aquella mata de pelos dijo:

—¡Vive Dios que es gran milagro éste! ¡Se le han caído las barbas como si se las quitaran a propósito!

El cura, que vio el peligro que corría su invención de ser descubierta, recogió las barbas y se fue con ellas adonde estaba maese Nicolás dando voces y de un golpe se las puso, murmurando sobre él unas palabras, que dijo que eran para pegar barbas.

Cuando ya se pusieron en camino, don Quijote dijo a la doncella:

—Vuestra grandeza, señora mía, guíe por donde quiera.

Y antes de que ella respondiera, dijo el cura:

Recuerda que el barbero hacía el papel de escudero de la supuesta princesa Micomicona.

—¿Hacia qué reino quiere guiar vuestra señoría? ¿Es por casualidad hacia el de Micomicón?

—Sí, señor hacia ese reino —respondió ella.

—Si es así —dijo el cura— hemos de pasar por la mitad de mi pueblo.

En esto, don Quijote dijo:

—Os suplico me digáis cuál es vuestro problema, y cuántas y quiénes son las personas de quien os tengo que vengar.

A lo que Dorotea respondió:

—Sepan que yo soy la princesa Micomicona, legítima heredera del gran reino Micomicón. El rey, mi padre, que se llamaba Tinacrio el Sabidor, fue muy docto en esto que llaman el arte mágica, y por ella supo que mi madre, la reina Jaramilla, había de morir primero y, que de allí a poco tiempo, él también moriría, y yo quedaría huérfana. Pero decía que, lo que más le dolía, era saber que un descomunal gigante, señor de una gran isla que limita con nuestro reino, llamado Pandafilando de la Fosca Vista, porque siempre mira al revés, como si fuese bizco, conociendo mi orfandad, había de ir contra mi reino, y me lo había de quitar todo, sin dejarme una pequeña aldea donde recogerme; pero que podía evitar toda esta ruina y desgracia si yo me quisiese casar con él. Dijo también mi padre que, después de que él muriera, y viese yo que Pandafilando comenzaba a atacar mi reino, huyese, si quería librarme de la muerte y de la total destrucción de mis buenos y leales vasallos, porque no me sería posible defenderme de la endiablada fuerza del gigante. Pero que, con algunos de los míos, me pusiese en camino hacia España, donde hallaría el remedio de mis males en un caballero andante cuya fama se extendería por todo este reino, y que se había de llamar, si mal no recuerdo "don Azote o don Gigote".

> *Sabio, entendido.*

> *Fíjate aunque "huérfana" se escribe con "h", sus derivados no la llevan: orfandad, orfanato*

—Don Quijote diría, señora —corrigió Sancho Panza—, o por otro nombre, el Caballero de la Triste Figura.

—Eso es —terminó Dorotea—. Esta, señores, es mi historia; sólo me queda deciros que de cuanta gente me acompañaba, no ha quedado sino este escudero, porque todos se ahogaron en una gran borrasca que tuvimos; y él y yo salimos agarrados a dos tablas a tierra, como por milagro.

Mientras eso pasaba, vieron venir por el camino donde ellos iban a un hombre sobre un jumento y, cuando Sancho Panza le vio, conoció que era Ginés de Pasamonte, que iba sobre su asno. Cuando lo reconoció, a grandes voces le dijo:

—¡Ah, ladrón Ginesillo! ¡Deja mi asno, ladrón!

No fueron necesarias más palabras, porque a la primera saltó Ginés y, tomando un trote que parecía carrera, se alejó de todos. Sancho llegó a su rucio, y, abrazándole, le dijo:

—¿Cómo has estado, bien mío, rucio de mis ojos, compañero mío?

Y con esto le besaba y acariciaba, como si fuera persona. El asno callaba y se dejaba besar y acariciar por Sancho, sin responderle palabra alguna. Llegaron todos y le felicitaron por el hallazgo del rucio, especialmente don Quijote, el cual le dijo que no por eso anulaba el documento de los tres pollinos. Sancho se lo agradeció.

—Dime ahora, Sancho ¿dónde, cómo y cuándo hallaste a Dulcinea? ¿Qué hacía? ¿Qué le dijiste? ¿Qué te respondió? ¿Qué cara puso cuando leyó mi carta?

—Señor —replicó Sancho—, a decir verdad, no llevé ninguna carta.

¡Sólo faltaba que hablara el asno!

—Así es, porque olvidaste el cuadernillo en el que te la escribí y creía que volverías a por él —dijo don Quijote.

—Yo habría vuelto —respondió Sancho— si no fuera porque la tomé en la memoria cuando vuestra merced me la leyó, de manera que se la dije a un sacristán que la escribió, y dijo que nunca había visto ni leído una carta tan linda como aquella.

—¿Y la tienes todavía en la memoria, Sancho? —dijo don Quijote.

—No señor, porque después que la dije, la olvidé —contestó Sancho.

—Prosigue adelante —dijo don Quijote—. Llegaste, ¿y qué hacía aquella reina de la hermosura? A buen seguro que la hallaste ensartando perlas, o bordando con oro.

—No la hallé —respondió Sancho— sino cribando trigo en un corral de su casa.

—Y, cuando le diste mi carta, ¿la besó? ¿Hizo alguna ceremonia digna de tal carta, o qué hizo? —preguntó don Quijote.

—Cuando yo se la iba a dar —respondió Sancho—, me dijo: «Poned, amigo, esa carta sobre aquel costal, que no la puedo leer hasta que acabe de cribar todo ese trigo»

—¡Discreta señora! —dijo don Quijote—. Eso debió de ser por leerla despacio y recrearse con ella. Adelante, Sancho. Y mientras, ¿qué coloquios pasó contigo? ¿Qué te preguntó de mí? Y tú, ¿qué le respondiste? Acaba, cuéntamelo todo, no se te olvide ningún detalle.

—Ella no me preguntó nada —dijo Sancho—; mas yo le dije que vuestra merced, por su servicio, quedaba haciendo penitencia, desnudo de cintura arriba, metido entre estas sierras como si fuera salvaje, dur-

Sancho engaña a don Quijote, pero nosotros sabemos que todo esto no es verdad.

Limpiando las semillas, separando el grano de trigo de la paja. Este trabajo no es propio de una princesa ¿no?

Saco grande.

miendo en el suelo, sin comer ni peinarse la barba, llorando y maldiciendo su fortuna.

—Y no me negarás, Sancho, una cosa —dijo don Quijote—: cuando llegaste junto a ella, ¿no sentiste una fragancia aromática?

—Lo que sé decir —dijo Sancho— es que sentí un olorcillo algo masculino; y debía de ser que ella, con el mucho ejercicio, estaba sudada.

—No sería eso —respondió don Quijote—; si no que tú debiste de olerte a ti mismo; porque yo sé bien a lo que huele aquella rosa entre espinas, aquel lirio del campo.

—Todo puede ser —respondió Sancho.

—Y bien —prosiguió don Quijote—, ¿qué hizo cuando leyó la carta?

—La carta —dijo Sancho— no la leyó, porque dijo que no sabía leer ni escribir; la rasgó y la hizo pedacitos, diciendo que no la quería dar a leer a nadie, para que no se supiesen sus secretos, y que bastaba lo que yo le había dicho de palabra acerca del amor que vuestra merced le tenía y de la penitencia que por su causa quedaba haciendo. Y, finalmente, me dijo que dijese a vuestra merced que le besaba las manos, y que dejase de hacer disparates, y se pusiese luego en camino del Toboso, porque tenía gran deseo de ver a vuestra merced.

—<u>¿Y qué joya te dio al despedirte?</u> —preguntó don Quijote.

—No me dio ninguna, sólo un pedazo de pan y queso —contestó Sancho.

Estando en esto, acertó a pasar por ese camino un muchacho que, de pronto, arremetió a don Quijote y, abrazándole por las piernas, comenzó a llorar diciendo que él era aquel mozo, Andrés, que él había liberado de la encina donde estaba atado. Don Quijote quedó muy complacido del encuentro y explicó a todos lo sucedido. Pero al final, Andrés contó que de nada le había servido la intervención del caballero, pues su amo le había dado más azotes y no le había pagado lo que le debía.

Y cuando se estaba marchando, dijo a don Quijote:

—Por amor de Dios, señor caballero andante, que si otra vez me encuentra, aunque vea que me hacen pedazos, no me socorra ni me ayude y déjeme con mi desgracia, que no será tanta como la que vendrá si me ayuda vuestra merced. ¡Malditos sean todos los caballeros andantes!

Don Quijote se iba a levantar para castigarle por sus palabras, pero se quedó muy avergonzado y los demás disimularon lo mejor que pudieron para no reírse.

Era habitual que los caballeros y las damas de los libros de caballerías, en agradecimiento por el recado que llevaban los escuderos, les dieran alguna propina.

CAPÍTULO XVI

¡Otra vez a la venta!
La aventura de los cueros de vino y otros sucesos que te contaré si sigues leyendo...

Sin que les ocurriese otra cosa digna de contar, al otro día llegaron a la venta, y aunque Sancho no quería entrar en ella —porque aún recordaba el manteamiento—, no lo pudo evitar. La ventera, el ventero, su hija y Maritornes, que vieron venir a don Quijote y a Sancho, les salieron a recibir con muestras de mucha alegría. Don Quijote les saludó con gran solemnidad y les dijo que le prepararan mejor lecho que la vez pasada. Así lo hicieron, y él se acostó enseguida porque venía muy quebrantado y falto de juicio.

El cura pidió que les preparasen algo de comer de lo que en la venta hubiese, y el ventero les aderezó una razonable comida. A todo esto dormía don Quijote, y decidieron no despertarle, porque más provecho le haría por entonces el dormir que el comer. Durante la sobremesa, estando delante el ventero, su mujer, su hija, Maritornes y todos los pasajeros, hablaron de la extraña locura de don Quijote y del modo en que le habían hallado. La ventera les contó todo lo que les había ocurrido la vez anterior que se habían alojado allí y, mirando que no viniera Sancho, contó todo lo de su manteamiento. Y cuando el cura dijo que los libros de caballerías que don Quijote había leído le habían vuelto loco, el ventero recordó que tenía algunos libros en un baúl. De entre

Preparó, quiso.

ellos, eligieron uno que tenía por título *Novela del curioso impertinente* y le pidieron al cura que lo leyera en voz alta. Así lo hizo, pero cuando ya le quedaba poco para terminar, salió Sancho Panza del aposento de su señor diciendo a voces:

—Acudid, señores, rápido, y socorred a mi señor, que anda envuelto en la más reñida batalla que mis ojos han visto. ¡Vive Dios que ha dado una cuchillada al gigante enemigo de la señora princesa Micomicona, y le ha cortado la cabeza de cuajo, como si fuera un nabo!

—¿Qué dices, hermano? —dijo el cura, dejando de leer la novela—. ¿Cómo diablos puede ser eso que dices, si el gigante está a dos mil leguas de aquí?

En esto oyeron un gran ruido en el aposento y que don Quijote decía a voces:

—¡Tente, ladrón, malandrín, que aquí te tengo y no te ha de valer tu espada conmigo!

Y parecía que daba grandes cuchilladas por las paredes. Y dijo Sancho:

—No se queden ahí escuchando, entren a poner paz en la pelea o a ayudar a mi amo, aunque ya no será necesario, porque sin duda alguna el gigante está ya muerto, que yo vi correr la sangre por el suelo, y la cabeza cortada y caída a un lado, que era tan grande como un cuero de vino.

Es como una bota muy grande. Está hecho de piel, generalmente de cabra, que cosida y pegada sirve para contener líquidos. Se llama también odre.

—Que me maten —dijo entonces el ventero— si don Quijote o don diablo no ha dado alguna cuchillada en alguno de los cueros de vino tinto que a su cabecera estaban llenos, y el vino derramado debe de ser lo que le parece sangre a este buen hombre.

Y con esto, entró en el aposento, y todos tras él, y hallaron a don Quijote en el más extraño traje del mundo. Estaba en camisa, la cual no era tan larga que le

Este tipo de gorrito se llama "bonete".

A modo de escudo.

acabase de cubrir los muslos; las piernas eran muy largas y flacas, llenas de pelos y no muy limpias; tenía en la cabeza un gorrito de dormir colorado, grasiento, que era del ventero; en el brazo izquierdo tenía enrollada la manta de la cama y en la mano derecha, desenvainada la espada, con la cual daba cuchilladas a todas partes, diciendo palabras como si verdaderamente estuviera peleando con algún gigante. Y lo bueno es que no tenía los ojos abiertos, porque estaba durmiendo y soñando que estaba en batalla con el gigante, pues fue tan intensa la imaginación de la aventura que iba a acometer, que le hizo soñar que ya había llegado al reino de Micomicón y que ya estaba en la pelea con su enemigo; y había dado tantas cuchilladas a los cueros, creyendo que las daba en el gigante, que todo el aposento estaba lleno de vino.

El ventero, que lo vio, se enojó tanto que arremetió con don Quijote y, a puño cerrado, le comenzó a dar tantos golpes, que si Cardenio y el cura no se le quitaran, él habría acabado con la guerra del gigante. Y con todo esto, no despertaba el pobre caballero, hasta que el barbero trajo un gran caldero de agua fría del pozo y se lo echó por todo el cuerpo de golpe, con lo cual despertó don Quijote.

Andaba Sancho buscando la cabeza del gigante por todo el suelo y, como no la encontraba, dijo:

—Todo lo de esta casa es encantamiento; ahora no aparece por aquí la cabeza del gigante, que yo vi cortar con mis mismísimos ojos, y la sangre corría del cuerpo como de una fuente.

—¿Qué sangre ni qué fuentes dices? —dijo el ventero—. ¿No ves que la sangre y la fuente no es otra cosa que estos cueros de vino tinto que están agujereados?

Y estaba peor Sancho despierto que su amo durmiendo. El ventero se desesperaba de ver la (pachorra) del escudero y el destrozo del amo, y juraba que no se iban a ir sin pagarlo todo.

Calma, tranquilidad.

Tenía el cura de las manos a don Quijote, el cual, creyendo que ya había acabado la aventura y que se hallaba delante de la princesa Micomicona, se hincó de rodillas delante del cura, diciendo:

—Bien puede vuestra grandeza, alta y hermosa señora, vivir más segura de hoy en adelante sin que le pueda hacer mal esta malvada criatura. Y por mi parte ya quedo liberado de la palabra que os di, pues ya la he cumplido.

—¿No lo dije yo? —dijo oyendo esto Sancho—. Sí, que no estaba yo borracho.

Todos se reían de los disparates de amo y escudero, salvo el ventero, que se lamentaba por el destrozo. Al final, entre el barbero, Cardenio y el cura, metieron en la cama a don Quijote, que se quedó dormido con muestras de gran cansancio. Le dejaron dormir y salieron al portal de la venta a consolar a Sancho Panza por no haber encontrado la cabeza del gigante; aunque más tuvieron que hacer para aplacar al ventero, que estaba desesperado por la pérdida de sus cueros de vino. El cura le sosegó prometiéndole satisfacer las pérdidas lo mejor que pudiese.

Sosegados todos, el cura quiso acabar de leer la novela, pues vio que ya faltaba poco. Cardenio, Dorotea y todos los demás le rogaron que acabase y él, que a todos quería complacer, terminó el cuento.

Estando en esto, el ventero, que estaba a la puerta de la venta, dijo que se acercaban más huéspedes: eran don Fernando y Luscinda.

Cuando Dorotea vio a su amado, lanzó un tristísimo "¡ay!" y se cayó de espaldas, desmayada; y a no hallarse allí junto al barbero, que la recogió, hubiera acabado en el suelo. Acudió el cura para echarle agua en el rostro; la conoció don Fernando y quedó como muerto al verla. También conoció don Fernando a Cardenio, y todos, Luscinda, Cardenio, don Fernando y Dorotea quedaron mudos y suspensos. Callaban y se miraban todos: Dorotea a don Fernando, don Fernando a Cardenio, Cardenio a Luscinda y Luscinda a Cardenio. Cuando por fin reaccionaron, Don Fernando contó que, cuando se enteró de que Luscinda había huido de su casa, fue a buscarla y la encontró escondida en un monasterio, con la intención de quedarse en él toda la vida, si no la podía pasar con Cardenio. La secuestró y, de vuelta a casa, habían parado en la venta, que para él, era como llegar al cielo donde tienen fin todas las desventuras de la tierra.

Tras dar las oportunas explicaciones, cada cual se reconcilió con su pareja. Así, Cardernio recuperó a su amada Luscinda y Dorotea convenció a Don Fernando de que ella era su verdadero amor.

No se podía asegurar Dorotea si era soñado el bien que poseía; Cardenio estaba en el mismo pensamiento, y el de Luscinda corría por la misma cuenta. Don Fernando daba gracias al cielo por la merced recibida y por haberle sacado de aquel intrincado laberinto donde se hallaba y, finalmente, todos los que estaban en la venta quedaron contentos y gozosos del buen final que habían tenido estas historias de amor. Sólo Sancho estaba triste, pues él deseaba que la princesa Micomicona se casara con su señor y no con el joven que la abrazaba.

Todos acordaron recogerse y reposar lo que quedaba de noche. Don Quijote se ofreció a hacer la guardia del castillo, por si eran atacados por algún gigante

Enredado, complicado.

codicioso del gran tesoro de hermosura que en aquel castillo se encerraba. Todos se lo agradecieron y así, recogidas las damas en su habitación, y los demás acomodados como pudieron, don Quijote se salió fuera de la venta a hacer la centinela del castillo, como lo había prometido.

En toda la venta se guardaba un gran silencio; solamente estaban despiertas la hija de la ventera y Maritornes su criada, las cuales, como ya conocían el carácter de don Quijote, y sabían que estaba fuera de la venta armado y a caballo haciendo la guardia, decidieron hacerle alguna burla, o, por lo menos, pasar un poco el tiempo oyéndole sus disparates.

El caso es que en toda la venta no había ninguna ventana que saliese al campo, sino un agujero de un pajar, por donde se echaba la paja. En este agujero se pusieron las dos doncellas, y vieron que don Quijote estaba a caballo, recostado sobre su lanza, dando de cuando en cuando tan dolientes y profundos suspiros, que parecía que con cada uno se le arrancaba el alma. Asimismo oyeron que decía con voz blanda y amorosa:

—¡Oh mi señora Dulcinea del Toboso, extremo de toda hermosura, depósito de la honestidad, y de todo lo provechoso, honesto y deleitable que hay en el mundo! ¿qué estarás haciendo ahora? ¿estarás pensando en tu cautivo caballero, que a tantos peligros se expone sólo por servirte?

Esto decía don Quijote cuando la hija de la ventera le comenzó a decir:

—Señor mío, acérquese aquí vuestra merced.

Don Quijote volvió la cabeza, y vio a la luz de la luna cómo le llamaban del agujero que a él le pareció ventana, y con rejas doradas, como conviene que las tengan tan ricos castillos, como él se imaginaba que era

Apoyado.

aquella venta. Y al instante se le representó en su loca imaginación que otra vez, como la pasada, la doncella hermosa, hija de la señora de aquel castillo, vencida por su amor, volvía a solicitarle; y por no mostrarse descortés y desagradecido, volvió las riendas a Rocinante y se acercó al agujero; y cuando vio a las dos mozas, dijo:

—Lástima me da, hermosa señora, que hayáis puesto vuestros amorosos pensamientos en quien no puede corresponderos. Perdonadme, buena señora, y recogeos en vuestro aposento, que no puedo daros lo que me pedís.

—No necesita nada de eso mi señora, señor caballero —dijo a este punto Maritornes.

—Pues ¿qué necesita vuestra señora? —respondió don Quijote.

—Sola una de vuestras hermosas manos —dijo ella.

Le pareció a Maritornes que, sin duda, don Quijote daría la mano que le habían pedido, y, pensando lo que había de hacer, se bajó del agujero y se fue a la caballeriza, donde tomó la rienda del jumento de Sancho Panza, y con mucha rapidez se volvió a su agujero, al tiempo que don Quijote se había puesto de pies sobre la silla de Rocinante, para alcanzar la ventana enrejada donde se imaginaba que estaba la doncella; y al darle la mano, dijo:

—Tomad, señora, mi mano. No os la doy para que la beséis, sino para que miréis la fuerza del brazo que tal mano tiene.

—Ahora lo veremos —dijo Maritornes.

Y haciendo una lazada corrediza a la rienda, se la echó a la muñeca, y bajándose del agujero, ató muy fuertemente lo que quedaba al cerrojo de la puerta del

Caballeriza: Lugar donde se tienen los caballos y animales de carga.

pajar. Don Quijote, que sintió la aspereza del cordel en su muñeca, dijo:

—Más parece que vuestra merced me araña que no que me acaricia la mano; no la tratéis tan mal, pues ella no tiene la culpa del mal que mi voluntad os hace.

Pero todas estas razones de don Quijote ya no las escuchaba nadie, porque en cuanto Maritornes le ató, ella y la otra se fueron, muertas de risa, y le dejaron atado de manera que fue imposible soltarse.

Estaba, pues, como se ha dicho, de pie sobre Rocinante, con todo el brazo metido por el agujero, y atado de la muñeca, con gran temor de que si Rocinante se movía, quedaría colgado del brazo; y así, no se atrevía a hacer movimiento alguno.

En resumen, viéndose don Quijote atado, y que ya las damas se habían ido, se imaginó que todo aquello era cosa de encantamiento, como la vez pasada, cuando en aquel mismo castillo le molió aquel duende encantado, y se maldecía por haber vuelto a ese castillo, sabiendo que estaba encantado. Mientras esto pensaba, tiraba de su brazo, por ver si podía soltarse; pero estaba tan bien atado, que todos sus esfuerzos fueron en vano. Bien es verdad que tiraba con cuidado, para que Rocinante no se moviese. Entonces empezó a llamar a su buen escudero Sancho Panza, que estaba tan dormido que no le oía.

Finalmente, allí le encontró la mañana, tan desesperado y confuso, que bramaba como un toro, porque no esperaba él que con el día se remediase su desgracia, pues creía que iba a ser eterna, suponiendo que estaba encantado.

Pero se engañaba porque, apenas comenzó a amanecer, cuando llegaron a la venta cuatro hombres de a caballo muy bien puestos y aderezados, con sus escopetas. Llamaron a la puerta de la venta, que aún estaba cerrada, con grandes golpes. Cuando don Quijote lo vio, con voz arrogante y alta dijo:

—Caballeros, o escuderos, o quienquiera que seáis, no tenéis por qué llamar a las puertas de este castillo; que está claro que a tales horas, o los que están dentro duermen, o no tienen por costumbre de abrirse las fortalezas hasta más tarde. Quedaos afuera, y esperad a que aclare el día, y entonces veremos si será justo, o no, que os abran.

—¿Qué diablos de fortaleza o castillo es éste —dijo uno—, para obligarnos a guardar esas ceremonias? Si sois el ventero, mandad que nos abran, que somos caminantes que sólo queremos dar cebada a nuestras cabalgaduras y pasar adelante, porque vamos deprisa.

—¿Os parece, que tengo yo aspecto de ventero? —respondió don Quijote.

—No sé de qué tenéis aspecto —respondió el otro—; pero sé que decís disparates al llamar castillo a esta venta.

—Castillo es —replicó don Quijote—, y de los mejores de toda esta provincia.

Se cansaron los viajeros de aquella conversación y volvieron a llamar con tanta furia, que despertó el ventero y todos los que en la venta estaban, y así, se levantó a preguntar quién llamaba.

Sucedió que uno de los caballos en que venían los cuatro que llamaban se acercó a oler a Rocinante que, melancólico y triste, con las orejas caídas, sostenía sin moverse a su estirado señor. Al sentir que alguien se acercaba se volvió a oler a quien llegaba; y cuando se movió un poco, se desviaron los pies de don Quijote y quedó colgado del brazo, cosa que le causó tanto dolor,

Está estirado para no quedarse colgado de la cuerda.

que creyó, o que le cortaban la muñeca, o que el brazo se le arrancaba, porque quedó tan cerca del suelo, que con los extremos de las puntas de los pies tocaba la tierra, y viendo lo poco que le faltaba para poner las plantas en la tierra, se fatigaba y estiraba cuanto podía por alcanzar al suelo.

Fueron tantas las voces que dio don Quijote, que salió el ventero despavorido a ver quién daba tales gritos. Maritornes, que también se había despertado por las voces, imaginando lo que podía ser, fue al pajar y desató a don Quijote, que se cayó al suelo. El ventero y los viajeros le preguntaron que qué le ocurría, que tales voces daba. Él, sin responder palabra, se quitó el cordel de la muñeca y, poniéndose en pie, subió sobre Rocinante, embrazó su escudo, tomó su lanza y dijo:

—Como alguien diga que yo he sido encantando, si mi señora la princesa Micomicona me da permiso para ello, le reto y desafío en singular batalla.

Admirados quedaron los caminantes de las palabras de don Quijote, pero el ventero les sacó de aquella admiración diciéndoles quién era aquel caballero y que no había que hacer caso de él porque había perdido el juicio.

Asustado, espantado.

CAPÍTULO XVII

Fin de la aventura del yelmo de Mambrino

Al día siguiente, ya estaban en paz los huéspedes con el ventero, pues le habían pagado todo lo que él quiso. Pero el demonio, que no duerme, ordenó que en aquel mismo instante entrara en la venta el barbero a quien don Quijote quitó el yelmo de Mambrino, y Sancho Panza los aparejos del asno. El barbero fue a llevar su jumento a la caballeriza y vio a Sancho Panza que estaba arreglando los aparejos. En cuanto los vio, los reconoció y se atrevió a arremeter a Sancho, diciendo:

—¡Ah, don ladrón, que aquí os tengo! ¡Venga mi bacía y todos los aparejos que me robaste!

Sancho, que se vio acometer tan de improviso y oyó lo que le decían, tomó con una mano la albarda, y con la otra dio tal puñetazo al barbero, que le bañó los dientes en sangre. Pero no por esto dejó el barbero a Sancho, sino que empezó a gritar de tal manera, que acudieron todos los de la venta, cuando decía:

—¡Aquí el Rey y la justicia; que además de robarme, me quiere matar este ladrón, salteador de caminos!

—Mentís —respondió Sancho—; que yo no soy salteador de caminos; que mi señor don Quijote lo ganó en buena batalla.

Ya estaba don Quijote delante, muy contento de ver qué bien se defendía su escudero, y se propuso armarle caballero en la primera ocasión que se le ofreciese. Mientras, el barbero decía:

—Señores, esta albarda es mía como la muerte que debo a Dios, y la conozco como si la hubiera parido; ahí está mi asno en el establo, pruébensela, y si no le sirve, yo quedaré por mentiroso. Y hay más: que el mismo día que me la robaron, me quitaron también una bacía nueva.

Aquí no se pudo contener don Quijote sin responder, y poniéndose entre los dos, y depositando la albarda en el suelo, dijo:

—¡Vean vuestras mercedes el error en que está este buen hombre, pues llama bacía a lo que fue, es y será yelmo de Mambrino, el cual se lo quité yo en buena guerra. En lo de la albarda no me meto; pero sí diré que mi escudero Sancho me pidió permiso para quitar los aparejos del caballo de este vencido cobarde, y con ellos adornar el suyo; yo se lo di, y él los tomó. Para demostrarlo, corre, Sancho hijo, y saca aquí el yelmo que este buen hombre dice que es una bacía.

Sancho fue adonde estaba la palangana y la trajo; y en cuanto don Quijote la vio, la tomó en las manos y dijo:

—Miren vuestras mercedes con qué cara podrá decir este hombre que esto es una palangana, y no el yelmo que yo he dicho; y juro por la orden de caballería que profeso que este yelmo fue el mismo que yo le quité sin haber añadido ni quitado cosa alguna.

—¿Qué les parece a vuestras mercedes —dijo el barbero—, lo que afirman estos hombres, pues aún insisten en que ésta no es palangana, sino yelmo?

—Y a quien diga lo contrario —dijo don Quijote—, le haré yo saber que miente.

Maese Nicolás, que también era barbero, como ya conocía la locura de don Quijote, quiso llevar adelante la burla, para que todos riesen, y dijo al otro barbero:

—Señor barbero, sabed que yo también soy de vuestro oficio desde hace más de veinte años y conozco muy bien todos los instrumentos de la barbería; y además fui un tiempo en mi juventud soldado, y también sé qué es un yelmo y digo que esta pieza que está aquí delante y que este buen señor tiene en las manos no es una bacía de barbero, sino un yelmo.

—Así es —dijo el cura—, que ya había entendido la intención de su amigo el barbero.

Y lo mismo confirmaron Cardenio, don Fernando y todos los que allí estaban.

—¡Válgame Dios! —dijo el barbero burlado—. ¿Cómo es posible que tanta gente honrada diga que esto no es una palangana, sino un yelmo?

Para los que conocían la locura de don Quijote era todo esto materia de grandísima risa; pero para los que la ignoraban, les parecía el mayor disparate del mundo, especialmente a unos criados y a unos cuadrilleros que se alojaban en la venta. Uno de ellos dijo:

Recuerda que son guardias.

—A no ser que esto sea una burla, no me puedo creer que hombres de tan buen entendimiento como son todos los que aquí están, se atrevan a decir y afirmar que ésta no es una palangana, porque ¡voto a tal! que a mí nadie me va a convencer de lo contrario.

Oyendo esto uno de los cuadrilleros que habían entrado, que había oído la disputa, lleno de cólera y enfado, dijo:

—¡Esto es una bacía y el que diga otra cosa debe de estar borracho perdido!

—¡Mentís como un bellaco! —respondió don Quijote.

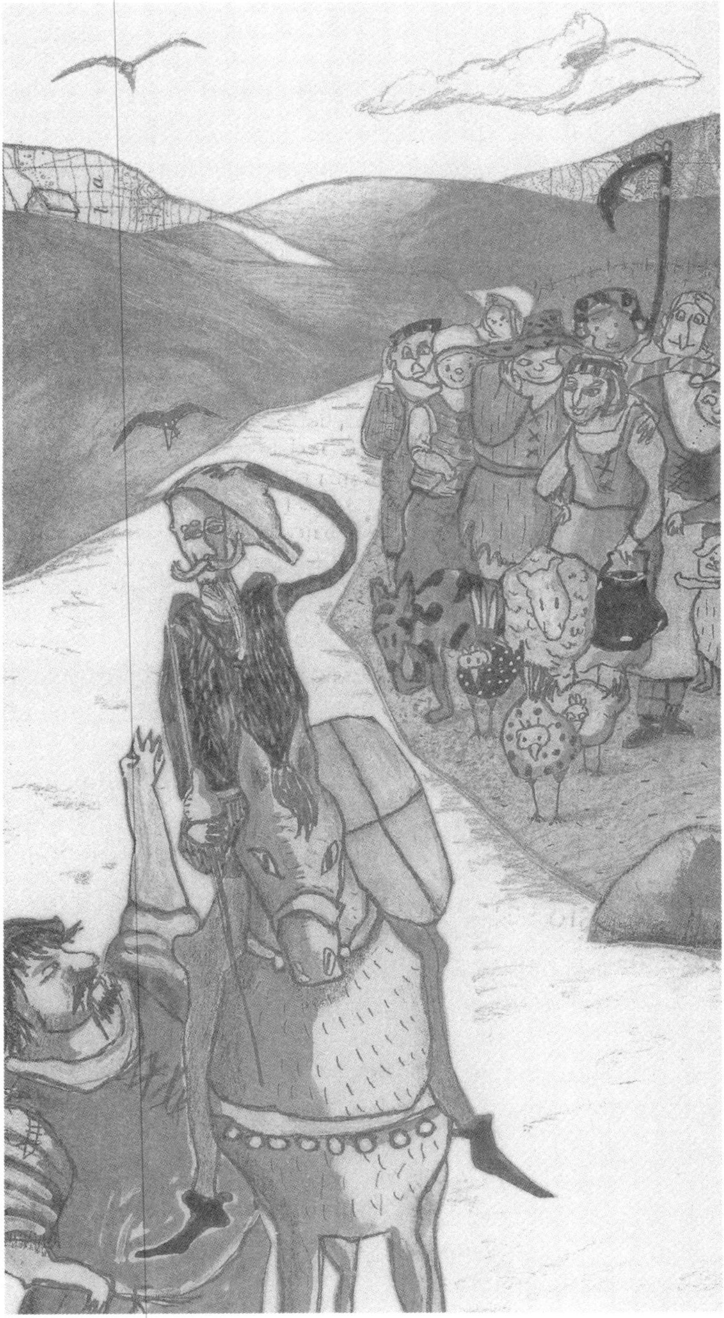

Y alzando la lanza, le iba a descargar tal golpe sobre la cabeza, que, de no apartarse el cuadrillero, le hubiera dejado allí tendido. La lanza se hizo pedazos en el suelo, y los demás cuadrilleros, que vieron tratar mal a su compañero, alzaron la voz pidiendo favor a la justicia.

El ventero, que era de la cuadrilla, entró a por su varilla y su espada, y se puso al lado de sus compañeros; el barbero, viendo la casa revuelta, fue a coger su albarda, y lo mismo hizo Sancho; don Quijote puso mano a su espada y arremetió a los cuadrilleros; el cura daba voces, la ventera gritaba, su hija se afligía, Maritornes lloraba, Dorotea estaba confusa y Luscinda suspensa. El barbero aporreaba a Sancho; Sancho molía al barbero; don Fernando estaba pateando a un cuadrillero... El ventero gritaba, pidiendo auxilio; de modo que toda la venta era llantos, voces, gritos, confusiones, temores, sobresaltos, desgracias, cuchilladas, puñetazos, palos, coces y efusión *(Derramamiento.)* de sangre. Y en mitad de este caos, gritó don Quijote, con voz que atronaba la venta:

—¡Deténganse todos; óiganme todos, si quieren quedar con vida!

A este grito, todos se pararon, y él prosiguió, diciendo:

—¿No os dije yo, señores, que este castillo estaba encantado, y que los demonios deben de habitar en él? Mirad cómo todos peleamos, y no nos entendemos. Venga, pues, vuestra merced, señor cura, y pónganos en paz; porque por Dios Todopoderoso que es gran bellaquería que tanta gente principal como aquí estamos se mate por causas tan livianas. *(Ligeras, sin importancia.)*

Así, se sosegaron y se hicieron amigos todos a persuasión del cura. En cuanto al yelmo de Mambrino, el cura, a escondidas y sin que don Quijote se diera cuenta, le dio al barbero ocho reales por la palangana.

CAPÍTULO XVIII

Don Quijote es encantado...
¡Dentro de una jaula!

Viéndose don Quijote libre de tantas pendencias, y a su escudero de las suyas, le pareció que estaría bien seguir su comenzado viaje y dar fin a aquella gran aventura para la que había sido escogido; y así, se puso de rodillas ante Dorotea, y le dijo:

—Alta y preciosa señora, me parece que la estancia nuestra en este castillo ya es sin provecho, incluso podría hacernos daño, porque ¿quién sabe si gracias a ocultos espías sabrá ya vuestro enemigo el gigante que yo voy a destruirle, y le habrá dado tiempo a fortificarse algún castillo o fortaleza? Así que, señora mía, partamos pronto de aquí para que yo pueda luchar con vuestro enemigo.

Calló y no dijo más don Quijote, y esperó con mucho sosiego la respuesta de la hermosa princesa que, con gesto señorial, al estilo de don Quijote, le respondió así:

—Yo os agradezco, señor caballero, el deseo que mostráis de ayudarme. En cuanto a nuestra marcha, disponed vos como gustéis, pues yo no iré contra lo que vuestra prudencia ordene.

—Partiremos cuanto antes —dijo don Quijote—. Ensilla, Sancho, a Rocinante, y prepara tu jumento y el caballo de la reina; despidámonos de estos señores, y marchémonos de aquí inmediatamente.

Cómodamente, sin estrecheces.

Dos días habían pasado desde que toda aquella ilustre compañía estaba en la venta; y pareciéndoles que ya era tiempo de partir, se las ingeniaron para que, con la invención de la libertad de la reina Micomicona, pudiesen el cura y el barbero llevársele a su pueblo para tratar de curar su locura. Para ello, se pusieron de acuerdo con un carretero de bueyes que acertó a pasar por allí, para que lo llevase en su carro. Hicieron una especie de jaula, de palos enrejados, para que pudiese caber holgadamente don Quijote, y luego todos, por orden del cura, se cubrieron los rostros y se disfrazaron, de modo que don Quijote no les reconociera.

Hecho esto, entraron con grandísimo silencio adonde él estaba durmiendo. Se acercaron a él, y agarrándole fuertemente, le ataron muy bien las manos y los pies, de modo que, cuando despertó, sobresaltado, no pudo moverse ni hacer otra cosa más que admirarse de ver delante tan extrañas figuras, y se creyó que eran fantasmas de aquel encantado castillo, y que, sin duda alguna, ya estaba encantado, pues no se podía mover ni defender.

Cómo terminaba su desgracia.

Pero Sancho, que no estaba disfrazado, aunque le faltaba bien poco para tener la misma enfermedad que don Quijote, reconoció a todas aquellas figuras; pero no se atrevió a decir nada, hasta ver en qué acababa aquel asalto y prisión de su amo, el cual tampoco hablaba palabra, esperando a ver el paradero de su desgracia. Y fue que, trayendo allí la jaula, le encerraron dentro, y le clavaron los maderos tan fuertemente, que no se pudieran romper. Después, le cogieron en hombros, y al salir del aposento, se oyó una voz temblorosa —que era de maese Nicolás— que decía:

—¡Oh Caballero de la Triste Figura! Que no te humille la prisión en que vas, porque así conviene para acabar más rápido la aventura en que tu gran esfuerzo te puso. Y tú, ¡oh el más noble y obediente escudero que tuvo espada en la cintura, barbas en el rostro y olfato en las narices!, no te apenes de ver llevar así delante de tus ojos a la flor de la caballería andante, pues pronto se cumplirán las promesas que te ha hecho tu buen señor.

Don Quijote quedó consolado con la profecía, y creyéndolo todo firmemente, alzó la voz, y dando un gran suspiro, dijo:

—¡Oh tú, quienquiera que seas, que tanto bien me has pronosticado! Te ruego que pidas al sabio encantador que se encarga de mis cosas que no me deje morir en esta prisión donde ahora me llevan, hasta ver cumplidas las promesas que aquí se me han hecho.

Luego, aquellas visiones tomaron la jaula en hombros, y la acomodaron en el carro de los bueyes.

Cuando don Quijote se vio de aquella manera, enjaulado y encima del carro, dijo:

—Muchas y muy graves historias he leído de caballeros andantes; pero jamás he leído, ni visto, ni oído, que a los caballeros encantados los lleven de esta manera, pues siempre los suelen llevar por los aires, encerrados en alguna oscura nube, o en algún carro de fuego, pero que me lleven sobre un carro de bueyes, ¡vive Dios que me pone en confusión! Pero quizá la caballería y los encantos de nuestros tiempos son diferentes de los que siguieron los antiguos y se hayan inventado otros tipos de encantamientos, y otros modos de llevar a los encantados. ¿Qué te parece esto, Sancho hijo?

—No sé yo lo que me parece —respondió Sancho—, porque no he leído libros de caballeros andantes como vuestra merced; pero, con todo eso, me atrevería a afirmar y jurar que estas visiones que por aquí andan, tienen algo extraño.

Sancho sospecha algo...

—Pues claro —respondió don Quijote—. Son todos demonios, que han tomado cuerpos fantásticos para venir a hacer esto y a ponerme en este estado. Y si quieres comprobarlo, tócalos y pálpalos, y verás como no tienen cuerpo sino que son de aire.

—Por Dios, señor —replicó Sancho—, que ya los he tocado; y este diablo que aquí anda es rollizo de carnes, y tiene otra propiedad muy diferente de la que yo he oído decir que tienen los demonios; porque, según se dice, todos huelen a azufre y a otros malos olores; pero éste huele a ámbar.

Decía esto Sancho por don Fernando, que debía de oler a lo que Sancho decía.

—No te maravilles de eso, Sancho amigo —respondió don Quijote—; porque te hago saber que los diablos saben mucho, y aunque traigan olores consigo, ellos no huelen nada, porque son espíritus. <u>Y si a ti te parece que ese demonio que dices huele a ámbar, o tú te engañas, o él quiere engañarte para que creas que no es un demonio.</u>

Don Quijote siempre tiene explicación para todo...

Todos estos coloquios pasaron entre amo y criado. Y, temiendo don Fernando y Cardenio que Sancho se diera cuenta de su invención, decidieron partir rápidamente y, llamando al ventero, le ordenaron que ensillase a Rocinante y preparase el jumento de Sancho.

Mientras, el cura se había puesto de acuerdo con los cuadrilleros para que le acompañasen hasta su aldea. Cardenio, por señas, mandó a Sancho que subiese en su asno y tomase de las riendas a Rocinante, y puso a los dos lados del carro a los dos cuadrilleros con sus escopetas. Pero antes de que se moviese el carro, salió la ventera, su hija y Maritornes a despedirse de don Quijote, fingiendo que lloraban de dolor por su desgracia; y don Quijote les dijo:

—No lloréis, mis buenas señoras; que todas estas desdichas les suceden a los que profesan la caballería andante; y si estas calamidades no me ocurrieran, no me tendría yo por famoso caballero andante; porque a los caballeros de poco nombre y fama nunca les suceden semejantes casos, porque nadie se acuerda de ellos. A los valerosos sí, pues les envidian su virtud y valentía.

Mientras esto decía don Quijote, el cura y el barbero se despidieron de don Fernando y Cardenio y especialmente de Dorotea y Luscinda. Todos se abrazaron, y quedaron en darse noticias de sus sucesos.

Subieron a caballo el cura y el barbero, con sus antifaces, para no ser reconocidos por don Quijote, y se pusieron a caminar tras el carro. Iban colocados de la siguiente manera: primero el carro, guiándole su dueño; a los dos lados iban los cuadrilleros, con sus escopetas; seguía luego Sancho Panza sobre su asno, llevando de la rienda a Rocinante; detrás de todo esto iban el cura y el barbero sobre sus mulas, con los rostros cubiertos, como se ha dicho. Don Quijote iba sentado en la jaula, con las manos atadas, las piernas extendidas, y arrimado a las rejas, con tanto silencio y tanta paciencia como si no fuera hombre de carne, sino estatua de piedra. Y así, con aquel silencio, caminaron hasta dos leguas.

Mientras tanto, viendo Sancho que podía hablar a su amo sin la continua asistencia del cura y el barbero, que tenía por sospechosos, se acercó a la jaula donde iba su amo, y le dijo:

Sancho sigue "con la mosca detras de la oreja".

—Señor, para descargo de mi conciencia, le quiero decir lo que pasa con su encantamiento; y es que estos dos que vienen aquí detrás, con los rostros cubiertos, son el cura y el barbero de nuestro pueblo; y yo imagino que le llevan de esta manera, de pura envidia que tienen, pues vuestra merced se les adelanta en hacer famosos hechos. Y yo creo que no va encantado, sino engañado. Y para probarlo, le quiero preguntar una cosa, y si me responde como creo que me ha de responder, se dará cuenta de este engaño y verá que no va encantado, sino con el juicio trastornado.

—Pregunta lo que quieras, hijo Sancho —respondió don Quijote—; que yo te responderé. Y en lo que dices que los que vienen con nosotros son el cura y el barbero, nuestros compatriotas y conocidos, bien podrá ser que los que me han encantado hayan tomado esa apariencia; porque a los encantadores les resulta fácil tomar la figura que se les antoja, y habrán tomado las de nuestros amigos, para darte a ti ocasión de que pienses lo que piensas y <u>ponerte en un laberinto de imaginaciones</u>. Y también lo habrán hecho para que yo dude, y no sepa atinar de dónde me viene este daño; porque si, por una parte, tú me dices que me acompañan el barbero y el cura de nuestro pueblo, y, por otra, yo me veo enjaulado, ¿qué quieres que diga o piense sino que la manera de mi encantamiento excede a cuantas yo he leído en todas las historias que tratan de caballeros andantes que han sido encantados? Y ahora, pregunta lo que quieras, que yo te responderé.

—¡Válgame Nuestra Señora! —respondió Sancho dando una gran voz—. ¿Es posible que sea vuestra merced tan duro de cerebro, que no vea que es pura verdad la que le digo, y que en esta su prisión y desgracia tiene más parte la malicia que el encanto? Pero, pues así es, yo le quiero probar que no va encantado. Lo que quiero saber es que me diga, sin añadir ni quitar cosa ninguna, sino con toda verdad, si desde que vuestra merced va enjaulado y, a su parecer, encantado en esta jaula, le ha venido gana de hacer <u>aguas mayores o menores</u>.

Confundirte.

Hacer sus necesidades... Imagina lo que son las "aguas menores" y lo que son las "aguas mayores"...

—¡Ya, ya te entiendo, Sancho! Y muchas veces; y ahora mismo las tengo.

—¡Ah! —dijo Sancho—. Esto es lo que yo deseaba saber. Se supone que los que están encantados no comen, ni beben, ni duermen, ni hacen sus necesidades.

—Verdad dices, Sancho —respondió don Quijote—; pero ya te he dicho que hay muchas maneras de encantamientos, y podría ser que con el tiempo se hubiesen cambiado, y que ahora sea normal que los encantados hagan todo lo que yo hago, aunque antes no lo hacían. Yo sé que voy encantado, y esto me basta para la seguridad de mi conciencia; que la formaría muy grande si yo pensase que no estaba encantado y me dejase estar en esta jaula perezoso y cobarde, defraudando el socorro que podría dar a muchos necesitados que de mi ayuda y amparo deben tener extrema necesidad.

—Pues, con todo eso —replicó Sancho—, estaría bien que vuestra merced probase a salir de esta cárcel, que yo me comprometo a facilitarlo en lo que pueda, e incluso a sacarle de ella. Pruebe de nuevo a subir sobre su buen Rocinante, que también parece que va encantado, según va de melancólico y triste; y, hecho esto, probemos otra vez la suerte de buscar más aventuras y, si no nos va bien, tiempo nos queda para volvernos a la jaula, en la cual prometo, a la ley de buen y leal escudero, de encerrarme con vuestra merced.

—Yo estoy contento de hacer lo que dices, Sancho hermano —replicó don Quijote—; <u>y cuando tú veas oportunidad de poner en obra mi libertad, yo te obedeceré en todo y por todo</u>; pero tú, Sancho, verás cómo te engañas en el conocimiento de mi desgracia.

En estas conversaciones se entretuvieron el caballero andante y el desventurado escudero, hasta que llegaron donde, ya apeados, les aguardaban el cura y el

¡Don Quijote se quiere escapar!

barbero. El boyero desató los bueyes de la carreta, y les dejó andar a sus anchas por aquel verde y apacible sitio, cuya frescura invitaba a quererla gozar. Sancho rogó al cura que permitiese que su señor saliese por un rato de la jaula, porque si no lo dejaban salir, no iría tan limpia aquella prisión como requería la decencia de tal caballero. Le entendió el cura, y dijo que de muy buena gana haría lo que le pedía, si no temiera que viéndose su señor en libertad había de hacer de las suyas, e irse donde nadie le viese.

—Yo me hago responsable —respondió Sancho.

—Y yo doy mi palabra —respondió don Quijote, que todo lo estaba escuchando—; además, el que está encantado, como yo, no tiene libertad para hacer de su persona lo que quiera, porque el que le encantó le puede hacer que no se mueva de un lugar en tres siglos; y si huye, le hará volver rápidamente.

Así, bajo su buena fe y palabra, le desenjaularon. Él se alegró mucho de verse fuera de la jaula y lo primero que hizo fue estirarse todo el cuerpo, y luego se fue donde estaba Rocinante y dándole dos palmadas en las ancas, dijo:

—Aún espero, flor y espejo de los caballos, que pronto nos veremos los dos como deseamos: tú, con tu señor a cuestas; y yo, encima de ti, ejercitando el oficio para el que Dios me echó al mundo.

Y diciendo esto, don Quijote se apartó a un lugar de donde vino más aliviado.

CAPÍTULO XIX

De vuelta a casa

Ató el yugo (instrumento de madera al que se atan los animales de carga para que tiren del carro).

El cura y el barbero le dijeron que haría muy bien en hacer lo que decía; y así, pusieron a don Quijote en el carro, como antes venía. La procesión volvió a ordenarse y a proseguir su camino; los cuadrilleros no quisieron pasar adelante, y el cura les pagó lo que se les debía. En fin, todos se dividieron, quedando solos el cura, el barbero, don Quijote, Sancho Panza y el bueno de Rocinante, que a todo lo que había visto estaba con tanta paciencia como su amo.

El boyero unció sus bueyes y acomodó a don Quijote sobre un haz de heno, y siguió el camino que el cura quiso. Al cabo de seis días llegaron a la aldea de don Quijote, adonde entraron a mediodía, que era domingo, por lo que toda la gente estaba en la plaza, por mitad de la cual atravesó el carro de don Quijote. Acudieron todos a ver lo que en el carro venía, y cuando conocieron a su vecino, quedaron maravillados, y un muchacho acudió corriendo a dar la noticia a su ama y a su sobrina de que su tío y su señor venia flaco y amarillo, y tendido sobre un montón de heno y sobre un carro de bueyes. Cosa de lástima fue oír los gritos que las dos buenas señoras alzaron, las maldiciones que de nuevo echaron a los malditos libros de caballerías, todo lo cual se renovó cuando vieron entrar a don Quijote por sus puertas.

Montón.

A las noticias de la llegada de don Quijote, acudió la mujer de Sancho Panza, que ya sabía que había ido con él sirviéndole de escudero, y en cuanto vio a Sancho, lo primero que le preguntó fue que si estaba bien el asno. Sancho respondió que venía mejor que su amo.

—Gracias sean dadas a Dios —replicó ella—, que tanto bien me ha hecho; pero contadme ahora: ¿Qué habéis sacado de vuestras escuderías? ¿Qué trajes me traéis a mí? ¿Qué zapatos a vuestros hijos?

—No traigo nada de eso —dijo Sancho—, mujer mía, aunque traigo otras cosas de más consideración*.

[* *Más importantes. Puede que se refiera a lo que cogió de la maleta de Cardenio...*]

—Me alegro de eso —respondió la mujer—: mostradme esas cosas de más consideración, que las quiero ver, para que se me alegre este corazón, que tan triste y descontento ha estado en todos los siglos de vuestra ausencia.

—En casa os las mostraré, mujer —dijo Panza—, y por ahora estad contenta; que otra vez que salgamos de viaje a buscar aventuras, me veréis siendo conde, o gobernador de una ínsula, y no cualquiera, sino la mejor que pueda hallarse.

—Quiéralo así el cielo, marido mío; que bien lo necesitamos. Pero decidme: ¿qué es eso de ínsulas, que no lo entiendo?

—No es la miel para la boca del asno —respondió Sancho—; a su tiempo lo verás, mujer, y te admirarás de oírte llamar señoría por todos tus vasallos.

—¿Qué es lo que decís, Sancho, de señorías, ínsulas y vasallos? —respondió ella.

—No tengas tanta prisa en saberlo todo —respondió Sancho—; basta que te digo la verdad, y cose la boca. Sólo te diré que no hay mejor cosa en el mundo que ser escudero de un caballero andante buscador de

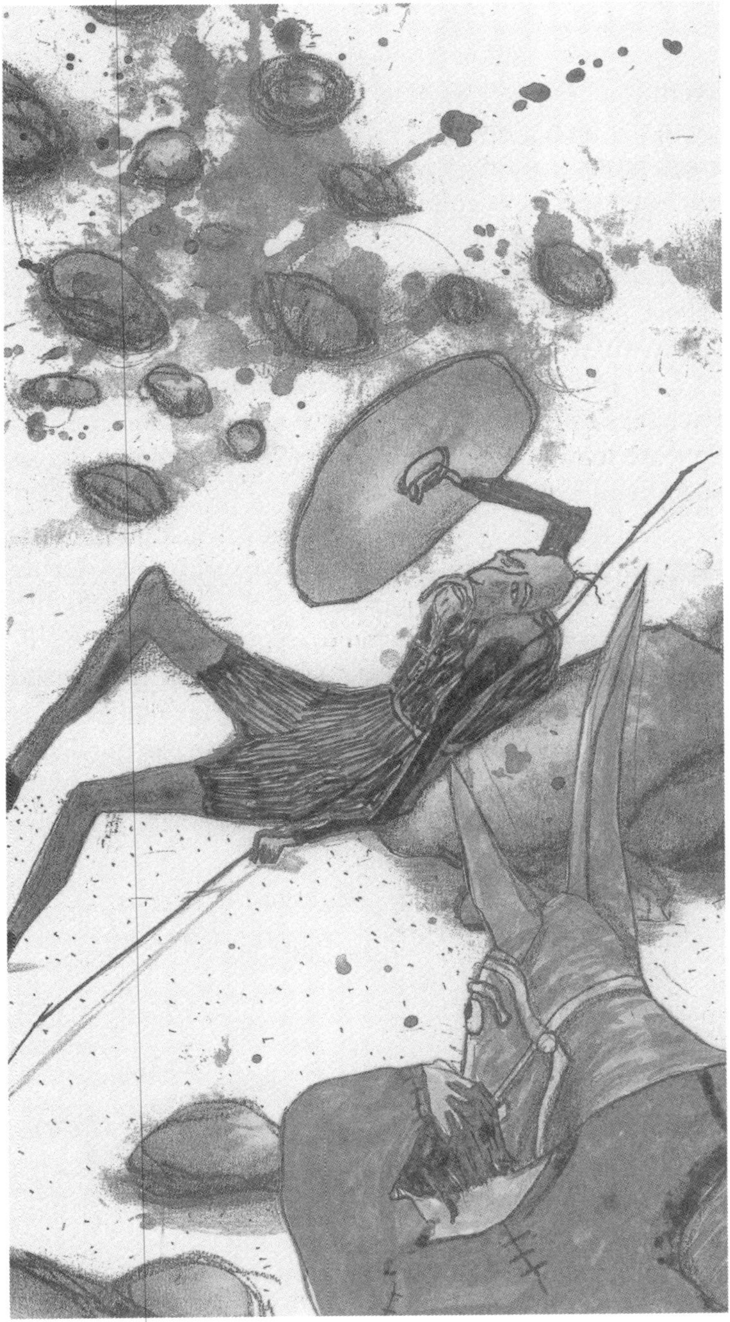

Examinando, investigando.

aventuras. Bien es verdad que la mayoría de ellas no salen tan bien como quisiéramos, porque de cien que se encuentran, noventa y nueve suelen salir torcidas. Lo sé por experiencia, porque de algunas he salido manteado, y de otras, molido; pero, con todo eso, es linda cosa esperar los sucesos atravesando montes, escudriñando selvas, pisando peñas, visitando castillos, alojándose en ventas sin pagar.

Todas estas palabras pasaron entre Sancho Panza y su mujer, mientras que el ama y sobrina de don Quijote le recibieron, le desnudaron, y le tendieron en su antiguo lecho.

Él las miraba con ojos atravesados, y no acababa de entender dónde estaba. El cura encargó a la sobrina que cuidara a su tío, y que estuviesen alerta de que otra vez no se les escapase, contando lo que había sido necesario para traerle a su casa. Aquí alzaron las dos de nuevo los gritos al cielo y se renovaron las maldiciones de los libros de caballerías. Finalmente, ellas quedaron confusas, y temerosas de que se habían de ver sin su amo y tío en cuanto tuviese alguna mejoría, y así fue como ellas se lo imaginaron...

Con la mirada perdida, como si fuera a desmayarse.

SEGUNDA PARTE

CAPÍTULO XX

Don Quijote convaleciente. El bachiller Sansón Carrasco

¡Vaya pinta!

El cura y el barbero estuvieron casi un mes sin ver a Don Quijote para no recordarle las cosas pasadas; pero no por esto dejaron de visitar a la sobrina y al ama, encargándoles que se preocupasen de cuidarle y darle de comer cosas apropiadas para el corazón y el cerebro, de donde procedía toda su mala ventura.

Por fin, un día le visitaron y le hallaron sentado en la cama, <u>vestido con una camiseta verde y un gorrito de dormir rojo</u>. Estaba tan seco, que parecía una momia. Fueron muy bien recibidos por él; le preguntaron por su salud, y él contestó con mucho juicio y con muy elegantes palabras. Hablaron mucho rato y la sobrina y el ama, que habían estado presentes en la conversación, no se hartaban de dar gracias a Dios por ver a su señor con tan buen entendimiento. Pero el cura quiso hacer una prueba para asegurarse de que la curación de don Quijote era completa, y así, contó algunas noticias que habían venido de la corte; entre otras cosas, dijo que se tenía por cierto que los turcos se acercaban con una poderosa armada y que Su Majestad había mandado reforzar las costas de Nápoles y Sicilia, y la isla de Malta. A esto respondió don Quijote:

—Si yo pudiera aconsejaría a Su Majestad que convocara en la corte a todos los caballeros andantes que vagan por España, pues ellos solos se bastarían para destruir a los turcos.

—¡Ay! —dijo a este punto la sobrina—; ¡que me maten si no quiere mi señor volver a ser caballero andante!

A lo que replicó don Quijote:

—Caballero andante he de morir y que vengan los turcos cuando quieran.

En esto, oyeron que el ama daba grandes voces en el patio, y acudieron todos al ruido. Las voces que oyeron don Quijote, el cura y el barbero eran que el ama gritaba a Sancho Panza, que luchaba por entrar a ver a don Quijote, y ella le prohibía el paso:

—¿Qué quiere este mostrenco en esta casa? Iros a la vuestra, hermano, que sois vos el que distrae a mi señor, y le lleva por esos andurriales.

Ignorante, torpe. También significa "animal sin dueño".

A lo que Sancho respondió:

—Ama de Satanás, el distraído y el llevado por esos andurriales soy yo, que no tu amo; él me llevó por esos mundos: él me sacó de mi casa con engaños, prometiéndome una ínsula, que todavía estoy esperando.

—Malas ínsulas te ahoguen —respondió la sobrina—, Sancho maldito. Y ¿qué son ínsulas? ¿Es alguna cosa de comer? ¡Golosón, comilón, eso es lo que tú eres!

—No es de comer —replicó Sancho—, sino de gobernar.

—Aun así —dijo el ama—, no entraréis acá, saco de maldades. Id a gobernar vuestra casa y a labrar vuestras tierras, y dejaos de pretender ínsulas ni ínsulos.

Hablar más de la cuenta.

Mucho se divertían el cura y el barbero oyendo el coloquio de los tres; pero don Quijote, temeroso de que Sancho empezase a desembuchar, le llamó, e hizo que las dos mujeres se callasen y le dejasen entrar. Entró

Sancho, y el cura y el barbero se despidieron de don Quijote, preocupados por su salud, pues habían visto sus desvariados pensamientos. Al salir, el cura dijo al barbero:

—Ya veréis cómo, cuando menos lo pensemos, nuestro hidalgo se escapa otra vez.

Disparatados, enloquecidos.

—No lo dudo —respondió el barbero—, pero no me maravillo tanto de la locura del caballero como de la simplicidad del escudero, que tan creído tiene aquello de la ínsula, que no se lo sacarán de la cabeza todos los desengaños que pueden imaginarse.

—Dios los remedie —dijo el cura—, y estemos atentos: veremos en lo que para esta máquina de disparates de tal caballero y de tal escudero.

—Así es —dijo el barbero—, y me gustaría saber qué tratarán ahora los dos.

—Seguro —respondió el cura— que la sobrina o el ama nos lo cuentan después, pues lo estarán escuchando.

Mientras, don Quijote se encerró con Sancho en su aposento; y, estando solos, le preguntó:

—Sancho, amigo, ¿Qué es lo que dicen de mí en el pueblo? ¿Qué dicen de mi valentía y de mis hazañas?

—Pues lo primero que digo —contestó Sancho—, es que el pueblo le tiene a vuestra merced por grandísimo loco, y a mí por no menos mentecato. En lo que toca a la valentía y hazañas de vuestra merced, hay diferentes opiniones; unos dicen: "loco, pero gracioso"; otros, "valiente, pero desgraciado"; y por ahí van diciendo tantas cosas, que ni a vuestra merced ni a mí nos dejan un hueso sano.

—Mira, Sancho —dijo don Quijote—, pocos o ninguno de los hombres famosos se libraron de ser calumniados por la maldad de la gente.

> *Primer grado universitario, por debajo de licenciado.*

—Pues aún hay más —dijo Sancho—. Si vuestra merced quiere saber todo lo que hay acerca de las calumnias que dicen, yo le traeré aquí quien se las diga todas; que anoche llegó el hijo de Bartolomé Carrasco, que viene de estudiar en Salamanca, hecho bachiller, y, al darle yo la bienvenida, me dijo que andaba ya en libros la historia de vuestra merced, con nombre del *Ingenioso Hidalgo don Quijote de la Mancha*; y dice que me citan a mí en ella con mi mismo nombre de Sancho Panza, y a la señora Dulcinea del Toboso, con otras cosas que sólo nosotros sabemos, lo cual me espanta, pues no entiendo cómo lo habrá sabido el historiador que las escribió.

—Yo te aseguro, Sancho —dijo don Quijote—, que el autor de nuestra historia debe de ser algún sabio encantador; que a ellos no se les escapa nada de lo que quieren escribir.

—Bien podría ser —replicó Sancho—. Sansón Carrasco dice que el autor se llama Cide Hamete Berenjena; mas, si vuestra merced quiere que yo le haga venir aquí, iré a por él ahora mismo.

> *Sancho lo dice mal: es "Benengeli", no "Berenjena".*

—Me gustaría mucho, amigo —dijo don Quijote—, que me tiene suspenso lo que me has dicho, y no comeré bocado hasta ser informado de todo.

—¡Pues voy por él! —respondió Sancho.

Y, dejando a su señor, se fue a buscar al bachiller, con el cual volvió al poco rato.

El bachiller, aunque se llamaba Sansón, no era muy grande de cuerpo, pero sí era un gran socarrón; tenía color macilento, pero muy buen entendimiento. Tendría unos veinticuatro años, la cara redonda, la nariz chata y la boca grande, señales todas de ser de condición maliciosa y amigo de burlas, como lo demostró al ver a don Quijote, poniéndose ante él de rodillas y diciéndole:

—Déme vuestra grandeza las manos, señor don Quijote de la Mancha, que es vuestra merced uno de los más famosos caballeros andantes que ha habido y habrá, en toda la redondez de la tierra. Bendito sea el que ha escrito vuestras grandezas para universal entretenimiento de las gentes.

Don Quijote le hizo levantar y dijo:

—Así que ¿es cierto que existe una historia mía?

—Es tan verdad, señor —dijo Sansón—, que creo que ya están impresos más de doce mil libros de la tal historia; si no, dígalo Portugal, Barcelona y Valencia, donde se han impreso; e incluso, se dice que se está imprimiendo en Amberes, y opino que no ha de haber nación ni lengua donde no se traduzca. En el libro se habla de la gallardía de vuestra merced, el ánimo grande en acometer los peligros, la paciencia en las adversidades, el sufrimiento, así en las desgracias como en las heridas, y los honestos amores de vuestra merced y de mi señora doña Dulcinea del Toboso.

—Pero dígame vuestra merced, señor bachiller —preguntó don Quijote—: ¿qué hazañas mías son las que más se ponderan en esa historia?

—En eso —respondió el bachiller—, hay diferentes opiniones: unos prefieren la aventura de los molinos de viento, que a vuestra merced le parecieron gigantes; otros, la de los batanes; estos la de los dos ejércitos, que después resultaron ser dos manadas de carneros; aquellos, la del muerto que llevaban a enterrar a Segovia; uno dice que la mejor es la de la libertad de los galeotes; otro, que ninguna iguala a la aventura del valeroso vizcaíno.

—Dígame, señor bachiller —interrumpió entonces Sancho—: ¿también se cuenta la aventura de los arrieros que apalearon a Rocinante?

Amberes: Ciudad de Bélgica.

adversidades: Desgracias.

se ponderan: Se enaltecen, se destacan.

¿Y tú? ¿Cuál prefieres?

No se le olvidó nada.

—No se le quedó nada en el tintero al sabio, —respondió Sansón— todo lo cuenta, hasta lo de las cabriolas que el buen Sancho hizo en la manta.

—En la manta no hice cabriolas —dijo Sancho—, en el aire sí, y más de las que yo quisiera. ¿Y qué más se dice de mí?, que también dicen que soy yo uno de los principales personajes.

Piruetas, saltos, volteretas.

—Vos sois la segunda persona de la historia —respondió el bachiller—, y hay quien dice que fuisteis demasiado crédulo al creer que podía ser verdad el gobierno de aquella ínsula, ofrecida por el señor don Quijote.

—Aún queda tiempo —dijo don Quijote— y, con la experiencia que dan los años, estará más hábil para ser gobernador.

—Por Dios, señor —protestó Sancho—, la ínsula que yo no gobierne con los años que tengo, no la gobernaré con los años de Matusalén. Lo malo es que la ínsula no termina de llegar...

Personaje que se dice que vivió muchos años.

—Encomendadlo a Dios, Sancho —dijo don Quijote—, que todo llegará, y quizá antes de lo que pensáis.

—En fin, —respondió Sansón—, la historia es tan clara, que no hay cosa que dificultar en ella: los niños la manosean, los mozos la leen, los hombres la entienden y los viejos la celebran; y, finalmente, es tan leída y tan sabida por todo tipo de gentes, que, apenas han visto algún rocín flaco, cuando dicen: "allí va Rocinante".

—¿Promete el autor segunda parte? —dijo don Quijote.

—Sí promete —respondió Sansón—, pero no sabemos cuándo saldrá.

A lo que dijo Sancho:

—Mi señor y yo le daremos tantas aventuras, que podrá componer no sólo la segunda parte, sino cien. Lo que yo sé decir es que si mi señor tomase mi consejo, ya estaríamos en esas campañas deshaciendo agravios, como es uso y costumbre de los buenos caballeros andantes.

No había acabado de decir estas razones Sancho, cuando llegaron a sus oídos los relinchos de Rocinante, los cuales tomó don Quijote por buena señal, y determinó de hacer de allí a tres o cuatro días otra salida; y, declarando su intención al bachiller, le pidió consejo sobre por qué parte comenzaría su jornada; él le respondió que era su parecer que fuese al reino de Aragón y a la ciudad de Zaragoza, adonde, de allí a pocos días, se habían de hacer unos torneos por la fiesta de San Jorge, <u>donde podría ganar fama sobre todos los caballeros aragoneses</u>.

Quedaron en esto y en que la partida sería de allí a ocho días. Pidió don Quijote al bachiller que le guardara el secreto, especialmente ante el cura y maese Nicolás, y su sobrina y el ama, para que no estorbasen su honrada y valerosa determinación. Todo lo prometió Carrasco, encargando a don Quijote que de todos sus buenos o malos sucesos le avisase en cuanto tuviese ocasión; y así, se despidieron, y Sancho fue a poner en orden lo necesario para su viaje. De este modo, a los pocos días se pusieron en camino hacia El Toboso sin despedirse de nadie, salvo del bachiller Sansón Carrasco, que les acompañó un rato.

Los caballeros aragoneses tenían fama de ganar muchos torneos y otros festejos caballerescos.

Recuerda que Sancho miente: nunca llevó la carta a Dulcinea.

CAPÍTULO XXI

En El Toboso. El encantamiento de Dulcinea

Solos quedaron don Quijote y Sancho en el camino del Toboso, cuando comenzó a relinchar Rocinante y a rebuznar el rucio, lo que tuvieron por buena señal.

—Sancho amigo, —dijo don Quijote— la noche se nos está echando encima y tendremos más oscuridad de la que nos conviene para llegar de día al Toboso, adonde tengo decidido ir antes de que me ponga en otra aventura, y allí tomaré la bendición de la sin par Dulcinea, con la que seguro que acabaré felizmente toda aventura peligrosa, porque ninguna cosa de esta vida hace más valientes a los caballeros andantes que verse favorecidos por sus damas.

—Yo así lo creo —respondió Sancho—; pero me parece que va a ser muy difícil que vuestra merced pueda hablarla, ni verse con ella, y menos, que pueda recibir su bendición, a no ser que se la eche desde las tapias del corral, <u>por donde yo la vi la primera vez, cuando le llevé la carta donde iban las noticias de las locuras que vuestra merced quedaba haciendo en el corazón de Sierra Morena</u>.

—¿Tapias de corral te parecieron, Sancho? —dijo don Quijote—. No debían de ser sino balcones de ricos y reales palacios.

—Todo puede ser —respondió Sancho—; pero a mí me parecieron tapias, si no recuerdo mal.

—Con todo eso, vamos allá, Sancho —replicó don Quijote—: que con tal de verla, me da lo mismo que sea por tapias que por ventanas, o por verjas de jardines; que cualquier rayo de sol que llegue de su belleza a mis ojos alumbrará mi entendimiento y fortalecerá mi corazón, de modo, que yo sea el único en discreción y en valentía.

En estas y otras semejantes conversaciones se les pasó aquella noche y el día siguiente, sin ocurrirles cosa digna de contar. En fin, al otro día, al anochecer, descubrieron la gran ciudad del Toboso, con cuya vista se le alegró el espíritu a don Quijote, y se le entristeció a Sancho, porque no sabía dónde estaba la casa de Dulcinea, pues nunca en su vida la había visto, y tampoco la había visto su señor; de modo que no imaginaba Sancho qué iba a hacer cuando su dueño le enviase allí. Finalmente, ordenó don Quijote entrar en la ciudad bien avanzada la noche y, mientras llegaba la hora, se quedaron entre unas encinas que estaban cerca de allí.

En realidad, no era una ciudad grande, pero don Quijote la imagina así, porque debe ser digna de su amada.

Era la media noche poco más o menos, cuando don Quijote y Sancho dejaron el monte y entraron en el Toboso. Estaba el pueblo en sosegado silencio, pues todos sus vecinos dormían y reposaban a pierna suelta, como suele decirse. Era la noche clara, y sólo se oían los ladridos de los perros, que atronaban los oídos de don Quijote y turbaban el corazón de Sancho. De cuando en cuando rebuznaba un jumento, gruñían cerdos, maullaban gatos, lo cual tuvo el enamorado caballero como mal presagio; pero con todo, dijo a Sancho:

—Sancho, hijo, guíame al palacio de Dulcinea; quizá la hallemos despierta.

—¿A qué palacio tengo que guiarle —respondió Sancho—, que donde yo la vi no era sino una casa muy pequeña?

Fortaleza, castillo.

Golpes de aldaba. Es un aro de metal que se pone en las puertas para llamar con un golpe.

—Debía de estar retirada entonces —respondió don Quijote— en alguna pequeña casa de su alcázar, distrayéndose a solas con sus doncellas, como es costumbre de las altas señoras y princesas.

—Señor, —dijo Sancho—, aunque vuestra merced quiere, a pesar mío, que la casa de mi señora Dulcinea sea alcázar, ¿son horas estas de encontrar la puerta abierta? ¿Y estará bien que demos aldabonazos para que nos oigan y nos abran, provocando el alboroto entre la gente?

—Encontremos de una vez el alcázar —replicó don Quijote—, que entonces yo te diré, Sancho, lo que será mejor que hagamos. Y advierte, Sancho, que, o yo veo poco, o aquel bulto grande y sombra que desde aquí se descubre debe ser el palacio de Dulcinea.

—Pues guíeme vuestra merced —respondió Sancho—, que quizá será así.

Guió don Quijote, y habiendo andado como doscientos pasos, dio con el bulto que hacía la sombra, y vio una gran torre, y luego vio que tal edificio no era el alcázar, sino la iglesia principal del pueblo. Y dijo:

—Con la iglesia hemos dado, Sancho.

Los cementerios estaban junto a las iglesias.

—Ya lo veo —respondió Sancho—, y quiera Dios que no demos con nuestra sepultura, que no es bueno andar por los cementerios a estas horas. Señor, ya está amaneciendo y no es bueno que estemos en la calle: mejor será que salgamos fuera de la ciudad y que vuestra merced se quede en alguna arboleda cercana, que yo volveré de día, y buscaré la casa, alcázar o palacio de mi señora; y cuando lo encuentre, hablaré con ella y le diré dónde y cómo queda vuestra merced esperando que le dé orden para verla.

—Recibo tu consejo de buena gana, Sancho, —dijo don Quijote—. Ven, hijo, vamos a buscar un lugar donde quedarme, que tú volverás, como dices, a buscar y a hablar a mi señora.

Rabiaba Sancho por sacar a su amo del pueblo, para que no averiguase la mentira que le había dicho en Sierra Morena, pues él no había visto ni hablado a Dulcinea. Don Quijote se acomodó en un bosquecillo junto al Toboso, mandó a Sancho volver a la ciudad, y le dijo que no volviese a su presencia sin primero haber hablado de su parte a su señora, y pedirle que le permitiera verla para que le diera su bendición. Sancho prometió hacerlo todo como se lo mandaba, y traerle tan buena respuesta como le trajo la primera vez.

—Anda, hijo —replicó don Quijote—, y no te turbes cuando te veas ante la luz del sol de hermosura que vas a buscar. ¡Dichoso tú sobre todos los escuderos del mundo! Y fíjate cómo te recibe: si se ruboriza cuando le des mi mensaje, si se turba oyendo mi nombre, si se coloca el cabello, aunque no esté desordenado…

Si se pone roja.

—Yo iré y volveré rápido —dijo Sancho—; y ensanche vuestra merced, señor mío, ese corazoncillo, que le debe de tener ahora no mayor que una avellana.

Dicho esto, Sancho se marchó en su rucio, y don Quijote se quedó a caballo, descansando sobre los estribos y sobre su lanza, lleno de tristes y confusas imaginaciones, donde le dejaremos, yéndonos con Sancho Panza, que no menos confuso y pensativo se apartó de su señor; y tanto que, apenas salió del bosque, cuando, volviendo la cabeza, y comprobando que ya no se veía a su amo, se apeó del jumento, y sentándose al pie de un árbol, comenzó a hablar consigo mismo y a decirse:

—Sepamos ahora, Sancho hermano, adónde va vuestra merced: ¿Qué voy a buscar? Voy a buscar, como quien no dice nada, a una princesa. Y ¿adónde? Al Toboso. Y ¿conozco su casa? Mi amo dice que han de ser unos reales palacios, o unos soberbios alcázares. Y ¿la he visto alguna vez? Ni yo ni mi amo la hemos visto jamás. ¡Buscar a Dulcinea por el Toboso es como buscar una aguja en un pajar! ¡El diablo, el diablo me ha metido a mí en esto!

Este soliloquio pasó Sancho consigo mismo, y volvió a decirse:

—Ahora bien, todo tiene remedio, menos la muerte. Mi amo, por lo que he visto, es un loco de atar, y yo también, pues soy más mentecato que él, ya que le sigo y le sirvo, si es verdadero el refrán que dice: "Dime con quién andas, y te diré quién eres". Mi amo está loco pues la mayoría de las veces toma unas cosas por otras, y juzga lo blanco por negro y lo negro por blanco, como le ocurrió cuando dijo que los molinos de viento eran gigantes, y las manadas de carneros ejércitos de enemigos, y otras muchas cosas. Por lo tanto, no será muy difícil hacerle creer que una labradora, la primera que me encuentre por aquí, es la señora Dulcinea; y aunque él no lo crea, yo se lo juraré. Quizá con esto conseguiré que no me envíe otra vez a semejantes mensajerías, o quizás pensará, como yo imagino, que algún mal encantador, de éstos que él dice que le quieren mal, la habrá cambiado el aspecto a Dulcinea, por hacerle daño.

Con esto que pensó Sancho Panza se quedó sosegado, y permaneció allí hasta la tarde, para que don Quijote pensase que le había dado tiempo a ir y volver del Toboso. Y sucedió todo tan bien que, cuando se levantó para subir en el rucio, vio que del Toboso venían tres labradoras sobre tres pollinos; y así como Sancho las vio, volvió a buscar a su señor don Quijote, a quien encontró suspirando y diciendo mil amorosas lamentaciones. Cuando don Quijote le vio, le dijo:

—¿Qué hay, Sancho amigo? ¿Traes buenas noticias?

—Tan buenas —respondió Sancho—, que no tiene más que hacer vuestra merced sino picar a Rocinante y salir a ver a la señora Dulcinea del Toboso, que con otras dos doncellas suyas viene a ver a vuestra merced.

—¡Santo Dios! ¿Qué es lo que dices, Sancho amigo? —dijo don Quijote—. Mira, no me engañes, ni quieras alegrar mis verdaderas tristezas con falsas alegrías.

—¿Qué sacaría yo de engañar a vuestra merced? —respondió Sancho—. Vamos, señor, y verá venir a la princesa nuestra ama sobre su caballo, vestida y adornada como quien ella es. Sus doncellas y ella son <u>un ascua de oro</u>, adornadas con perlas, diamantes, rubíes; los cabellos, sueltos por las espaldas, que son como los rayos del sol que andan jugando con el viento.

Porque, supuestamente, llevan muchas joyas.

—Vamos, Sancho hijo —respondió don Quijote—; y en agradecimiento por estas buenas noticias, te prometo el mejor botín que gane en la primera aventura que tenga, y si esto no te contenta, te daré las crías que este año me den mis tres yeguas.

—Acepto las crías —respondió Sancho—; porque no está muy seguro que sea bueno el botín de la primera aventura.

Ya en esto salieron de la selva y descubrieron a las tres aldeanas. Don Quijote tendió los ojos por todo el camino del Toboso y, como no vio más que a las tres labradoras, quedó turbado, y preguntó a Sancho si las había dejado fuera de la ciudad.

Aturdido, desconcertado

—¿Cómo fuera de la ciudad? —respondió—. ¿Acaso tiene vuestra merced los ojos en el cogote, que no ve que son éstas, las que aquí vienen, resplandecientes como el mismo sol a medio día?

—Yo no veo, Sancho —dijo don Quijote—, sino a tres labradoras sobre tres borricos.

—¡Líbreme Dios del diablo! —respondió Sancho—. ¿Es posible que tres jacas blancas como la nieve, le parezcan a vuestra merced borricos?

—Pues yo te digo, Sancho amigo —dijo don Quijote—, que es tan verdad que son borricos, o borricas, como que yo soy don Quijote y tú Sancho Panza; por lo menos, a mí eso me parecen.

—Calle, señor —dijo Sancho—; no diga esas cosas, despabile esos ojos, y venga a hacer reverencias a la señora de sus pensamientos, que ya llega cerca.

Diciendo esto, se adelantó a recibir a las tres aldeanas, y apeándose del rucio, sujetó del cabestro al borrico de una de las tres labradoras, e, hincando ambas rodillas en el suelo, dijo:

—Reina, princesa y duquesa de la hermosura, vuestra grandeza sea servida de recibir en su gracia al cautivo caballero vuestro, que allí está convertido en mármol, todo turbado y sin pulso, por verse ante vuestra magnífica presencia. Yo soy Sancho Panza, su escudero, y él es el afligido caballero don Quijote de la Mancha, llamado por otro nombre el Caballero de la Triste Figura.

A todo esto, ya se había puesto don Quijote de rodillas junto a Sancho, y miraba con ojos desencajados y vista turbada a la que Sancho llamaba reina y señora; y como no veía más que a una moza aldeana, y no de muy buen rostro, porque era carirredonda y chata, estaba suspenso y admirado, sin osar desplegar los labios. Las labradoras estaban asimismo atónitas, viendo aquellos dos hombres hincados de rodillas, sin dejar pasar adelante a su compañera. Pero rompiendo el silencio la detenida, con muy mal humor, dijo:

—Apártense del camino, y déjennos pasar; que llevamos mucha prisa.

A lo que respondió Sancho:

—¡Oh princesa y señora universal del Toboso! ¿Cómo vuestro magnánimo corazón no se enternece viendo arrodillado ante vuestra presencia a la flor de la andante caballería?

A lo que respondió otra de las dos:

—¡Jo, que te estrego burra de mi suegro! ¡Mirad con qué vienen los señoritos ahora a hacer burla de las aldeanas! Sigan su camino, y déjennos hacer el nuestro.

—Levántate, Sancho —dijo a este punto don Quijote—; que ya veo que la Fortuna no se cansa de hacerme daño. El maligno encantador que me persigue ha transformado la hermosura y rostro de Dulcinea en el de una labradora pobre. Y es posible que también haya cambiado el mío en el de algún monstruo, para hacerme aborrecible a sus ojos.

—¡Toma mi "agüelo"! Apártense y déjennos ir —respondió la aldeana.

Se apartó Sancho y la dejó marchar, contentísimo de haber salido tan bien de su enredo.

—Sancho —dijo don Quijote—, ¿qué te parece cómo me tratan los encantadores? Mira hasta dónde llega su malicia y la ojeriza que me tienen, que no sólo me han querido privar del contento de ver a mi señora Dulcinea como princesa y la han transformado en una figura tan fea como la de aquella aldeana, sino que además olía a ajos crudos.

—¡Oh canallas! —gritó Sancho—. ¡Oh encantadores malintencionados!

Mucho tenía que disimular el socarrón de Sancho para no reírse, oyendo las sandeces de su amo,

¡Qué bruta es esta aldeana! Con esta expresión la campesina quiere decir que no se fía de ellos.

Con esta exclamación se indica asombro.

Tener ojeriza a alguien es tenerle manía, odiarle...

tan delicadamente engañado. Finalmente, después de otras muchas palabras que entre los dos pasaron, volvieron a subir en sus jumentos, y siguieron el camino de Zaragoza, adonde pensaban llegar a tiempo a las solemnes fiestas que suelen hacerse cada año en aquella insigne ciudad. Pero antes de que llegasen allí les sucedieron cosas que, por muchas, grandes y nuevas, merecen ser escritas y leídas, como se verá adelante.

CAPÍTULO XXII

El caballero de los espejos o caballero del bosque reta a don Quijote

Pasaron la noche don Quijote y su escudero debajo de unos altos y umbrosos árboles y tras cenar algo de lo que llevaban en las alforjas del asno, Sancho se quedó dormido al pie de un alcornoque, y don Quijote, dormitando junto a una robusta encina. Pero poco tiempo había pasado, cuando le despertó un ruido que sintió a sus espaldas, y levantándose con sobresalto, se puso a mirar y a escuchar de dónde procedía, y vio que eran dos hombres a caballo, y que uno, bajándose de la silla, dijo al otro:

Que dan mucha sombra.

—Apéate, amigo, y quita los frenos a los caballos que, a mi parecer, este sitio tiene abundante hierba para ellos, y el silencio y soledad que necesitan mis amorosos pensamientos.

Cuando dijo esto se tendió en el suelo y, al arrojarse, hicieron ruido las armas con que venía armado, señal por la que don Quijote supuso que debía de ser un caballero andante; y acercándose a Sancho, que dormía, le agarró del brazo, le despertó con no poco trabajo, y con voz baja le dijo:

—Hermano Sancho, aventura tenemos.

—Dios nos la dé buena —respondió Sancho—. Y ¿dónde está, señor mío, esa aventura?

—¿Dónde, Sancho? —replicó don Quijote—. Vuelve los ojos, mira, y verás allí tendido un caballero

Sentimiento de enfado.

andante, que, por lo que yo veo, no debe de estar muy alegre, porque le vi bajarse del caballo y tenderse en el suelo con algunas muestras de despecho, y al caer le crujieron las armas.

—Pero ¿en qué halla vuestra merced —dijo Sancho— que ésta sea una aventura?

—No quiero yo decir —replicó don Quijote— que ésta sea aventura del todo, sino principio de ella; que por aquí se comienzan las aventuras. Pero escucha; que, por lo que parece, está templando un laúd para cantar algo.

—Así es —respondió Sancho—, y debe de ser caballero enamorado.

—No hay ninguno que no lo sea —dijo don Quijote—. Pero escuchémosle; que por el hilo sacaremos el ovillo de sus pensamientos.

Sancho quería contestar a su amo, pero la voz del Caballero del Bosque, que no era ni muy mala ni muy buena, lo estorbó, y estando los dos atentos, oyeron que cantaba una triste canción de amor.

Con un ¡ay! arrancado, al parecer, de lo más profundo de su corazón, dio fin a su canto el Caballero del Bosque, y al poco, con voz doliente y lastimada, dijo:

—¡Oh la más hermosa y la más ingrata mujer del mundo! ¿Será posible, hermosísima Casildea de Vandalia, que consientas que tu caballero se consuma en continuas peregrinaciones y en ásperos y duros trabajos? ¿No basta ya que he hecho que te confiesen por la más hermosa del mundo todos los caballeros de Navarra, todos los leoneses, todos los andaluces, todos los castellanos, y finalmente, todos los caballeros de la Mancha?

—Eso no —dijo entonces don Quijote—, que yo soy de la Mancha, y nunca he confesado tal cosa. Pero escuchemos: quizás sabremos algo más.

Vandalia es el nombre poético de Andalucía.

—Así será —replicó Sancho—: que parece que lleva intención de quejarse un mes entero.

Pero no fue así; porque habiendo oído el Caballero del Bosque que alguien hablaba cerca de él, sin seguir con su lamentación, se puso en pie y dijo con voz sonora:

—¿Quién está ahí? ¿Es por ventura de los contentos, o de los afligidos?

—De los afligidos —respondió don Quijote.

—Pues acérquese a mí —respondió el Caballero del Bosque—, que yo tengo la misma tristeza.

Don Quijote, que se vio responder tan tiernamente, se acercó a él, y Sancho hizo lo mismo. El caballero agarró a don Quijote del brazo diciendo:

—Sentaos aquí, señor caballero; que me he dado cuenta de que lo sois, por haberos hallado en este lugar, propio de los caballeros andantes.

A lo que respondió don Quijote:

—Caballero soy y, aunque mi alma tiene sus propias tristezas, desgracias y desventuras, no por eso no tengo compasión de las desdichas ajenas. De lo que habéis cantado deduzco que vuestras penas son por el amor que tenéis a aquella hermosa ingrata que en vuestras lamentaciones nombrasteis.

—¿Por ventura, señor caballero —preguntó el del Bosque a don Quijote—, también estáis enamorado?

—Por desventura lo estoy —respondió don Quijote.

—¿Es vuestro escudero éste? —preguntó el del Bosque.

—Sí es —respondió don Quijote.

En esto, el escudero del Bosque asió por el brazo a Sancho, diciéndole:

—Vámonos los dos donde podamos hablar escuderilmente todo cuanto queramos, y dejemos a

De cosas de escuderos.

estos señores amos nuestros que se cuenten las historias de sus amores, que a buen seguro que les ha de coger el día en ellas y no las habrán acabado.

—Sea en buena hora —dijo Sancho.

Así, estaban separados caballeros y escuderos: éstos contándose sus vidas, y aquéllos sus amores. Se apartaron los dos escuderos, y entre ellos tuvo lugar una graciosa conversación.

El escudero del Caballero del Bosque le dijo a Sancho:

—Trabajosa vida es la que pasamos y vivimos, señor mío, los que somos escuderos de caballeros andantes: en verdad se puede decir que nos ganamos el pan con el sudor de nuestra frente. Pero todo eso se puede aguantar con la esperanza que tenemos del premio.

—Yo —replicó Sancho— ya le he dicho a mi amo que me contento con el gobierno de alguna ínsula; y él es tan noble y tan liberal, que me la ha prometido muchas veces.

—Yo —respondió el del Bosque—, señor escudero, tengo determinado dejar estos disparates de estos caballeros, y retirarme a mi aldea, y criar a mis hijitos, que tengo tres como tres perlas.

—Dos tengo yo —dijo Sancho—. A la muchacha la crío para condesa, si Dios quiere, aunque su madre no quiere. Yo sólo deseo volver a ver a mi mujer y a mis hijos cuando deje este peligroso oficio de escudero. El rato que pienso en esto se me hacen más fáciles y llevaderos los trabajos que padezco con <u>este mentecato de mi amo, de quien sé que tiene más de loco que de caballero</u>. ¿Y vuestro amo está enamorado?

—Sí —dijo el del Bosque—: de una tal Casildea de Vandalia, la más cruel señora que en todo el mundo puede hallarse.

¡Vaya! ¡Sancho llama mentecato y loco a su amo, ahora que no le oye!

—Entonces, con vuestra merced podré consolarme, pues sirve a otro amo tan tonto como el mío.

—Tonto, pero valiente —respondió el del Bosque.

—Mi amo —replicó Sancho— <u>tiene un alma como un cántaro</u>: no sabe hacer mal a nadie, sino bien a todos, ni tiene malicia alguna: un niño le hará entender que es de noche en la mitad del día; y por esta sencillez <u>le quiero como a las telas de mi corazón, y no soy</u> capaz de dejarle, por más disparates que haga.

> *Tiene un gran corazón; es muy buena persona.*

—Con todo eso, hermano —dijo el del Bosque—, si el ciego guía al ciego, ambos corren el riesgo de caer en el hoyo. Mejor es retirarnos con buen paso, y volvernos a nuestras cosas; que los que buscan aventuras no siempre las hallan buenas.

Y, levantándose, volvió con una gran bota de vino y una gran empanada; lo cual visto por Sancho, dijo:

> *¡Ah, bueno! Ahora reconoce que le tiene cariño, aunque haga locuras.*

—Y ¿esto trae vuestra merced consigo, señor?

—Pues, ¿qué se pensaba? —respondió el otro—. ¿Soy yo un pobre escudero? Mejor repuesto traigo yo en las ancas de mi caballo que un general.

Finalmente, tanto hablaron y tanto bebieron los dos buenos escuderos, que se quedaron dormidos, agarrados de la ya casi vacía bota y con los bocados a medio mascar en la boca. Así los dejaremos por ahora, para contar lo que hablaron el Caballero del Bosque y el de la Triste Figura.

Dice la historia que el del Bosque dijo a don Quijote:

—Señor caballero, quiero que sepáis que mi destino me llevó a enamorarme de la sin par Casildea de Vandalia; digo sin par porque ninguna la iguala en hermosura. Ella hizo que me enfrentara a muchos y diversos peligros, prometiéndome que se cumplirían mis esperanzas. Y ahora me ha mandado que vaya por todas las provincias de España y haga confesar a todos los caballeros andantes que ella es la más hermosa de cuantas hoy viven, y que yo soy el más valiente y el más enamorado caballero del mundo. Con esta misión he recorrido ya la mayor parte de España, y en ella he vencido a muchos caballeros que se han atrevido a contradecirme. Pero de lo que yo más me precio es de haber vencido, en singular batalla, a aquel tan famoso caballero don Quijote de la Mancha, y de haberle hecho confesar que es más hermosa mi Casildea que su Dulcinea; y con solo esta victoria considero que he vencido a todos los caballeros del mundo, porque el tal don Quijote que digo los ha vencido a todos; y, habiéndole yo vencido a él, su gloria, su fama y su honra han pasado a mi persona.

Admirado quedó don Quijote de oír al Caballero del Bosque, y estuvo mil veces a punto de decirle que mentía, pero se dominó lo mejor que pudo, por hacerle confesar su mentira por su propia boca, y así, sosegadamente le dijo:

—No digo nada, señor caballero, de que vuestra merced haya vencido a la mayoría de los caballeros andantes de España, e incluso de todo el mundo; pero pongo en duda que haya vencido a don Quijote de la Mancha. Podría ser que fuese otro que se le pareciera, aunque hay pocos que se le parezcan.

—¿Cómo que no? —replicó el del Bosque—. Por el cielo que nos cubre, que peleé con don Quijote, y le vencí y rendí; y es un hombre alto de cuerpo, delgado, entrecano, la nariz aguileña, de bigotes grandes, negros y caídos. Se le conoce por el nombre del Caballero de la Triste Figura, y trae por escudero a un labrador llamado Sancho Panza; monta a un famoso caballo llama-

Presumo, alardeo.

Canoso.

Nariz corvada, como el pico de un águila.

do Rocinante, y, finalmente, tiene por señora de su voluntad a una tal Dulcinea del Toboso, llamada en otro tiempo Aldonza Lorenzo; como la mía, que, por llamarse Casilda y ser de Andalucía, yo la llamo Casildea de Vandalia. Si todas estas señas no bastan para acreditar mi verdad, aquí está mi espada.

—Y aquí está el mismo don Quijote, <u>que defenderá la verdad con sus armas a pie, o a caballo, o de cualquier manera que os agrade</u>.

Don Quijote le está desafiando a pelear.

Y, diciendo esto, se levantó y empuñó la espada, esperando la respuesta del Caballero del Bosque, el cual, con voz sosegada, respondió:

—<u>Al buen pagador no le duelen prendas</u>; si una vez, señor don Quijote, pude venceros transformado, bien podré tener esperanza de rendiros en vuestro propio ser. Pero, como no es correcto que los caballeros peleen a oscuras, como los salteadores y rufianes, esperemos el día, para que el sol vea nuestras obras. Y ha de ser condición de nuestra batalla que el vencido ha de quedar a la voluntad del vencedor, para que haga de él todo lo que quiera, con tal que sea adecuado a la orden de caballería.

Al que lleva razón, no le importa comprometerse.

—Estoy de acuerdo con esa condición —respondió don Quijote.

Y, diciendo esto, se fueron donde estaban sus escuderos, y los hallaron roncando. Les despertaron y les mandaron que tuviesen a punto los caballos, porque, en cuanto saliera el sol, habían de hacer los dos una sangrienta, singular y desigual batalla. Sancho quedó atónito y pasmado, temeroso de la salud de su amo, por las valentías que había oído decir del suyo al escudero del Bosque; pero, sin hablar palabra, se fueron los dos escuderos a buscar sus caballos. En el camino dijo el del Bosque a Sancho:

—Has de saber, hermano, que en Andalucía tienen por costumbre que, mientras los caballeros riñen, los escuderos también han de pelear.

—Yo no he oído decir a mi amo semejante costumbre —respondió Sancho—, y sabe de memoria todas las ordenanzas de la caballería andante. Y aunque sea verdad, yo no quiero cumplirla, antes prefiero pagar la pena que esté impuesta a los escuderos pacíficos. Además, no tengo espada, pues en mi vida me la puse.

—A pesar de todo —replicó el del Bosque—, hemos de pelear aunque sea media hora.

—Eso no —respondió Sancho—: no seré yo tan descortés ni tan desagradecido, que vaya a pelear con quien he comido y he bebido; además: ¿quién diablos va a reñir <u>a secas</u>, sin estar enojado? *(Sin ningún motivo.)*

—Para eso —dijo el del Bosque— tengo yo un remedio: y es que, antes de que comencemos la pelea, yo me acercaré a vuestra merced y le daré tres o cuatro bofetadas, con las cuales le haré despertar la cólera, aunque esté <u>con más sueño que un lirón</u>. *(Con muchísimo sueño.)*

—Contra ese remedio sé yo otro —respondió Sancho—: cogeré yo un garrote, y, antes de que vuestra merced llegue a despertarme la cólera, haré yo dormir a garrotazos la suya de tal manera, que no despierte si no es en el otro mundo; y así, desde ahora vuestra merced, señor escudero, correrá por su cuenta todo el mal y daño que resulte de nuestra pelea.

—Está bien —replicó el del Bosque—. Ya se verá.

En esto, ya comenzaba a amanecer, y la claridad del día permitía ver y diferenciar las cosas. Y lo primero que se ofreció a los ojos de Sancho Panza fue la nariz del escudero del Bosque, que era tan grande que casi le hacía sombra a todo el cuerpo. En efecto, era enorme, corva en la mitad, toda llena de verrugas y de color amoratado, como de berenjena; le bajaba dos dedos más abajo de la boca y le afeaba tanto el rostro que, viéndole Sancho, se propuso dejarse dar doscientas bofetadas antes que despertar la cólera para reñir con aquel monstruo.

Don Quijote miró a su rival, y le encontró con el casco ya puesto, de modo que no le pudo ver el rostro, pero notó que era hombre fuerte, y no muy alto. Sobre las armas traía una casaca de una tela, al parecer, de oro finísimo, llena de muchas lunas pequeñas de resplandecientes espejos, que le hacían muy galán y vistoso; le volaban sobre la celada gran cantidad de plumas verdes, amarillas y blancas; la lanza, que tenía arrimada a un árbol, era grandísima y gruesa, y de un hierro de más de un palmo.

Como lentejuelas.

Todo lo miró don Quijote, y juzgó que el caballero debía de ser de grandes fuerzas; pero no por eso temió, como Sancho Panza, sino que dijo al Caballero de los Espejos:

—Si vuestros grandes deseos de pelear, señor caballero, no os restan cortesía, os pido que alcéis la visera un poco, para que yo vea la gallardía de vuestro rostro.

—Tanto si sois vencedor como vencido en esta pelea, señor caballero, —respondió el de los Espejos— os quedará tiempo para verme; y si ahora no satisfago vuestro deseo, es por parecerme que hago agravio a la hermosa Casildea de Vandalia en perder el tiempo en alzarme la visera, sin haceros confesar lo que ya sabéis que pretendo.

Ahora el narrador llama así al Caballero del Bosque, por los espejitos en forma de lunas de su casaca.

—Pues, mientras subimos a caballo —dijo don Quijote—, bien podéis decirme si soy yo aquel don Quijote que aseguráis haber vencido.

—A eso os responderé —dijo el de los Espejos— que os parecéis, como se parece un huevo a otro, al mismo caballero que yo vencí; pero, según vos decís que le persiguen encantadores, no osaré afirmar si sois el mismo o no.

—Eso me basta a mí —respondió don Quijote— para sacaros de vuestro engaño. Vengan nuestros caballos; que, en menos tiempo del que tardáis en alzaros la visera, si Dios, mi señora y mi brazo me valen, veré yo vuestro rostro, y vos veréis que no soy yo el vencido don Quijote que pensáis.

Con esto, subieron a caballo, y don Quijote volvió las riendas a Rocinante para tomar la distancia que necesitaba para embestir a su enemigo, y lo mismo hizo el de los Espejos. Pero, no se había apartado don Quijote veinte pasos, cuando le llamó su contrincante y le dijo:

La persona con la que va a pelear, es decir, el Caballero de los Espejos.

—Recordad, señor caballero, que la condición de nuestra batalla es que el vencido ha de quedar a disposición del vencedor.

—Ya lo sé —respondió don Quijote—; con tal de que lo que se le mande al vencido sean cosas que no salgan de los límites de la caballería.

—Así se entiende —respondió el de los Espejos.

En ese justo momento, don Quijote vio las extrañas narices del escudero, y no se admiró menos de verlas que Sancho; tanto, que pensó que sería un monstruo. Sancho, que vio partir a su amo para tomar carrerilla, no quiso quedarse solo con el narigudo, temiendo que con un solo narizazo con aquellas narices se acabaría su pendencia; así que dijo a don Quijote:

—Suplico a vuestra merced, señor mío, que me ayude a subir sobre aquel alcornoque, desde donde

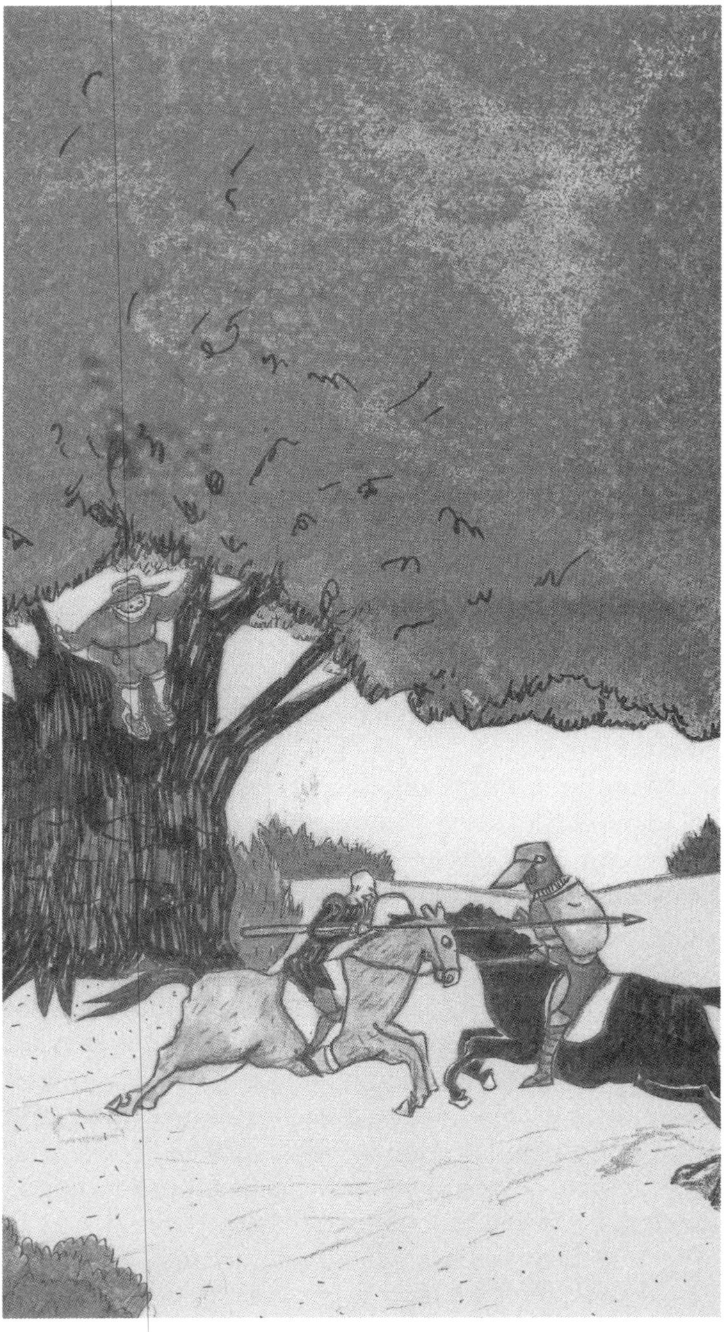

podré ver mejor que desde el suelo, el encuentro que vuestra merced ha de hacer con este caballero.

—Más bien creo, Sancho —dijo don Quijote—, que te quieres subir para no correr peligro.

—La verdad es que —reconoció Sancho—, las tremendas narices de aquel escudero me tienen atónito y lleno de espanto, y no me atrevo a estar junto a él.

—Verdaderamente son tan grandes —dijo don Quijote— que, de no ser yo quien soy, también me asustarían; así que ven, que te ayudaré a subir adonde dices.

En lo que don Quijote ayudaba a Sancho a subirse en el alcornoque, el de los Espejos tomó el espacio que le pareció necesario; y, creyendo que don Quijote ya habría hecho lo mismo, sin esperar ninguna señal que los avisase, volvió las riendas a su caballo y, a todo su correr, iba al encuentro de su enemigo; pero, viéndole ocupado en la subida de Sancho, detuvo las riendas y se paró en la mitad de la carrera, con lo que el caballo quedó muy agradecido, a causa de que ya no podía moverse. Don Quijote, que creyó que su enemigo ya venía volando, clavó las espuelas a Rocinante, y le hizo correr de tal manera, que cuenta la historia que esta fue la única vez que corrió algo, porque todas las demás siempre fueron trotecillos. Con esta furia, llegó donde estaba el de los Espejos, que hincaba a su caballo las espuelas, sin que le pudiese mover un solo dedo del lugar donde se había parado, y sin poder poner en ristre su lanza. <u>Don Quijote, que no reparaba en estos inconvenientes, con seguridad y sin peligro alguno, arremetió al de los Espejos</u> con tanta fuerza, que le hizo caer al suelo, donde se quedó sin mover pies ni manos, dando señales de que estaba muerto.

Apenas le vio caído Sancho, cuando se deslizó del alcornoque y a toda prisa vino donde su señor

Don Quijote no actúa correctamente, ya que las leyes de caballería prohíben terminantemente iniciar el combate si uno de los contrincantes no está preparado.

estaba, el cual, apeándose de Rocinante, se acercó al de los Espejos y, quitándole el casco para ver si estaba muerto y para que le diese el aire si acaso estaba vivo, vio... ¿Quién podrá decir lo que vio, sin causar admiración, maravilla y espanto a los que lo oigan? ¡Vio el mismo rostro, la misma figura, el mismo aspecto del bachiller Sansón Carrasco! Y, cuando lo vio, gritó:

—¡Ven, Sancho, y mira lo que has de ver y no has de creer! ¡Mira, hijo, y advierte lo que puede la magia, lo que pueden hacer los hechiceros y los encantadores!

Ya, ya, hechiceros y encantadores...

Llegó Sancho, y, cuando vio el rostro del bachiller Carrasco, comenzó a santiguarse. Se acercó el escudero del de los Espejos, ya sin las narices que tan feo le habían hecho, y a grandes voces dijo:

—Mire vuestra merced lo que hace, señor don Quijote, que ése que tiene a los pies es el bachiller Sansón Carrasco, su amigo, y yo soy su escudero.

Y, viéndole Sancho sin aquella fealdad primera, le dijo:

—¿Y las narices?

A lo que él respondió:

—Aquí las tengo, en el bolsillo.

Y, echando mano al bolsillo derecho, sacó unas narices de pasta y barniz. Y, mirándole más y más Sancho, con gran admiración, dijo:

—¡Santa María! ¿Éste no es Tomé Cecial, mi vecino y mi compadre?

—Y ¡cómo si lo soy! —respondió el ya desnarigado escudero—: Tomé Cecial soy, compadre y amigo Sancho Panza, y luego os diré los embustes y enredos por los que he venido aquí; y ahora, pedid y suplicad a vuestro amo que no toque, maltrate, hiera ni mate al Caballero de los Espejos, que a sus pies tiene, porque sin duda alguna es el atrevido y mal aconsejado bachiller Sansón Carrasco, nuestro vecino.

En esto, volvió en sí el Caballero de los Espejos, y don Quijote le puso la punta de su espada encima del rostro, y le dijo:

—Muerto sois, caballero, si no confesáis que la sin par Dulcinea del Toboso se aventaja en belleza a vuestra Casildea de Vandalia; y, además de esto, habéis de prometer que iréis a la ciudad del Toboso y os presentaréis en su presencia de mi parte, para que haga de vos lo que ella quiera.

—Confieso —dijo el caído caballero— que vale más el zapato descosido y sucio de la señora Dulcinea del Toboso que las barbas mal peinadas, aunque limpias, de Casildea, y prometo hacer lo que me pedís.

—También habéis de confesar y creer —añadió don Quijote— que aquel caballero que vencisteis no fue ni pudo ser don Quijote de la Mancha, sino otro que se le parecía, como yo confieso y creo que vos, aunque parecéis el bachiller Sansón Carrasco, no lo sois, sino otro que se le parece, y mis enemigos me han puesto aquí su figura, para que detenga y temple el ímpetu de mi cólera.

—Todo lo confieso —respondió el deslomado caballero—. Dejadme levantar, os ruego, si es que lo permite el golpe de mi caída.

Le ayudaron a levantar don Quijote y Tomé Cecial, su escudero, del cual no apartaba los ojos Sancho, preguntándole cosas para saber si verdaderamente era el Tomé Cecial que decía. Finalmente, se quedaron con este engaño amo y mozo, y el Caballero de los Espejos y su escudero, tristes y cabizbajos, se apartaron de don Quijote y Sancho, con intención de buscar algún lugar donde curarle las costillas. Don Quijote y

Sancho prosiguieron su camino a Zaragoza, donde les dejaremos, <u>para explicar quiénes eran el Caballero de los Espejos y su narigudo escudero</u>.

Cuenta la historia que, cuando el bachiller Sansón Carrasco aconsejó a don Quijote que prosiguiese sus dejadas caballerías, fue <u>porque ya se había puesto de acuerdo con el cura y el barbero</u> sobre qué medidas se podrían tomar para conseguir que don Quijote se estuviese en su casa quieto y sosegado, sin que le alborotasen sus mal buscadas aventuras. Así pues, decidieron dejar salir a don Quijote, pues el detenerle parecía imposible, y que Sansón le saliese al camino como caballero andante, trabase batalla con él y le venciese — lo que parecía cosa fácil — y que hiciesen el pacto de que el vencido quedase a merced del vencedor; y así, vencido don Quijote, el bachiller le mandaría que se volviese a su casa, y no saliese de ella en dos años. Estaba claro que don Quijote, vencido, cumpliría el acuerdo por no faltar a las leyes de la caballería, y podría ser que en el tiempo de su reclusión se le olvidasen sus aventuras, o se pudiera encontrar un remedio a su locura.

Aceptó el plan Sansón Carrasco, y tomó por escudero a Tomé Cecial, compadre y vecino de Sancho Panza, hombre alegre y poco sensato. Se armó Sansón como queda referido y Tomé Cecial se puso sobre su cara las falsas narices, para que su vecino no le reconociera cuando se viesen; y así, siguieron el mismo viaje que llevaba don Quijote, y finalmente, dieron con ellos en el bosque, donde les sucedió todo lo que se ha contado.

Tomé Cecial, que vio lo mal que habían terminado sus deseos, dijo al bachiller:

—Por cierto, señor Sansón Carrasco, que tenemos nuestro merecido: con facilidad se piensa y se aco-

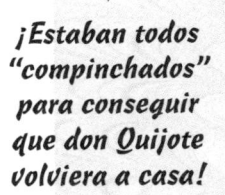

Lee con atención, que ahora se desvela este misterio...

¡Estaban todos "compinchados" para conseguir que don Quijote volviera a casa!

mete una empresa, pero con dificultad se sale de ella la mayoría de las veces. Don Quijote loco, nosotros cuerdos: él se va sano y riendo, vuestra merced queda molido y triste. ¿Cuál de los dos es más loco?

—Pues yo no descansaré —respondió enfadado Sansón—, hasta haber molido a palos a don Quijote; y ahora no voy a buscarle para que cobre su juicio, sino para vengarme; que el dolor de mis costillas no me deja hacer más piadosos discursos.

Así fueron hablando, hasta que llegaron a un pueblo donde buscaron un médico que curó a Sansón Carrasco. Tomé Cecial se volvió y le dejó, y él quedó imaginando su venganza, como ya se verá.

Ahora Sansón Carrasco desea vengarse de nuestro caballero... ¿lo conseguirá?

CAPÍTULO XXIII

La increíble aventura de los leones

Contento y orgulloso seguía don Quijote su camino, imaginándose ser el caballero andante más valiente del mundo. Iban Sancho y él recordando su última batalla, cuando hallaron a un caballero manchego, vestido con un gabán de paño fino verde, al que invitaron a caminar en su compañía. Don Quijote ya había entablado animada conversación con el Caballero del Verde Gabán, cuando Sancho se desvió del camino para pedir un poco de leche a unos pastores que por allí estaban ordeñando unas ovejas. En esto, don Quijote alzó la cabeza y vio que, por el camino por donde ellos iban, venía un carro lleno de banderas reales; y, creyendo que debía de ser alguna nueva aventura, a grandes voces llamó a Sancho para que viniese a darle su casco. Sancho, que estaba comprando unos requesones, cuando oyó que su señor le llamaba, no supo qué hacer con ellos y, por no dejarlos —puesto que ya los tenía pagados— los echó en el casco de su señor. A toda prisa llegó donde su amo estaba para ver lo que quería. Don Quijote le dijo:

—Dame, amigo, ese casco que, o yo sé poco de aventuras, o lo que allí descubro es alguna que requiere que yo tome mis armas.

El del Verde Gabán, que oyó esto, tendió la vista por todas partes, y no descubrió otra cosa sino un carro

Las banderas indicaban que el cargamento era propiedad real; atacarlo era un grave delito.

No le creyó.

que venía hacia ellos, <u>con dos o tres banderas pequeñas, que le dieron a entender que tal carro debía de traer un cargamento de Su Majestad</u>, y así se lo dijo a don Quijote; <u>pero</u> él <u>no le dio crédito</u>, siempre creyendo y pensando que todo lo que le sucediese habían de ser aventuras y más aventuras; y así, respondió al hidalgo:

—Más vale que me prepare para el combate: no se pierde nada en que yo me prevenga, que sé por experiencia que tengo enemigos visibles e invisibles, y no sé cuándo, ni adónde, ni en qué momento, ni en qué figuras me han de acometer.

Y, volviéndose, le pidió el casco a Sancho, el cual, como no tuvo tiempo de sacar los requesones, tuvo que dárselo como estaba. Lo tomó don Quijote y, sin que viera lo que venía dentro, con toda prisa se la encajó en la cabeza; pero como los requesones se apretaron y exprimieron, comenzó a correr el caldo por todo el rostro y barbas de don Quijote, con lo que recibió tal susto, que dijo a Sancho:

—¿Qué será esto, Sancho, que parece que se me ablanda el cerebro, o se me derriten los sesos, o que sudo de los pies a la cabeza? Y si es que sudo, en verdad que no es de miedo; sin duda creo que será terrible la aventura que ahora va a sucederme. Dame, si tienes, algo para limpiarme, que el sudor me ciega los ojos.

Calló Sancho y le dio un paño, y dio gracias a Dios de que su señor no se hubiese dado cuenta de lo que pasaba. Se limpió don Quijote y se quitó la celada por ver qué cosa era la que, a su parecer, le enfriaba la cabeza, y, viendo aquella pasta blanca dentro del casco, se la acercó a las narices, y cuando las olió dijo:

—¡Por vida de mi señora Dulcinea del Toboso, que son requesones los que aquí me has puesto, traidor, mal escudero!

A lo que, disimulando, respondió Sancho:

—Si son requesones, démelos vuestra merced, que yo me los comeré... Pero cómalos el diablo, que debió de ser el que ahí los puso. ¿Cómo iba a atreverme yo a ensuciar el yelmo de vuestra merced? Parece que también debo yo de tener encantadores que me persiguen como a vuestra merced, y habrán puesto ahí eso para mover a cólera su paciencia y hacer que me muela las costillas. Pero yo confío en la sabiduría de mi señor, que habrá comprendido que ni yo tengo requesones, ni leche, ni otra cosa parecida, y que si la tuviera, antes la pondría en mi estómago que en el casco.

—Todo puede ser —dijo don Quijote.

Todo lo miraba el Caballero del Verde Gabán y de todo se admiraba, especialmente cuando, después de haberse limpiado don Quijote cabeza, rostro y barbas, se encajó el casco; y, afirmándose bien en los estribos, agarró la espada y la lanza, dijo:

—Ahora, que suceda lo que quiera, que aquí estoy con ánimo de batirme con el mismo Satanás en persona.

Llegó en esto el carro de las banderas, en el cual no venía otra gente que el carretero en las mulas, y un hombre sentado en la delantera. Se puso don Quijote delante y dijo:

—¿Adónde vais, hermanos? ¿Qué carro es éste, qué lleváis en él y qué banderas son éstas?

A lo que respondió el carretero:

—El carro es mío; lo que va en él son dos bravos leones enjaulados, que el general de Orán envía a la corte, presentados a Su Majestad; las banderas son del rey nuestro señor, en señal de que aquí van cosas suyas.

—¿Y son grandes los leones? —preguntó don Quijote.

Orán era una plaza fuerte española en la costa de Argelia.

Don Quijote sigue creyendo que los perversos encantadores le mandan pruebas para comprobar su valor.

—Tan grandes —respondió el hombre que iba a la puerta del carro—, que no han pasado mayores, ni tan grandes, de África a España jamás. Yo soy el leonero, y he pasado otros, pero como éstos, ninguno. Son hembra y macho; el macho va en esta jaula primera, y la hembra en la de atrás; y ahora van hambrientos porque no han comido hoy; así que apártese que es preciso llegar rápido donde les demos de comer.

A lo que dijo don Quijote, sonriéndose un poco:

—¿Leoncitos a mí? Pues, ¡Por Dios que han de ver esos señores que los envían si soy yo hombre que se espanta de leones! Bajaos, buen hombre, y, pues sois el leonero, abrid esas jaulas y echadme esas bestias fuera, que en mitad de este campo les daré a conocer quién es don Quijote de la Mancha, <u>a despecho y pesar de los encantadores que me los envían</u>.

—¡Vaya, vaya! —dijo para sí el del Verde Gabán—, ya se muestra como es nuestro buen caballero: los requesones, sin duda, le han ablandado los sesos.

Se acercó a él Sancho y le dijo:

—Señor, por Dios, haga vuestra merced algo de manera que mi señor don Quijote no se enfrente con estos leones, que si no, aquí nos han de hacer pedazos a todos.

—Pues, ¿tan loco es vuestro amo —respondió el hidalgo—, que teméis, y creéis que se ha de enfrentar con tan fieros animales?

—No es loco —respondió Sancho—, sino atrevido.

—Yo haré que no lo sea —replicó el hidalgo.

Y, acercándose a don Quijote, que estaba dando prisa al leonero para que abriese las jaulas, le dijo:

—Señor caballero, los caballeros andantes han de acometer las aventuras de las que pueden salir bien;

además, que estos leones no vienen contra vuestra merced, sino que van presentados a Su Majestad, y no está bien detenerlos ni impedirles su viaje.

—Deje vuestra merced, señor hidalgo —respondió don Quijote—, que cada uno haga su oficio. Éste es el mío, y yo sé si me convienen o no estos señores leones.

Y, volviéndose al leonero, le dijo:

—¡Voto a tal, don bellaco, que si no abrís ahora mismo las jaulas, con esta lanza os he de coser al carro!

El carretero, que vio la determinación de aquel fantasma armado, le dijo:

—Señor mío, permita vuestra merced que suelte las mulas y me ponga a salvo con ellas antes de que se abra la puerta a los leones, porque si me las matan, quedaré arruinado para toda mi vida, que no tengo otra hacienda sino este carro y estas mulas.

—¡Oh, hombre de poca fe! —respondió don Quijote—, apéate y suelta las mulas, y haz lo que quieras, que pronto verás que te pudiste ahorrar ese trabajo.

Se apeó el carretero, soltó las mulas con gran prisa, y el leonero dijo a grandes voces:

—Sean testigos cuantos aquí están de que abro las jaulas y suelto los leones contra mi voluntad, y de que advierto a este señor que todo el daño que estas bestias puedan hacer corra por su cuenta. Pónganse a salvo vuestras mercedes, antes de que abra, que yo estoy seguro de que a mí no me han de hacer daño.

Otra vez le aconsejó el hidalgo que no hiciese locura semejante, que era tentar a Dios acometer tal disparate. Pero respondió don Quijote que él sabía lo que hacía.

—Ahora, señor —replicó don Quijote—, si vuestra merced no quiere ser testigo de esta que a su parecer ha de ser tragedia, póngase a salvo.

Abandonase, renunciase.

Sancho, oyendo estas palabras, con lágrimas en los ojos, le suplicó que desistiese de tal empresa.

—Mire, señor —advirtió Sancho—, que aquí no hay encanto ni nada parecido; que yo he visto por entre las rejas de la jaula una uña de león verdadero, y según es de grande la uña, el león es más grande que una montaña.

—El miedo —respondió don Quijote—, te lo hace parecer mayor. Retírate, Sancho, y déjame; y si aquí muero, ya sabes nuestro acuerdo: acudirás a Dulcinea, y no te digo más.

Como siempre, Sancho ve la realidad e intenta advertir del peligro a su amo.

Lloraba Sancho la muerte de su señor, pues creía que, sin duda, su final llegaba en las garras de los leones; maldecía su suerte, y la hora en que le vino al pensamiento volver a servirle; pero no por llorar y lamentarse dejaba de aporrear al rucio para que se alejase del carro. Viendo, pues, el leonero que ya los que iban huyendo estaban bien desviados, volvió a pedir a don Quijote lo que ya le había pedido antes, el cual respondió que no insistiese más, que todo sería de poco fruto, y que se diese prisa.

Mientras el leonero abría la primera jaula, estuvo considerando don Quijote si sería más conveniente hacer la batalla a pie o a caballo; y, en fin, decidió hacerla a pie, temiendo que Rocinante se espantaría con la vista de los leones. Por esto, saltó del caballo, arrojó la lanza y embrazó el escudo, y, desenvainando la espada, lentamente, con decisión y corazón valiente, se fue a poner delante del carro, encomendándose a Dios de todo corazón, y luego a su señora Dulcinea.

El leonero abrió de par en par la primera jaula, donde estaba el león macho, que era enorme y de fiero aspecto. Lo primero que hizo fue revolverse en la jaula, donde venía echado, tender las garras, y desperezarse; luego abrió la boca y bostezó muy despacio, y, con casi dos palmos de lengua que sacó fuera, se lamió los ojos y se lavó el rostro. Hecho esto, sacó la cabeza fuera de la jaula y miró a todas partes con los ojos como brasas. Don Quijote lo miraba atentamente, deseando que saltase ya del carro y viniese a sus manos, entre las cuales pensaba hacerle pedazos. Pero el generoso león, no haciendo caso de niñerías ni bravuconerías, se volvió de espaldas y enseñó sus partes traseras a don Quijote, y con gran tranquilidad se volvió a echar en la jaula. Viendo esto don Quijote, mandó al leonero que le diese de palos y le irritase para echarle fuera.

—Eso no lo haré —respondió el leonero—, porque si yo <u>le instigo, al primero a quien hará pedazos</u> será a mí. Conténtese vuestra merced, con lo hecho, que es todo lo que puede hacerse; no quiera tentar a la suerte por segunda vez. El león tiene abierta la puerta: en su mano está salir, o no salir; pero, pues no ha salido hasta ahora, es probable que no salga en todo el día. El valor de vuestra merced ya está bien declarado.

Le provocó.

—Así es verdad —respondió don Quijote—: cierra, amigo, la puerta, y sé testigo de lo que aquí me has visto hacer: que tú abriste al león, yo le esperé, él no salió, le volví a esperar, no salió y se volvió a acostar. Ya puedes cerrar la puerta.

Así lo hizo el leonero, y don Quijote, poniendo en la punta de la lanza el pañuelo con que se había limpiado el rostro de la lluvia de los requesones, comenzó a llamar a los que no dejaban de huir ni de volver la cabeza a cada paso, todos en tropa seguidos por el hidalgo. Sancho, que había visto la señal del blanco paño, dijo:

—Que me maten si mi señor no ha vencido a las fieras bestias, pues nos llama.

Todos se detuvieron, y vieron que el que hacía las señas era don Quijote; y, perdiendo un poco el miedo, poco a poco se vinieron acercando hasta donde claramente oyeron las voces de don Quijote, que los llamaba. Finalmente, volvieron al carro, y, cuando llegaron, dijo don Quijote al carretero:

—Volved a atar vuestras mulas, hermano, y proseguid vuestro viaje; y tú, Sancho, dale dos escudos de oro, para él y para el leonero, en recompensa de lo que se han detenido por mi culpa.

—Yo se los daré de muy buena gana —respondió Sancho—; pero, ¿qué ha ocurrido con los leones? ¿Están muertos, o vivos?

Entonces el leonero contó lo sucedido, exagerando, como mejor pudo y supo, el valor de don Quijote: dijo que el león, acobardado, no quiso <u>ni osó</u> salir de la jaula, aunque había tenido la puerta abierta un buen rato.

Ni se atrevió.

—¿Qué te parece Sancho? —dijo don Quijote—. ¿Hay encantos que valgan contra la verdadera valentía? Bien podrán los encantadores quitarme la suerte, pero el esfuerzo y el ánimo, será imposible.

Dio los escudos Sancho, ató las mulas el carretero, besó las manos el leonero a don Quijote por la merced recibida, y le prometió contar aquella valerosa hazaña al mismo rey, cuando le viese en la corte.

—Si Su Majestad pregunta quién la hizo, le diréis que el <u>Caballero de los Leones</u>, que de aquí en adelante quiero que éste sea mi nombre en lugar del que hasta aquí he tenido del Caballero de la Triste Figura; y en esto sigo la antigua usanza de los andantes caballeros, que se cambiaban los nombres cuando querían, o cuando les venía a cuento.

Don Quijote vuelve a cambiarse el nombre. Ya sabes que esto era frecuente en los libros de caballerías.

Siguió su marcha el carro y don Quijote y Sancho acompañaron al del Verde Gabán a su casa, donde le dejaron con su familia.

CAPÍTULO XXIV

La extraña aventura de la cueva de Montesinos

Por el camino, don Quijote y Sancho conocieron a un grupo de estudiantes y campesinos que les invitaron a acompañarles a la boda de unos labradores amigos suyos. Tres días estuvieron con los novios y los invitados, que les agasajaron y sirvieron a cuerpo de rey. Don Quijote pidió a uno de los estudiantes que les proporcionara un guía que les llevase hasta la cueva de Montesinos, porque tenía grandes deseos de entrar en ella y ver con sus propios ojos si eran verdaderas las maravillas que de ella se decían por todos aquellos contornos. El joven le dijo que le acompañaría un primo suyo, muy buen estudiante y muy aficionado a leer libros de caballerías, el cual le llevaría hasta la misma boca de la cueva, y le enseñaría las lagunas de Ruidera, famosas también en toda la Mancha. Finalmente, el primo llegó subido en una mula. Sancho ensilló a Rocinante y aderezó al rucio, llenó sus alforjas y las del primo, se encomendaron a Dios y, despidiéndose de todos, se pusieron en marcha, en dirección a la famosa cueva de Montesinos.

  Entretenidos con sus charlas se les pasó aquel día, y por la noche durmieron en una pequeña aldea, donde el primo dijo a don Quijote que, desde allí a la cueva de Montesinos, no había más de dos leguas, y que

Obsequiar, atender.

Esta cueva se encuentra cerca de las lagunas de Ruidera.

Si cada braza equivale a 1,70 metros, compraron... ¡170 metros de cuerda! ¿Adónde piensa bajar nuestro caballero?

si tenía previsto entrar en ella, era necesario proveerse de sogas, para atarse y descolgarse por ella. Don Quijote dijo que, aunque llegase al abismo, quería ver dónde terminaba; y así, compraron casi cien brazas de soga. Al día siguiente, a las dos de la tarde, llegaron a la cueva, cuya boca es espaciosa y ancha, pero llena de arbustos, zarzas y malezas, tan espesas, que la ciegan y encubren entera. Cuando la vieron, se apearon, y el primo y Sancho ataron muy fuerte con las sogas a don Quijote y, mientras le ceñían las cuerdas, le dijo su escudero:

Enterrar.

—Mire vuestra merced, señor mío, lo que hace: no se quiera sepultar en vida.

—Ata y calla —respondió don Quijote—, que esta aventura, Sancho amigo, para mí estaba guardada.

Y entonces dijo el guía:

—Suplico a vuestra merced, señor don Quijote, que mire bien y observe con mucho cuidado lo que hay allá dentro.

Súplicas.

Dicho esto, don Quijote se hincó de rodillas e hizo una oración en voz baja al cielo, pidiendo a Dios que le ayudase y le sacara a salvo de aquella peligrosa y nueva aventura, y en voz alta dijo luego:

—¡Oh señora de mis acciones, clarísima y sin par Dulcinea del Toboso! Si es posible que lleguen a tus oídos las plegarias y ruegos de este tu venturoso amante, por tu inaudita belleza te ruego las escuches, que no son otras que rogarte que no me niegues tu favor y amparo, ahora que tanto lo necesito. Yo voy a despeñarme y a hundirme en este abismo, sólo porque conozca el mundo que si tú me favoreces, no habrá imposible que yo no acometa y acabe.

Sorprendente, extraordinaria.

Y, diciendo esto, se acercó a la sima; vio que no era posible descolgarse si no era a fuerza de brazos, o a cuchilladas, y así, poniendo mano a la espada, comenzó a derribar y a cortar aquellas malezas que estaban a la boca de la cueva, a cuyo ruido y estruendo salieron por ella una infinidad de grandísimos cuervos, grajos, y murciélagos con tanta prisa, que dieron con don Quijote en el suelo. Finalmente, se dejó caer al fondo de la caverna espantosa; y, al entrar, echándole Sancho su bendición y haciendo sobre él mil cruces, dijo:

—¡Dios te guíe, flor, nata y espuma de los caballeros andantes! ¡Allá vas, valentón del mundo, corazón de acero, brazos de bronce! ¡Dios te guíe, otra vez, y te devuelva libre y sano!

Casi las mismas plegarias hizo el primo.

Iba don Quijote dando voces para que le diesen soga y más soga, y ellos se la daban poco a poco; y cuando las voces dejaron de oírse, ya ellos tenían descolgadas las cien brazas de soga, y decidieron volver a subir a don Quijote, pues no le podían dar más cuerda. Con todo eso, se detuvieron como media hora, al cabo de la cual, volvieron a recoger la soga con mucha facilidad y sin peso alguno, señal que les hizo imaginar que don Quijote se quedaba dentro; y, creyéndolo así, Sancho lloraba amargamente y tiraba con mucha prisa por desengañarse, pero, cuando llegaron a poco más de las <u>ochenta brazas, sintieron peso</u>, con lo que se alegraron mucho. Finalmente, vieron a don Quijote, a quien dio voces Sancho, diciéndole:

—¡Sea vuestra merced muy bien vuelto, señor mío, que ya pensábamos que se quedaba allá para siempre!

Pero don Quijote no respondía palabra; y, sacándole del todo, vieron que traía los ojos cerrados, con muestras de estar dormido. Le tendieron en el suelo y le desataron, pero no despertaba; pero tanto le volvieron y revolvieron, sacudieron y menearon, que al cabo de un

Recuerda: cada braza equivale a 1,70 metros. Si multiplicas por 80, son unos 136 metros.

> Estos son los personajes de un famoso romance, que protagonizan la historia que va a contar don Quijote: presta mucha atención a sus palabras.

buen rato volvió en sí, desperezándose, como si de algún grave y profundo sueño despertara; y, mirando a una y otra parte, como espantado, dijo:

—Dios os perdone, amigos, que me habéis quitado la más agradable vista que ningún humano ha visto ni pasado. ¡Oh desdichado Montesinos! ¡Oh malherido Durandarte! ¡Oh sin ventura Belerma! ¡Oh lloroso Guadiana, y vosotras las desdichadas hijas de Ruidera, que mostráis en vuestras aguas las que lloraron vuestros hermosos ojos!

Con mucha atención escuchaban el primo y Sancho las palabras de don Quijote, que las decía como si las sacara de las entrañas con un dolor inmenso. Le suplicaron que les explicase lo que había visto en aquel infierno.

—¿Infierno le llamáis? —dijo don Quijote—; pues no le llaméis así, porque no lo merece, como ahora veréis.

Pidió que le diesen algo de comer, pues traía muchísima hambre. Tendieron la manta del primo sobre la verde hierba, acudieron a sus alforjas, y, sentados los tres en amor y compañía, merendaron y cenaron, todo de una vez. Cuando acabaron, don Quijote comenzó a contar lo que sigue:

—A varios metros de profundidad de esta sima, a mano derecha, se abre un espacio en el que cabe un gran carro con sus mulas. Le entra una pequeña luz por unos agujeros que van a dar a la superficie de la tierra. Vi esta concavidad justo cuando ya iba cansado de verme pendiente y colgado de la soga, sin llevar un determinado camino; y así, decidí entrar en ella y descansar un poco. Di voces, pidiéndoos que no soltarais más soga hasta que yo os lo dijese, pero no debisteis de oírme. Fui recogiendo la soga que enviabais y, haciendo con ella

> Se refiere al hueco que acaba de mencionar.

una rosca, me senté sobre ella, pensativo, y, de repente, me asaltó un sueño muy profundo; y, cuando menos lo pensaba, sin saber cómo, desperté y me hallé en la mitad del más bello, ameno y deleitoso prado que puede criar la naturaleza ni imaginar la más discreta imaginación humana. Me froté los ojos, y vi que no dormía, sino que realmente estaba despierto. Entonces, apareció ante mis ojos un suntuoso palacio, cuyos muros y paredes parecían de transparente y claro cristal, del cual se abrieron dos grandes puertas, y vi que por ellas salía un venerable anciano, vestido con una capa morada, que le arrastraba por el suelo; sobre los hombros y los pechos llevaba una beca de raso verde; le cubría la cabeza una gorra negra, y la barba, llena de canas, le pasaba de la cintura; no traía armas, sino un rosario en la mano. Se acercó a mí, y lo primero que hizo fue abrazarme estrechamente, y luego decirme:

—"Hace mucho tiempo, valeroso caballero don Quijote de la Mancha, que los que estamos encantados en estas soledades esperamos verte, para que des noticia al mundo del secreto que encierra la profunda cueva por donde has entrado, llamada la cueva de Montesinos: hazaña sólo guardada para ser acometida por tu invencible corazón. Ven conmigo, que te quiero mostrar las maravillas que esconde este transparente alcázar, de quien yo soy el guarda, pues soy el mismo Montesinos, de quien la cueva toma nombre".

Apenas me dijo que era Montesinos, cuando le pregunté si fue verdad lo que en el mundo de aquí arriba se contaba: que él había arrancado, con una pequeña daga, el corazón de su primo Durandarte y se lo había llevado a la Señora Belerma, como él se lo había pedido al borde de la muerte. Me respondió que en todo decían verdad, salvo en lo de la daga, porque no fue daga, ni

Elegante, lujoso.

Respetable.

Faja de paño cruzada por delante del pecho y que cae por la espalda.

pequeña, sino un agudo puñal. Después, el venerable Montesinos me metió en el cristalino palacio donde, en una sala baja, muy fría y toda de alabastro, había un sepulcro de mármol, sobre el cual vi a un caballero tendido. Tenía la mano derecha puesta sobre el lado del corazón, y, antes que preguntase nada a Montesinos, viéndome suspenso mirando al del sepulcro, me dijo:

—"Éste es mi primo Durandarte, flor y espejo de los caballeros enamorados y valientes de su tiempo; aquí le tiene encantado, como me tiene a mí y a otros muchos y muchas, Merlín, aquel encantador que dicen que fue hijo del diablo. Nadie sabe cómo ni para qué nos encantó y supongo que eso se sabrá con el tiempo. Lo que a mí me admira es que sé que Durandarte acabó su vida en mis brazos y que, después de muerto, le saqué el corazón con mis propias manos, como él me había pedido. Y siendo esto así, y que realmente murió este caballero, ¿cómo es posible que se queje y suspire de vez en cuando, como si estuviese vivo?".

Cuando dijo esto, el pobre Durandarte, dando una gran voz, dijo:

>"¡Oh, mi primo Montesinos!
>Lo último que os rogaba,
>que cuando yo fuere muerto,
>y mi alma arrancada,
>que llevéis mi corazón
>adonde Belerma estaba,
>sacándomele del pecho,
>ya con puñal, ya con daga."

Cuando oyó esto el venerable Montesinos, se puso de rodillas ante el lastimado caballero, y, con lágrimas en los ojos, le dijo:

[Nota: Es un tipo de mármol traslúcido, es decir, que deja pasar la luz.]

[Nota: El famoso mago de las leyendas del rey Arturo.]

—"Ya, señor Durandarte, queridísimo primo mío, ya hice lo que me mandasteis: yo os saqué el corazón lo mejor que pude, sin que os dejase una mínima parte en el pecho, le limpié con un pañuelo y partí con él para Francia, habiéndoos enterrado primero, con tantas lágrimas, que fueron bastantes para lavarme las manos y limpiarme con ellas la sangre que tenían. Llegué en presencia de la señora Belerma, a la cual tiene encantada el sabio Merlín junto con Guadiana, vuestro escudero, y con la dueña Ruidera y sus hijas y sobrinas, y con otros muchos de vuestros conocidos y amigos; y, aunque han pasado más de quinientos años, no se ha muerto ninguno de nosotros: solamente faltan Ruidera y sus hijas y sobrinas, a las cuales, compadecido por sus lágrimas, las convirtió Merlín en lagunas, que ahora, en el mundo de los vivos y en la provincia de la Mancha, son llamadas las lagunas de Ruidera. Guadiana, vuestro escudero, llorando vuestra desgracia, fue convertido en un río llamado con su mismo nombre. Una noticia os quiero dar ahora: sabed que tenéis aquí en vuestra presencia, —abrid los ojos y lo veréis— , aquel gran caballero de quien tantas cosas tiene profetizadas el sabio Merlín, aquel don Quijote de la Mancha, que ha resucitado la ya olvidada andante caballería, gracias al cual podría ser que nosotros fuésemos desencantados".

A lo que respondió el lastimado Durandarte, con voz desmayada:

—"Y aunque no fuera así ¡oh primo!, tengamos paciencia".

Y, volviéndose de lado, volvió a su acostumbrado silencio, sin hablar más.

En esto, se oyeron grandes alaridos y llantos, acompañados de profundos gemidos y angustiados sollozos; volví la cabeza, y vi por las paredes de cristal

Se llama "dueñas" a unas señoras mayores que sirven a una familia noble.

Se ubican entre Argamasilla de Alba y el campo de Montiel. Son quince lagunas encadenadas que constituyen el nacimiento del río Guadiana. ¡Anímate a visitarlas! ¡Son preciosas!

que por otra sala pasaba una procesión de dos hileras de hermosísimas doncellas, todas vestidas de luto, con turbantes blancos sobre las cabezas, al modo turco. Al final de las hileras venía una señora vestida también de negro, con tocas blancas, tan largas, que llegaban al suelo. Su turbante era mayor que el de las otras; traía en las manos un lienzo delgado, y entre él, a lo que pude divisar, un corazón. Me dijo Montesinos que toda aquella gente de la procesión eran sirvientes de Durandarte y de Belerma, que allí con sus dos señores estaban encantados, y que la última, que traía el corazón entre el lienzo y en las manos, era la señora Belerma, la cual hacía aquella procesión con sus doncellas cuatro días a la semana, y lloraban sobre el cuerpo y sobre el lastimado corazón de Durandarte, de ahí sus grandes ojeras y su color pálido.

    En ese momento dijo el primo:

    —Yo no sé, señor don Quijote, cómo vuestra merced, en tan poco tiempo como ha estado allá abajo, ha visto tantas cosas y hablado y respondido tanto.

    —¿Cuánto hace que bajé? —preguntó don Quijote.

    —Poco más de una hora —respondió Sancho.

    —Eso no puede ser —replicó don Quijote—, porque allá me anocheció y amaneció, y volvió a anochecer y amanecer tres veces; de modo que, según mis cuentas, he estado tres días en aquellos lugares.

    —Debe de ser verdad lo que dice mi señor —dijo Sancho—, que, como todas las cosas que le han sucedido son por encantamiento, quizá lo que a nosotros nos parece una hora, debe de parecer allá tres días con sus noches.

    —Así será —respondió don Quijote.

    —Y ¿ha comido vuestra merced en todo este tiempo, señor mío? —preguntó el primo.

(Tela.) [anotación marginal señalando "lienzo"]

—No he probado ni un bocado —respondió don Quijote—, ni he tenido hambre, ni por pensamiento.

—¿Y los encantados comen? —dijo el primo.

—No comen —respondió don Quijote—, ni hacen sus necesidades; aunque se dice que les crecen las uñas, las barbas y los cabellos.

—¿Y duermen los encantados, señor? —preguntó Sancho.

—No, por cierto —respondió don Quijote—; a lo menos, en estos tres días que yo he estado con ellos, ninguno ha pegado el ojo, ni yo tampoco.

—Pues perdóneme vuestra merced, señor mío, si le digo que de todo cuanto aquí ha dicho, no me creo nada —dijo Sancho.

—¿Cómo que no? —dijo el primo—, pues ¿había de mentir el señor don Quijote?

—Yo no creo que mi señor mienta —respondió Sancho.

—Entonces, ¿qué crees? —le preguntó don Quijote.

—Creo —respondió Sancho— que aquel Merlín, o aquellos encantadores que encantaron a toda la gente que vuestra merced dice que ha visto allá bajo le metieron en el cabeza todo lo que nos ha contado.

—Todo eso pudiera ser, Sancho —replicó don Quijote—, pero no es así, porque lo que he contado lo vi con mis propios ojos y lo toqué con mis mismas manos. Pero, ¿qué dirás cuando te diga yo ahora cómo, entre otras cosas y maravillas que me enseñó Montesinos, me mostró tres labradoras que por aquellos campos iban saltando y brincando como cabras; y, apenas las vi, cuando reconocí a la sin par Dulcinea del Toboso, y las otras dos eran aquellas mismas labradoras que venían con ella, con las que hablamos a la salida del Toboso?

Pregunté a Montesinos si las conocía, me respondió que no, pero que él imaginaba que debían de ser algunas señoras principales encantadas, que hacía pocos días que habían aparecido en aquellos prados; y que no me maravillase de esto, porque allí estaban otras muchas señoras de los pasados y presentes siglos, encantadas en diferentes y extrañas figuras.

Cuando Sancho Panza oyó decir esto a su amo, creyó que se moría de risa; pues, como él sabía la verdad del fingido encantamiento de Dulcinea, inventado por él, acabó de convencerse de que su señor estaba fuera de juicio y loco de todo punto; y así, le dijo:

—En mal día bajó vuestra merced al otro mundo y se encontró con el señor Montesinos, que tal nos le ha devuelto. Bien se estaría vuestra merced acá arriba con su juicio entero y no ahora, contando los mayores disparates que pueden imaginarse.

—Como te conozco, Sancho —respondió don Quijote—, no hago caso de tus palabras.

—Ni yo tampoco de las de vuestra merced —replicó Sancho—. Pero dígame vuestra merced, ahora que estamos en paz: ¿cómo o en qué conoció a la señora nuestra ama? Y si la habló, ¿qué dijo, y qué le respondió?

—La conocí —respondió don Quijote— en que trae los mismos vestidos que traía cuando tú me le mostraste. La hablé, pero no me respondió palabra, sino que me volvió la espalda, y se fue huyendo con mucha prisa. Quise seguirla, pero Montesinos me dijo que sería en balde, y más porque se acercaba la hora en que me convenía volver a salir de la sima.

—¡Oh santo Dios! —dijo Sancho dando una gran voz—. ¿Es posible que haya en el mundo, y que tengan tanta fuerza los encantadores y encantamientos, que han cambiado el buen juicio de mi señor en tan disparatada locura? ¡Oh señor, no dé crédito a esas mentiras que le tienen fuera de sus cabales!

—Hablas así porque me quieres bien, Sancho —dijo don Quijote—; y, como no tienes experiencia en las cosas del mundo, estas cosas te parecen imposibles; pero andará el tiempo, y yo te contaré algunas de las que he visto allá abajo que harán que lo creas.

Con esto, dejaron la cueva de Montesinos, y cuando continuaron su camino, vieron que venía un hombre a pie, caminando muy deprisa y dando varazos a un mulo cargado de lanzas y otras armas. Cuando llegó donde ellos estaban, les saludó y pasó de largo. Don Quijote quiso saber dónde iba, pero él les dijo que no se podía detener, pero que se dirigía a una venta que estaba cerca y que allí les contaría lo que quisiesen.

Llegaron a la venta justo cuando anochecía, con gran alegría de Sancho, pues vio que <u>su señor la juzgó por verdadera venta, y no por castillo, como solía</u>. En cuanto entraron, don Quijote preguntó al ventero por el hombre de las lanzas; éste le respondió que estaba en la caballeriza, y don Quijote fue a buscarle. Si quieres saber lo que le contó, lee con atención el siguiente capítulo…

¡Vaya! Esta es la primera vez que nuestro caballero no confunde la venta con un castillo.

CAPÍTULO XXV

La aventura del rebuzno y el retablo de Maese Pedro

Es un banquito de piedra u otro material que se construye junto a una pared, al lado de la puerta de las casas.

Estaba don Quijote lleno de impaciencia por oír y saber las maravillas prometidas por el hombre que transportaba las armas. Fue a buscarle donde el ventero le había dicho que estaba, le encontró, y le dijo que le respondiera a lo que le había preguntado en el camino. Y así, sentándose en un (poyo) y teniendo como auditorio a don Quijote, al primo, al paje, a Sancho Panza y al ventero, comenzó a contar esta historia:

—Sepan vuestras mercedes que en un pueblecito que está a cuatro leguas y media de esta venta sucedió que a un (regidor) le faltó un asno, y, aunque hizo las diligencias posibles para hallarle, no fue posible. Hacía quince días, —según se cuenta—, que el asno faltaba, cuando, estando el regidor en la plaza, otro regidor del mismo pueblo le dijo:

—"Alegraos, compadre, que vuestro jumento ha aparecido".

—"¿Dónde ha aparecido? —respondió el otro."

Un miembro del ayuntamiento.

—"En el monte lo vi esta mañana, —respondió el hallador— sin albarda y sin aparejo alguno, y tan flaco que daba pena mirarlo. Quise cogerlo y traéroslo, pero está ya tan salvaje que, cuando llegué a él, se fue huyendo y se metió en lo más escondido del monte. Si queréis, yo os ayudaré a buscarle."

Parece que, en esa época, los habitantes de los pueblos consideraban que imitar los rebuznos era una habilidad, y presumían de ello.

—"Mucho placer me haréis —dijo el del jumento—, y yo procuraré pagároslo en la misma moneda."

En resolución, los dos regidores se fueron al monte y, llegando al lugar donde pensaron hallar el asno, no lo hallaron, ni apareció por todos aquellos contornos por más que lo buscaron. Viendo, pues, que no aparecía, dijo el regidor que lo había visto al otro:

—"Mirad, compadre: una idea me ha venido al pensamiento, con la cual sin duda alguna podremos encontrar a este animal, aunque esté metido en las entrañas de la tierra; y es que <u>yo sé rebuznar maravillosamente</u> y, si vos también sabéis un poco, dad el hecho por concluido."

—"¿Un poco decís, compadre? —dijo el otro—; por Dios, que no me aventaja nadie, ni los mismos asnos."

—"Ahora lo veremos —respondió el regidor segundo—, porque tengo determinado que vos vayáis por una parte del monte y yo por otra, de modo que lo rodeemos y andemos entero, y <u>de trecho en trecho</u> rebuznaréis vos y rebuznaré yo, y no podrá ser menos sino que el asno nos oiga y nos responda, si es que está en el monte."

Cada poco espacio de terreno.

Y, dividiéndose los dos según el acuerdo, sucedió que casi a un mismo tiempo rebuznaron, y cada uno engañado por el rebuzno del otro, acudieron a buscarse, pensando que ya el jumento había aparecido. Cuando se vieron, dijo el dueño del asno:

—"¿Es posible, compadre, que no fuera mi asno el que rebuznó?"

—"No fue él, sino yo —respondió el otro".

—"Ahora digo —dijo el dueño—, que entre vos y un asno, compadre, no hay ninguna diferencia, en cuanto toca al rebuznar, porque en mi vida he visto ni oído cosa igual".

—"Esas alabanzas —respondió el de la idea—, mejor os atañen a vos que a mí, compadre; que podéis dar dos rebuznos de ventaja al mejor rebuznador del mundo; en resolución, yo me doy por vencido y os cedo la palma de esta rara habilidad".

—"Pues me estimaré en más de aquí adelante —respondió el dueño— y pensaré que sé alguna cosa, pues tengo alguna gracia; que, aunque yo pensaba que rebuznaba bien, nunca me imaginé que llegaba al extremo que decís".

Dicho esto, se volvieron a dividir y a volver a sus rebuznos, y a cada paso se engañaban y volvían a juntarse, hasta que se dieron por contraseña que, para entender que eran ellos, y no el asno, rebuznasen dos veces, una tras otra. Con esto, doblando a cada paso los rebuznos, rodearon todo el monte sin que el perdido jumento respondiese. Mas, ¿cómo iba a responder el pobre, si le hallaron en lo más escondido del bosque, comido por los lobos? Y, cuando le vieron, dijo su dueño:

—"Ya me extrañaba a mí que él no respondiera, pues de no estar muerto habría respondido si nos oyera, o no sería asno; pero, a cambio de haberos oído rebuznar con tanta gracia, compadre, doy por bien empleado el trabajo que he tenido en buscarle, aunque le he hallado muerto".

Con esto, desconsolados y roncos, se volvieron a su aldea, adonde contaron a sus amigos, vecinos y conocidos cuanto les había ocurrido en la busca del asno, exagerando el uno la gracia del otro en el rebuznar, todo lo cual se supo y se extendió por los pueblos vecinos. Y el diablo, que no duerme, como es amigo de sembrar discordia por todas partes, hizo que las gentes de los otros pueblos rebuznen cuando ven a alguno de nuestra aldea, como burlándose por el rebuzno de nuestros regidores.

Así, se fue extendiendo el rebuzno de uno a otro pueblo, de manera que somos conocidos como el pueblo del rebuzno; y ha llegado a tanto la desgracia de esta burla, que muchas veces, con mano armada y formando escuadrón, han salido los burlados contra los burladores a darse batalla, sin poderlo remediar nadie. Yo creo que mañana o al otro han de salir en campaña los de mi pueblo, que son los del rebuzno, contra otro que está a dos leguas del nuestro, que es uno de los que más nos persiguen: y, por salir bien preparados, llevo estas armas que habéis visto. Y estas son las maravillas que dije que os había de contar.

Y con esto dio fin a su plática el buen hombre. En esto, entró por la puerta de la venta un hombre que dijo en voz alta:

—Señor huésped, ¿hay posada? Que viene aquí el mono adivino y el retablo de la libertad de Melisendra.

—¡Cuerpo de tal —dijo el ventero—, que aquí está el señor maese Pedro! Buena noche se nos prepara.

El tal maese Pedro traía cubierto el ojo izquierdo, y casi medio carrillo, con un parche de tafetán verde, señal de que todo aquel lado debía de estar enfermo; y el ventero prosiguió, diciendo:

—Sea bien venido vuestra merced, señor maese Pedro. ¿Adónde están el mono y el retablo, que no los veo?

—Ya llegan cerca —respondió—, que yo me he adelantado, para preguntar si hay posada.

—Al mismo duque de Alba se la quitaría para dársela al señor maese Pedro —respondió el ventero—; vengan el mono y el retablo, que gente hay esta noche en la venta que pagará el verle y las habilidades del mono.

El retablo era una caja, que hacía las veces de teatrito portátil, que contenía figuritas de madera movidas por cuerdas o con las manos.

Exclamación de alegría o sorpresa.

Tela delgada de seda.

—Sea en buena hora —respondió el del parche—, que yo moderaré el precio, y sólo con el coste de mi estancia me daré por bien pagado.

Y se volvió a salir de la venta.

Preguntó entonces don Quijote al ventero qué maese Pedro era aquél, y qué retablo y qué mono traía. A lo que respondió el ventero:

—Éste es un famoso titiritero, que hace muchos días que anda por estas tierras enseñando un retablo de Melisendra, libertada por el famoso don Gaiferos, que es una de las mejores y más bien representadas historias que se han visto en muchos años. Trae también un mono con la más rara habilidad que se vio entre los monos, porque si le preguntan algo, salta sobre los hombros de su amo, y, acercándosele al oído, le murmura la respuesta de lo que le preguntan, y luego maese Pedro la dice. Y, aunque no siempre acierta en todas, en la mayoría no se equivoca, de modo que nos hace creer que tiene el diablo en el cuerpo. Cobra dos reales por cada pregunta.

En esto, volvió maese Pedro con la carreta en la que venían el retablo y el mono, grande y sin cola. Cuando le vio don Quijote, le preguntó:

—Dígame vuestra merced, señor adivino: ¿qué ha de ser de nosotros? Y vea aquí mis dos reales.

Y mandó a Sancho que se los diese a maese Pedro, el cual respondió por el mono, y dijo:

—Señor, este animal no responde ni da noticia de las cosas que están por venir; sólo sabe algo de las pasadas y de las presentes.

—¡Vaya! —dijo Sancho—, no voy a pagar porque me digan mi pasado; porque, ¿quién lo puede saber mejor que yo mismo? Y pagar para que me digan lo que sé, sería una gran tontería; pero, ya que sabe las cosas presentes, he aquí mis dos reales, y dígame el señor mono qué hace ahora mi mujer Teresa Panza, y en qué se entretiene.

No quiso tomar maese Pedro el dinero, diciendo:

—No quiero recibir adelantados los premios, sin que hayan precedido los servicios.

Y, dando con la mano derecha dos golpes sobre el hombro izquierdo, de un brinco, el mono se le puso sobre él, acercando la boca a su oído; luego de otro brinco se puso en el suelo, y entonces, con gran prisa, maese Pedro se puso de rodillas ante don Quijote y, abrazándole las piernas, dijo:

—Estas piernas abrazo, como si abrazara <u>las dos columnas de Hércules</u>, ¡oh resucitador de la olvidada caballería andante!; ¡oh caballero don Quijote de la Mancha, ánimo de los desmayados, arrimo de los que van a caer, brazo de los caídos, consuelo de todos los desdichados! Y tú, ¡oh buen Sancho Panza!, el mejor escudero del mejor caballero del mundo, alégrate, que tu buena mujer Teresa está bien, y ahora está (rastrillando) una libra de lino, y, por más señas, tiene a su lado izquierdo una jarra de vino, con que se entretiene en su trabajo. Y ahora, quiero armar mi retablo y dar placer a cuantos están en la venta, sin paga alguna.

Quedó pasmado don Quijote, absorto Sancho, suspenso el primo, atónito el paje, embobado el del rebuzno, confuso el ventero, y, finalmente, espantados todos los que oyeron las razones del titiritero.

—Señor —dijo Sancho—, me gustaría que vuestra merced dijese a maese Pedro que le pregunte a su mono si es verdad lo que a vuestra merced le pasó en la cueva de Montesinos; pues yo creo, con perdón de vuestra merced, que todo fue mentira, o por lo menos, cosas soñadas.

Se refiere a Gibraltar y Ceuta. Según la mitología, se formaron cuando Hércules separó los dos montes unidos anteriormente como una cordillera.

Recogiendo con un rastrillo las plantas secas del lino.

—Todo podría ser —respondió don Quijote.

Estando en esto, llegó maese Pedro a buscar a don Quijote y decirle que ya estaba listo el retablo. Don Quijote le comunicó su pensamiento, y le rogó que preguntase luego a su mono si ciertas cosas que había pasado en la cueva de Montesinos habían sido soñadas o verdaderas, porque a él le parecía que tenían de todo. A lo que maese Pedro, sin responder palabra, volvió a traer el mono y, haciéndole la acostumbrada señal, el mono se le subió en el hombro izquierdo, y hablándole, al parecer, en el oído, dijo luego maese Pedro:

—El mono dice que parte de las cosas que vuestra merced vio, o pasó, en la dicha cueva son falsas, y parte verdad; y que esto es lo que sabe; y que si vuestra merced quiere saber más, que el próximo viernes responderá a todo lo que se le pregunte, que por ahora se le han acabado los poderes.

—¿No lo decía yo —dijo Sancho—, que no podía ser que lo que vuestra merced, señor mío, ha dicho de los acontecimientos de la cueva era verdad, ni aun la mitad?

—Los sucesos lo dirán, Sancho —respondió don Quijote—; que el tiempo, descubridor de todas las cosas, no se deja nada sin sacar a la luz del sol. Y, por ahora, baste esto, y vámonos a ver el retablo del buen maese Pedro, que para mí tengo que debe de tener alguna novedad.

Don Quijote y Sancho, se acercaron adonde ya estaba el retablo puesto y descubierto, lleno por todas partes de candelillas de cera encendidas, que le hacían vistoso y resplandeciente. Cuando llegaron, se metió maese Pedro dentro de él, pues era el que había de manejar las figuras del artificio, y fuera se puso un muchacho, criado suyo, para servir de intérprete y narrador de los misterios del retablo: tenía en la mano una varilla con la que señalaba las figuras que salían.

Colocados, pues, todos cuantos había en la venta, frente al retablo, y acomodados don Quijote, Sancho, el paje y el primo en los mejores lugares, el intérprete comenzó a decir:

—Esta historia trata de la libertad que dio el señor don Gaiferos a su esposa Melisendra, que estaba cautiva en España, en poder de los árabes, en la ciudad de Sansueña, que así se llamaba entonces la que hoy se llama Zaragoza. Vean vuestras mercedes allí cómo está jugando a las tablas don Gaiferos. Y aquel personaje que allí asoma, con corona en la cabeza y cetro en las manos, es el emperador Carlomagno, padre adoptivo de la tal Melisendra, el cual, enfadado de ver el ocio y descuido de su yerno, le sale a reñir por no procurar la libertad de su esposa. Miren con qué ahínco le riñe, que no parece sino que le quiere dar con el cetro media docena de coscorrones. Miren cómo don Gaiferos pide aprisa las armas y se pone en camino. Vuelvan vuestras mercedes los ojos a aquella torre que allí aparece, que se supone que es una de las torres del alcázar de Zaragoza, y aquella dama que en aquel balcón está, vestida a lo moro, es la sin par Melisendra, que desde allí muchas veces se pone a mirar el camino de Francia, pensando en París y en su esposo.

Esta figura que aquí aparece a caballo, cubierta con una capa, es la de don Gaiferos. Su esposa se ha puesto a los miradores de la torre, y habla con su esposo, creyendo que es algún pasajero. Don Gaiferos se descubre y, por los ademanes alegres que Melisendra hace, se nos da a entender que ella le ha reconocido, y más ahora que vemos que se descuelga por el balcón, para ponerse en las ancas del caballo de su buen esposo.

Juego de mesa con tablero, fichas y dados.

Mas, ¡ay, desventurada!, que se le ha enganchado una punta de la falda en uno de los hierros del balcón, y está pendiente en el aire, sin poder llegar al suelo. Pero veis cómo el piadoso cielo socorre en las mayores necesidades, pues llega don Gaiferos, y, sin mirar si se rasgará o no la falda, la agarra y la hace bajar al suelo, y luego, de un brinco, la pone sobre las ancas de su caballo, y la manda que se sujete fuertemente. Veis también cómo los relinchos del caballo dan señales de que va contento con la valiente y hermosa carga que lleva en su señor y en su señora.

Mirad cómo vuelven las espaldas y salen de la ciudad, y alegres y regocijados toman el camino de París. ¡Id en paz, oh verdaderos amantes! ¡Llegad a salvo a vuestra deseada patria, sin que la fortuna ponga estorbo en vuestro feliz viaje! No faltaron algunos ociosos ojos, que lo suelen ver todo, que vieron la bajada y la subida de Melisendra, y dieron noticia al rey Marsilio, el cual mandó dar la alarma. Miren cuántos caballeros salen de la ciudad en persecución de los dos amantes, cuántas trompetas suenan, cuántas dulzainas tocan y cuántos tambores retumban. Me temo que los han de alcanzar, y los han de traer atados a la cola de su mismo caballo, lo que sería un horrendo espectáculo…

Viendo y oyendo tanto estruendo don Quijote, le pareció que debía dar ayuda a los que huían; y, levantándose en pie, en voz alta, dijo:

—No consentiré yo que en mi presencia se le haga tal ofensa a tan famoso caballero y a tan atrevido enamorado como don Gaiferos. ¡Deteneos, gente mal nacida; no le sigáis ni persigáis; si no, conmigo sois en batalla!

Y, dicho y hecho, desenvainó la espada, y de un brinco se puso junto al retablo y, con acelerada y nunca vista furia, comenzó a asestar cuchilladas sobre la títeres, derribando a unos, descabezando a otros, estropeando a éste, destrozando a aquél, y, entre otros muchos, dio un golpe tal, que si maese Pedro no se baja y se encoge, le habría cortado la cabeza con más facilidad que si fuera hecha de masa de mazapán. Daba voces maese Pedro, diciendo:

—Deténgase vuestra merced, señor don Quijote, y advierta que estos que derriba, destroza y mata son unas figurillas de pasta. ¡Mire, pecador de mí, que me destruye y echa a perder toda mi hacienda!

Mas no por esto dejaba de menudear don Quijote cuchilladas, tajos y reveses como llovidos. Finalmente, dio con todo el retablo en el suelo, hechas pedazos y desmenuzadas todas sus figuras: el rey Marsilio, malherido, y el emperador Carlomagno, con la corona partida y la cabeza en dos partes. Se alborotaron los oyentes, huyó el mono por los tejados de la ventana, temió el primo, se acobardó el paje, y hasta el mismo Sancho Panza tuvo mucho miedo, porque jamás había visto a su señor con tanta cólera. Hecho, pues, el destrozo del retablo, se sosegó un poco don Quijote y dijo:

—Miren, si no hubiera estado yo aquí presente, qué habría sido del buen don Gaiferos y de la hermosa Melisendra. ¡Viva la andante caballería sobre cuantas cosas hoy viven en la tierra!

—¡Viva! —dijo con voz enfermiza maese Pedro—, y muera yo, pues soy tan desdichado. No hace ni media hora que me vi señor de reyes y de emperadores y ahora me veo desolado y abatido, pobre y mendigo, y, sobre todo, sin mi mono, que antes de que le recupere me han de sudar los dientes; y todo por la furia de este señor caballero, de quien se dice que ampara pupi-

¡Qué destrozo!

los y hace otras obras caritativas. En fin, el Caballero de la Triste Figura había de ser aquel que había de desfigurar las mías.

Se enterneció Sancho Panza con las palabras de maese Pedro, y le dijo:

—No llores, maese Pedro, ni te lamentes, que me rompes el corazón; porque te hago saber que mi señor don Quijote es tan buen cristiano, que si él cae en la cuenta de que te ha hecho algún agravio, te lo querrá pagar y satisfacer con creces.

—Con que me pagase el señor don Quijote alguna parte de lo que me ha deshecho, quedaría contento, y su merced limpiaría su conciencia.

—Así es —dijo don Quijote—, pero hasta ahora yo no sé que tenga nada vuestro, maese Pedro.

—¿Cómo que no? —respondió maese Pedro—; y todo lo que está por este suelo, ¿quién lo esparció y aniquiló, sino la fuerza invencible de ese poderoso brazo?, y ¿de quién eran esas figuras sino mías?, y ¿con qué me sustentaba yo sino con ellas?

—Ahora acabo de creer —dijo don Quijote— lo que otras muchas veces he creído: que estos encantadores que me persiguen no hacen sino ponerme las figuras como ellas son delante de los ojos, y luego me las cambian en las que ellos quieren. A mí me pareció que todo lo que aquí pasaba era realidad: que Melisendra era Melisendra, don Gaiferos don Gaiferos y Carlomagno, Carlomagno: por eso me alteré, y, por cumplir con mi profesión de caballero andante, quise dar ayuda y favor a los que huían, y con este buen propósito hice lo que habéis visto; si me ha salido al revés, no es culpa mía, sino de los malos que me persiguen; y, aunque no lo he hecho con malicia, quiero condenarme yo mismo: diga, maese Pedro, lo que quiere por las figuras deshechas, que yo me ofrezco a pagárselo en buena moneda castellana.

Se inclinó maese Pedro, diciéndole:

—No esperaba yo menos de la inaudita cristiandad del valeroso don Quijote de la Mancha, verdadero socorredor y amparo de todos los necesitados; y aquí el señor ventero y el gran Sancho calcularán lo que podían valer las ya deshechas figuras.

De esta manera fueron poniendo precio a las destrozadas figuras, hasta que llegaron a cuarenta reales y tres cuartillos.

—Dáselos, Sancho —dijo don Quijote.

En resolución, la borrasca del retablo se acabó y todos cenaron en paz y en buena compañía, a costa de don Quijote, que era muy generoso.

Antes de que amaneciese, se fue el que llevaba las lanzas, y después se fueron a despedir de don Quijote el primo y el paje: el uno, para volverse a su tierra; y el otro, a proseguir su camino, para lo cual le dio don Quijote una docena de reales. Maese Pedro no quiso volver a entrar en más discusiones con don Quijote, a quien él conocía muy bien, y así, madrugó antes que el sol, y, cogiendo los restos de su retablo y a su mono, se fue también a buscar sus aventuras. Finalmente, Sancho pagó al ventero, por orden de su señor, y, despidiéndose de él, casi a las ocho de la mañana dejaron la venta y se pusieron en camino, donde los dejaremos ir para contar otras cosas pertenecientes a esta famosa historia: quién era maese Pedro y el moro adivino que tenía admirados a todos aquellos pueblos con sus adivinanzas.

Bien se acordará, el que haya leído la primera parte de esta historia, de aquel Ginés de Pasamonte, a quien, entre otros galeotes, dio libertad don Quijote en

¿Maese Pedro conocía a don Quijote de antes?

¿Recuerdas a este personaje?

Porque allí no se podían aplicar las sentencias del reino de Castilla.
Así, escapa de la justicia.

Sierra Morena. Este Ginés de Pasamonte, a quien don Quijote llamaba "Ginesillo de Parapilla", fue el que hurtó el rucio a Sancho Panza. Este Ginés, temeroso de ser atrapado por la justicia, que le buscaba para castigarle por sus infinitos delitos, determinó irse al reino de Aragón y cubrirse el ojo izquierdo, dedicándose al oficio de titiritero. Compró aquel mono y le enseñó que, cuando le hiciera cierta señal, se le subiese en el hombro y le murmurase, o lo pareciese, al oído. Hecho esto, antes de llegar al lugar donde se dirigía con su retablo y mono, se informaba de las cosas que habían sucedido; y, acordándose muy bien de todo, lo primero que hacía era mostrar su retablo y después hablaba de las habilidades de su mono, diciendo al pueblo que adivinaba todo lo pasado y lo presente, pero no el futuro. Por la respuesta de cada pregunta pedía dos reales. Con esto cobraba gran fama, y todos andaban tras él. Cuando entró en la venta, reconoció a don Quijote y a Sancho, y así le fue fácil provocar su admiración y la de todos los que en ella estaban. Esto es lo que hay que decir de maese Pedro y de su mono.

Y, volviendo a don Quijote de la Mancha, hay que decir que, después de haber salido de la venta, decidió ver primero las riberas del río Ebro y todos aquellos contornos, antes de entrar en la ciudad de Zaragoza, pues le daba tiempo hasta que se celebraran los torneos. Con esta intención siguió su camino, por el cual anduvo dos días sin que le ocurriese cosa digna de mención, hasta que al tercero, al subir a una loma, oyó un gran ruido de tambores y trompetas. Al principio, pensó que algún regimiento de soldados pasaba por allí, y por verlos picó a Rocinante y subió la loma arriba. Cuando estuvo en la cumbre, vio más de doscientos hombres armados con diferentes tipos de armas. Bajó la cuesta y se acercó al escuadrón, vio las banderas, observando sus colores y dibujos, especialmente una en la que estaba pintado un asno muy pequeño, con la cabeza levantada, la boca abierta y la lengua fuera, como si estuviera rebuznando; alrededor de él estaban escritos con letras grandes estos dos versos:

> *No rebuznaron en balde*
> *el uno y el otro alcalde.*

Por esta insignia dedujo don Quijote que aquella gente debía de ser del pueblo del rebuzno, y así se lo dijo a Sancho. Finalmente, supieron que el pueblo iba a pelear con el otro pueblo que se burlaba de ellos.

Don Quijote se acercó a los que llevaban el estandarte del asno y les dijo en voz alta:

—Yo, señores míos, soy caballero andante, mi ejercicio es el de las armas, y mi profesión la de favorecer a los necesitados. Hace días que he sabido vuestra desgracia y la causa que os mueve a tomar las armas a cada paso, para vengaros de vuestros enemigos, y creo que estáis equivocados al teneros por ofendidos, porque ninguna persona puede ofender a un pueblo entero. Hay muchas causas que obligan a tomar las armas, pero tomarlas por niñerías no es razonable; además, que el tomar venganza va contra la santa ley que profesamos, en la cual se nos manda que hagamos bien a nuestros enemigos y que amemos a los que nos aborrecen. Así que, señores míos, vuestras mercedes están obligados por leyes divinas y humanas a sosegarse.

Tomó un poco de aliento don Quijote, y, viendo que todavía le prestaban atención, quiso pasar adelante con su discurso, pero Sancho se le adelantó diciendo:

Insignia.

¡Qué bien habla nuestro héroe!

¡Sancho ha metido la pata! Ahora los del pueblo del rebuzno creen que se está burlando de ellos.

—Mi señor don Quijote de la Mancha es un hidalgo muy prudente y da buenos consejos. Y es una tontería ofenderse sólo por oír un rebuzno, que yo me acuerdo, que cuando era muchacho, rebuznaba cuando se me antojaba, y con tanta gracia que, cuando rebuznaba yo, rebuznaban todos los asnos del pueblo. Y, para que se vea que digo la verdad, esperen y escuchen, que esta ciencia es como la del nadar: que, una vez aprendida, nunca se olvida.

Y, poniendo la mano en las narices, comenzó a rebuznar con tanta fuerza, que retumbaron todos los valles cercanos. Pero uno de los que estaban junto a él, creyendo que hacía burla de ellos, alzó un palo que tenía en la mano, y le dio tal golpe con él, que dio con Sancho Panza en el suelo. Don Quijote, que vio tan malparado a Sancho, arremetió con la lanza al que le había dado, pero fueron tantos los que se pusieron en medio, que no fue posible vengarle; y, viendo que llovía sobre él una lluvia de piedras, y que le amenazaban con las ballestas, volvió las riendas a Rocinante, y a todo lo que su galope pudo, se alejó de ellos. A Sancho le pusieron sobre su jumento y le dejaron ir tras su amo. Alejado, pues, don Quijote un buen trecho, volvió la cabeza y vio que Sancho venía sin que nadie le siguiera. Los del escuadrón se estuvieron allí hasta la noche, y, como sus enemigos no salieron a la batalla, se volvieron a su pueblo muy alegres.

Arma formada por un arco, una cuerda y un mecanismo que sirve para lanzar flechas.

Sancho, atravesado en su jumento, llegó adonde estaba su amo y se dejó caer del rucio a los pies de Rocinante, todo molido y todo apaleado. Se apeó don Quijote para mirarle las heridas, pero, como le encontró sano de los pies a la cabeza, le dijo enfadado:

—¡En mala hora supisteis vos rebuznar, Sancho! ¿Acaso es bueno nombrar la soga en casa del ahorcado? Y dad gracias a Dios porque sólo os dieron un palo.

—No estoy para responder —respondió Sancho—. Subamos y apartémonos de aquí, que yo pondré silencio en mis rebuznos. <u>Pero no está bien que los caballeros andantes huyan, y dejen a sus buenos escuderos molidos, en poder de sus enemigos.</u>

—No huye el que se retira —respondió don Quijote—, porque has de saber, Sancho, que la valentía que no se basa en la prudencia se llama temeridad. Y así, yo confieso que me he retirado, pero no huido; y en esto he imitado a muchos valientes, que se han reservado para tiempos mejores.

En esto, ya estaba a caballo Sancho, ayudado por don Quijote, el cual también subió en Rocinante y, poco a poco, se dirigieron a una alameda que por allí aparecía. De cuando en cuando, daba Sancho unos ayes profundísimos y unos gemidos dolorosos.

—La causa de ese dolor debe de ser, sin duda —dijo don Quijote—, que, como el palo con que te dieron era largo, te cogió todas las espaldas.

—¡Pues sí que me ha sacado vuestra merced de una gran duda! —dijo Sancho—. Si me dolieran los tobillos, aún pudiera ser que adivinara el porqué me dolían, pero dolerme lo que me molieron no es mucho adivinar.

Con esto, se metieron en la alameda; don Quijote se acomodó al pie de un olmo, y Sancho al de una haya.

Sancho recrimina a su señor que le dejara "solo ante el peligro", pues don Quijote huyó de las piedras.

No se debe decir o hacer algo que sospechemos que pueda ofender a alguien.

CAPÍTULO XXVI

Don Quijote en el castillo de los duques

Una de las aves rapaces más apreciadas para la caza.

Don Quijote no se fía de la "delicadeza" de Sancho al dirigirse a una dama tan importante.

Sucedió, pues, que al día siguiente, don Quijote tendió la vista por un verde prado, y al final de él, descubrió a unos cazadores. Se acercó más, y entre ellos distinguió una gallarda señora sobre una jaca blanquísima, con adornos verdes y un sillón de plata. La señora también venía vestida ricamente de verde. En la mano izquierda traía un azor, señal que dio a entender a don Quijote que aquélla debía de ser alguna gran señora; y así, dijo a Sancho:

—Corre, hijo Sancho, y di a aquella señora que yo, el Caballero de los Leones, besa las manos a su gran hermosura, y que si su grandeza me da licencia, se las iré a besar, y a servirla en todo lo que mis fuerzas puedan y su alteza me mande. Y cuida cómo hablas, no hagas alguna de las tuyas.

—¡Vaya! ¡A mí con eso! —protestó Sancho—. ¡Que no es la primera vez que llevo embajadas a importantes señoras!

—Pues no siendo la que llevaste a la señora Dulcinea —replicó Sancho— yo no sé que hayas llevado otra, por lo menos mientras has estado a mi servicio.

—Es verdad —reconoció Sancho—, pero no es necesario advertirme todo, que yo lo sabré hacer.

Partió Sancho a la carrera, y llegó adonde estaba la bella cazadora, y, apeándose del rucio, puesto ante ella de rodillas, le dijo:

—Hermosa señora, aquel caballero que allí aparece, llamado el Caballero de los Leones, es mi amo, y yo soy su escudero, a quien llaman Sancho Panza. Este caballero me envía a decir a vuestra grandeza que le dé licencia para que, con su consentimiento, él venga a ofrecer sus servicios a vuestra hermosura.

—Levantaos del suelo —respondió la señora—, que escudero de tan gran caballero como es el de la Triste Figura, de quien ya tenemos noticias, no es justo que esté de rodillas; levantaos, amigo, y decid a vuestro señor que venga a servirse de mí y del duque mi marido, en una casa de campo que aquí tenemos.

Se levantó Sancho admirado, tanto de la hermosura de la buena señora como de su mucha cortesía, y más de lo que le había dicho, que tenía noticias de su señor el Caballero de la Triste Figura.

Le preguntó la duquesa:

—Decidme, hermano escudero: este vuestro señor, ¿no es uno de quien anda impresa una historia que se llama *El ingenioso hidalgo don Quijote de la Mancha*, que tiene por señora de su alma a una tal Dulcinea del Toboso?

—El mismo es, señora —respondió Sancho—; y aquel escudero suyo que anda en esa historia, a quien llaman Sancho Panza, soy yo.

—De todo eso me alegro yo mucho —dijo la duquesa—. Id, hermano Panza, y decid a vuestro señor que él será bienvenido a mis estados, y que nada me daría más contento.

Sancho volvió con esta agradable respuesta adonde estaba su amo, a quien contó todo lo que la gran

Le conocen por el libro que cuenta sus aventuras, como ya anunciaba Sansón Carrasco.

señora le había dicho. Don Quijote se gallardeó en la silla, se puso bien en los estribos, se acomodó la visera, picó a Rocinante, y fue a besar las manos a la duquesa, la cual, mientras don Quijote llegaba, le contó todo a su marido, el duque, y los dos, por haber leído la primera parte de esta historia y haber conocido la locura de don Quijote, le esperaban con grandísimo gusto y con deseo de conocerle, con intención de llevarle la corriente, tratándole como a caballero andante los días que pasara con ellos, con todas las ceremonias acostumbradas en los libros de caballerías, que ellos habían leído y a los que eran muy aficionados.

En esto, llegó don Quijote y, dando muestras de apearse, acudió Sancho a tenerle el estribo; pero fue tan desgraciado que, al apearse del rucio, se le enganchó un pie, de tal modo que no fue posible desenredarle, sino que quedó colgado, con la boca en el suelo. Don Quijote, que no tenía costumbre de apearse sin que le tuviesen el estribo, pensando que Sancho ya había llegado a sujetársele, se cayó al suelo, pasando una gran vergüenza y maldiciendo entre dientes al desdichado de Sancho, que todavía tenía el pie enganchado.

El duque mandó a sus cazadores que les ayudasen y don Quijote, maltrecho por la caída, cojeando y como pudo, se fue a poner de rodillas ante los dos señores; pero el duque no lo consintió de ninguna manera, sino que, apeándose de su caballo, fue a abrazar al caballero, diciéndole:

—Me pesa, señor Caballero de la Triste Figura, que la primera vez que vuestra merced ha pisado mi tierra haya sido tan mala como se ha visto.

—Es imposible que sea mala —respondió don Quijote—, aunque mi caída no hubiese parado hasta el profundo de los abismos, pues poseo la gloria de haberos

Se puso bien recto, presumiendo.

¡Qué ridículo hace don Quijote!

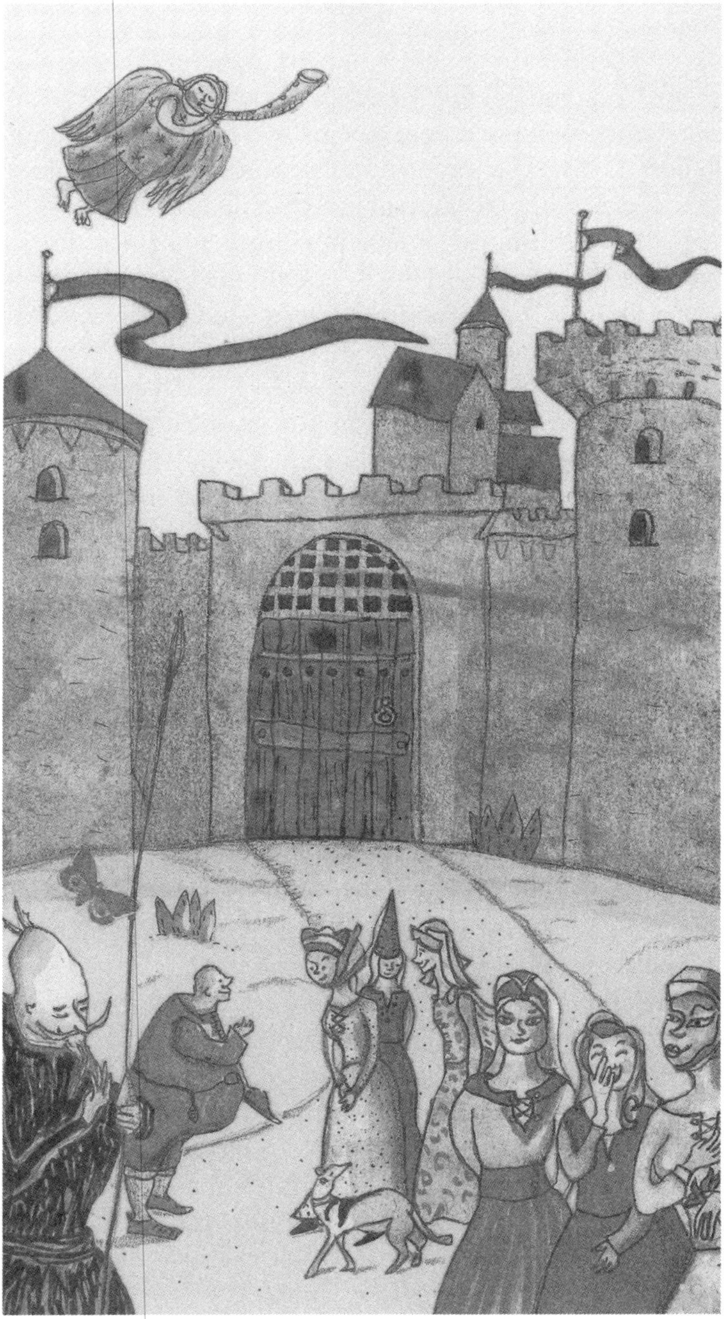

visto. Como quiera que yo esté, caído o levantado, a pie o a caballo, siempre estaré a vuestro servicio y al de mi señora la duquesa, digna consorte vuestra, digna señora de la hermosura y universal princesa de la cortesía.

Esposa. (anotación señalando "consorte")

—¡Cuidado, mi señor don Quijote de la Mancha! —dijo el duque—, que donde está mi señora doña Dulcinea del Toboso no está bien que se alaben otras hermosuras.

Ya estaba libre del enganchón Sancho Panza, y, hallándose allí cerca, antes de que su amo respondiese, dijo:

—No se puede negar, sino afirmar, que es muy hermosa mi señora Dulcinea del Toboso, pero mi señora la duquesa no le va a la zaga.

No es menos hermosa. (anotación señalando "no le va a la zaga")

Se volvió don Quijote a la duquesa y dijo:

—Imagine vuestra grandeza que no tuvo caballero andante en el mundo escudero más hablador ni más gracioso que el que yo tengo.

A lo que respondió la duquesa:

—El que Sancho sea gracioso lo estimo yo en mucho, porque es señal de que es discreto.

—Y hablador —añadió don Quijote.

—Tanto mejor —dijo el duque—, porque muchas gracias no se pueden decir con pocas palabras. Y, para que no se nos vaya el tiempo hablando, venga el gran Caballero de la Triste Figura...

—De los Leones ha de decir vuestra alteza —dijo Sancho—, que ya no hay Triste Figura.

—Sea el de los Leones —prosiguió el duque—. Digo que venga el señor Caballero de los Leones a un castillo mío que está aquí cerca, donde se le hará el recibimiento que se debe a tan alta persona, y el que solemos hacer a todos los caballeros andantes que a él llegan.

Se encaminaron al castillo. Mandó la duquesa a Sancho que fuese junto a ella, porque le gustaba mucho oírle. Grande era la alegría que tenía Sancho, viéndose, a su parecer, gozando de la confianza de la duquesa, porque se figuraba que le iban a tratar muy bien.

Cuenta, pues, la historia, que antes de que llegasen al castillo, se adelantó el duque y dio orden a todos sus criados del modo en que habían de tratar a don Quijote; y así, cuando llegó con la duquesa a las puertas del castillo, al instante salieron de él dos lacayos, vestidos con unas ropas de finísimo raso (carmesí) y cogieron a don Quijote en brazos. Al entrar en un gran patio, llegaron dos hermosas doncellas y echaron sobre los hombros a don Quijote un gran manto de finísima escarlata, y en un instante se llenó el patio de criados y criadas de aquellos señores, diciendo a grandes voces:

—¡Bienvenido sea la flor y la nata de los caballeros andantes!

Y derramaban agua perfumada sobre don Quijote y sobre los duques, de todo lo cual se admiraba don Quijote; y aquél fue el primer día en que creyó absolutamente ser caballero andante verdadero, y no fantástico, al verse tratar del mismo modo en que él había leído que se trataban a los caballeros en los pasados siglos.

Llegaron a lo alto del castillo y metieron a don Quijote en una sala adornada de telas riquísimas de oro y de brocado; seis doncellas le desarmaron, todas advertidas por el duque y la duquesa de lo que tenían que hacer, y de cómo habían de tratar a don Quijote, para que viese que le trataban como caballero andante. Quedó desarmado don Quijote, y se quedó en calzones, seco, alto, en una figura que, a no tener en cuenta las

De color rojo.

Así recibían a los caballeros en los libros que don Quijote había leído.

Esta vez, son los demás personajes los que hacen que don Quijote confunda realidad y fantasía.

Telas de seda bordadas con hilo de oro o plata.

¡Pobre caballero! Le da vergüenza que le vistan las doncellas.

doncellas que debían disimular la risa —que fue una de las órdenes que sus señores les habían dado—, hubieran reventado riendo.

Le pidieron que se dejase desnudar para ponerle una camisa nueva, pero no lo consintió, diciendo que la honestidad era tan necesaria en los caballeros andantes como la valentía. Se vistió don Quijote, se puso su correa de cuero con su espada, se echó el mantón de escarlata a cuestas, se puso una montera de raso verde que las doncellas le dieron, y con este adorno salió a la gran sala, donde halló a las doncellas puestas alrededor de la mesa y todas con intención de darle aguamanos. Luego llegaron doce pajes con el mayordomo, para llevarle a comer, pues ya los señores le aguardaban. Le pusieron en medio de ellos, y, lleno de pompa y majestad, le llevaron a otra sala, donde estaba puesta una rica mesa con cuatro servicios. La duquesa y el duque salieron a la puerta de la sala a recibirle, y con ellos un importante religioso con el que, mientras comían, don Quijote discutió acaloradamente sobre la caballería andante y la existencia de gigantes, malandrines y encantamientos.

—¡No diga ni insista más vuestra merced, amo y señor mío —interrumpió Sancho—, que este señor no entiende de caballeros andantes!

—¿Por ventura —dijo el religioso— sois vos aquel Sancho Panza a quien dicen que vuestro amo tiene prometida una ínsula?

—Sí soy —respondió Sancho—; y hace muchos meses que ando en su compañía; y viva él y viva yo: que ni a él le faltarán imperios que mandar ni a mí ínsulas que gobernar.

—No, por cierto, Sancho amigo —dijo el duque—, que yo, en nombre del señor don Quijote, os

Una gorra flexible de poco vuelo.

Conjunto de tres piezas para lavarse las manos: jarro o aguamanil, palangana y toalla.

entrego el gobierno de una ínsula que tengo, de no pequeña calidad.

—Híncate de rodillas, Sancho —dijo don Quijote—, y besa los pies a Su Excelencia por la merced que te ha hecho.

Así lo hizo Sancho; lo cual visto por el religioso, se levantó de la mesa, enfadado, diciendo:

—Por el hábito que tengo, que estoy por decir que tan loco está Vuestra Excelencia como estos pecadores. Quédese Vuestra Excelencia con ellos que, mientras estén en esta casa, me estaré yo en la mía.

Y, sin decir ni comer más, se fue, sin que pudieran detenerle los ruegos de los duques; aunque el duque no le dijo mucho, a causa de la risa que le había provocado la situación.

Con esto cesó la plática, y don Quijote se fue a reposar la siesta, y la duquesa pidió a Sancho que, si no tenía muchas ganas de dormir, viniese a pasar la tarde con ella y con sus doncellas en una sala muy fresca. Sancho respondió que, aunque era verdad que tenía por costumbre dormir cuatro o cinco horas las siestas del verano, por servir a su bondad, él procuraría con todas sus fuerzas no dormir aquel día, y vendría obediente a su mandado. Así, pasó la tarde charlando con Sancho cuyas palabras renovaron en la duquesa la risa y el contento; y, enviándole más tarde a reposar, ella fue a dar cuenta al duque de lo que con él había pasado, y entre los dos dieron orden de hacer una burla a don Quijote que fuese famosa y viniese bien con el estilo caballeresco.

CAPÍTULO XXVII

¡Una solución para desencantar a Dulcinea!

Le llevan de caza por el monte, con "monteros", es decir, ojeadores que espantan las presas para que las disparen los cazadores.

Tan contentos estaban los duques con la presencia de don Quijote y Sancho en su palacio, que decidieron hacerles algunas burlas, tomando como motivo lo que don Quijote les había contado sobre la cueva de Montesinos. Y así, habiendo dado orden a sus criados de todo lo que tenían que hacer, al cabo de seis días les llevaron de montería. A don Quijote le dieron un traje apropiado para ello, pero no se lo quiso poner, diciendo que pensaba volver pronto al duro ejercicio de las armas y que no podía llevar tanta ropa. Sancho sí se puso el que le dieron, con intención de venderlo en la primera ocasión que tuviese.

Llegado, pues, el esperado día, se armó don Quijote, se vistió Sancho, y encima de su rucio —que no lo quiso dejar aunque le daban un caballo—, se metió entre la tropa de los cazadores. Iban los duques muy elegantemente vestidos y, tomando cada uno su puesto, se comenzó la caza con gran estruendo, gritos y vocerío, de manera que no podían oírse unos a otros, tanto por el ladrido de los perros como por el son de los cuernos de caza.

De pronto, apareció un gran jabalí, enseñando sus colmillos y arrojando espuma por la boca. Cuando lo vio, don Quijote, embrazando su escudo y puesta la mano en su espada, se adelantó a recibirle. Sancho echó a correr cuanto pudo e intentó subirse a un árbol, pero cuando ya estaba por la mitad, agarrado de una rama, tuvo tan mala suerte que se rompió y se quedó colgando sin poder llegar al suelo. Viéndose así, y pareciéndole que aquel fiero animal le podía alcanzar, comenzó a dar tantos gritos y a pedir socorro con tanto ahínco, que todos los que le oían y no le veían creyeron que estaba entre los dientes de alguna fiera.

Finalmente, el colmilludo jabalí fue cazado y don Quijote acudió a los gritos de Sancho, al cual vio colgado cabeza abajo del árbol, y al rucio junto a él. Llegó don Quijote y descolgó a Sancho, que vio con disgusto que su traje estaba desgarrado. Con estos y otros sucesos pasaron el día y se les vino la noche.

Súbitamente, comenzó a anochecer y pareció que todo el bosque ardía; luego se oyeron por aquí y por allí infinitas cornetas y otros instrumentos de guerra, como de muchas tropas de caballería que pasaran por el bosque. La luz del fuego y el son de los instrumentos bélicos casi cegaron y atronaron los ojos y oídos de los que allí estaban. Luego oyeron mucha (algarabía,) sonaron trompetas y clarines, retumbaron tambores, resonaron flautas, casi todos a un tiempo, tan deprisa y tan alto, que se quedaron confusos con tanto instrumento. Se pasmó el duque, se sorprendió la duquesa, se admiró don Quijote, tembló Sancho Panza y, finalmente, hasta los que sabían lo que ocurría se espantaron. Tras el temor, llegó el silencio, y apareció un correo en traje de demonio.

Griterío, voces.

—Hola, hermano —dijo el duque—, ¿quién sois, adónde vais y qué gente de guerra es la que atraviesa este bosque?

A lo que respondió el correo:

—Yo soy el Diablo y voy a buscar a don Quijote de la Mancha; la gente que por aquí viene son seis tropas de encantadores que sobre un carro triunfante traen a la sin par Dulcinea del Toboso. Viene encantada con el caballero Montesinos, que va a explicar a don Quijote cómo ha de ser desencantada esta señora.

Y diciendo esto, tocó el cuerno de caza y se fue sin esperar respuesta. Todos quedaron admirados, especialmente Sancho, que se maravillaba de que Dulcinea estuviese encantada, y don Quijote, por no poder asegurar si era verdad o no lo que había pasado en la cueva de Montesinos. Estando absorto en estos pensamientos, el duque le dijo:

—¿Piensa vuestra merced esperar, señor don Quijote?

—Aquí esperaré tranquilo y animoso —respondió él— aunque me viniese a embestir todo el infierno.

En esto se cerró más la noche y comenzaron a deslizarse muchas luces por el bosque, como si fueran estrellas fugaces. Se oyó un espantoso ruido, como el que hacen las ruedas macizas que suelen traer los carros de bueyes. A esto se añadió otra tempestad, como si hubiera varias batallas al mismo tiempo: por allí sonaba el duro estruendo de espantosa artillería, allá se disparaban infinitas escopetas, cerca sonaban las voces de los combatientes, lejos se oían las trompetas de guerra.

Finalmente, las cornetas, los cuernos, las bocinas, los clarines, las trompetas, los tambores, la artillería, las escopetas y, sobre todo, el temible ruido de los carros, formaron un son tan confuso y tan horrendo, que Sancho no pudo soportarlo y cayó desmayado en las faldas de la duquesa, la cual mandó que le echasen agua en el rostro. Así se hizo, y él volvió en sí, justo cuando uno de los carros llegaba allí.

En un levantado trono venía sentada una ninfa, vestida con mil velos de tela de plata, brillando por todos ellos infinitas hojas de lentejuelas de oro, que la hacían, si no rica, a lo menos vistosamente vestida. Traía el rostro cubierto con un transparente y delicado velo, de modo que por entre ellos se descubría un hermosísimo rostro de doncella, y las muchas luces daban lugar para distinguir la belleza y los años, que, al parecer, no llegaban a veinte ni bajaban de diecisiete.

Junto a ella venía una figura vestida con una ropa larga y lujosa que le llegaba hasta los pies, cubierta la cabeza con un velo negro. Pero, cuando llegó el carro a estar frente a los duques y a don Quijote, cesó la música, se levantó la figura de la ropa lujosa, se quitó el velo del rostro, descubriendo patentemente ser la misma figura de la muerte, descarnada y fea, con lo que don Quijote recibió pesadumbre, Sancho miedo, y los duques hicieron algún gesto de temor. Alzada y puesta en pie esta muerte viviente, con voz algo dormida y con lengua no muy despierta, comenzó a decir así:

—Yo soy el mago Merlín de quien dicen que tuve por padre al diablo. A las cavernas lóbregas del dios de los infiernos llegó la voz doliente de la bella y sin par Dulcinea del Toboso. Supe su encantamiento y su desgracia y su transformación de gentil dama en rústica aldeana; me apiadé y, después de haber revuelto cien mil libros de magia, vengo a dar el remedio que conviene. ¡Oh valiente y discreto don Quijote! A ti te digo que, para recobrar su estado natural la sin par Dulcinea del Toboso, es necesario que Sancho, tu escudero, se dé tres mil trescientos azotes en sus valientes posaderas, al aire descubiertas, y de modo que le escuezan, le amarguen y le enfaden.

Una mujer muy bella.

Tenebrosas, oscuras.

¡Vaya solución! ¡Pobre Sancho!

—¡Voto a tal! —dijo entonces Sancho—. ¡Vaya modo de desencantar! ¡Yo no sé qué tienen que ver mis posaderas con los encantos! ¡Por Dios que si el señor Merlín no ha encontrado otra manera de desencantar a la señora Dulcinea del Toboso, encantada se podrá ir a la sepultura!

—Yo os ataré a un árbol —dijo muy enfadado don Quijote—, villano, harto de ajos, desnudo como vuestra madre os parió; y no digo yo tres mil trescientos, sino seis mil seiscientos azotes os daré bien pegados. Y no me repliquéis palabra, que os arrancaré el alma.

Oyendo lo cual Merlín dijo:

—No ha de ser así, porque los azotes que ha de recibir el buen Sancho han de ser por su voluntad, y no a la fuerza, y en el tiempo que él quiera, pues no se le pone plazo; pero se le permite que, si él quiere reducir su castigo a la mitad, puede dejar que se los dé otra mano, aunque sea algo pesada.

—¡Ni ajena, ni propia, ni pesada, ni por pesar! —replicó Sancho— ¡A mí no me ha de tocar ninguna mano!. El señor mi amo sí debe azotarse pues llama a su amada "mi vida", "mi alma"... y debe hacer todo lo necesario para su desencanto; pero, ¿azotarme yo...? ¡De ninguna manera!

Apenas acabó de decir Sancho esto, cuando, levantándose la ninfa que venía junto al espíritu de Merlín, quitándose el sutil velo, descubrió un rostro que a todos pareció demasiado hermoso y, con un desenfado varonil y con una voz no muy femenina, dirigiéndose a Sancho Panza, dijo:

—¡Oh malaventurado escudero, alma de piedra, corazón de alcornoque! Si te mandaran que te arrojaras de una alta torre al suelo; si te pidieran que te comieras una docena de sapos, dos de lagartos y tres de culebras; si te persuadieran a que mataras a tu mujer y a tus hijos no sería de extrañar que te mostraras melindroso y esquivo, pero por tres mil trescientos azotes no debes dejarme como una rústica labradora. Date, date en esas carnazas, bestia, que sólo piensas en comer, y devuélveme mi belleza; y si por mí no quieres ablandarte, hazlo por ese pobre caballero que a tu lado tienes, por tu amo, de quien estoy viendo el alma, que la tiene atravesada en la garganta.

—¿Qué decís vos a esto, Sancho? —preguntó la duquesa.

—Digo, señora —respondió Sancho—, lo que tengo dicho: que los azotes, por nada del mundo. Y querría yo saber dónde aprendió mi señora doña Dulcinea del Toboso el modo de rogar que tiene: viene a pedirme que me abra las carnes a azotes, y me llama alma de piedra y bestia. ¿Qué regalos trae para ablandarme, sino un insulto tras otro? Y mi amo, que debería halagarme para que yo me azote, dice que si me coge me atará desnudo a un árbol y me dará el doble. Aprendan a rogar, y a saber pedir que no siempre estamos de buen humor.

—Pues en verdad, amigo Sancho —dijo el duque—, que si no os ablandáis, no seréis gobernador. ¡Bueno sería que yo enviase a mis insulanos un gobernador cruel que no se doblega ante las lágrimas de las afligidas doncellas, ni ante los ruegos de los imperiosos y antiguos encantadores y sabios! En resolución, Sancho, o vos os azotáis, o no habéis de ser gobernador.

—Señor —respondió Sancho—, ¿no se me darían dos días de plazo para pensarlo?

—No, de ninguna manera —dijo Merlín—; aquí, en este instante y en este lugar, ha de quedar decidido.

Habitantes de una ínsula (isla).

Ablanda.

—Ea, buen Sancho —dijo la duquesa—. Dad el sí a esta azotaina.

—¡Ea, pues! ¡Que sea lo que Dios quiera! —dijo Sancho—. Acepto la penitencia.

Apenas dijo estas últimas palabras Sancho, cuando volvió a sonar la música y don Quijote se colgó del cuello de su escudero, dándole mil besos en la frente y en las mejillas. La duquesa y el duque y todos los presentes dieron muestras de haber recibido grandísimo contento, y el carro comenzó a caminar; y, al pasar, la hermosa Dulcinea inclinó la cabeza a los duques e hizo una gran reverencia a Sancho.

Y así, llegó el alba. Y, satisfechos los duques por la caza y por haber conseguido su intención, se volvieron a su castillo, con la intención de continuar con sus burlas, que para ellos no había cosa que más gusto les diese.

CAPÍTULO XXVIII

El viaje sobre Clavileño, el caballo de madera

Tenía el duque un mayordomo muy burlón y de mucho ingenio que hizo de Merlín, preparó la aventura pasada e hizo que un paje representase el papel de Dulcinea. De nuevo, con la intervención de sus señores, planeó otra de lo más graciosa que pueda imaginarse.

Un día, estando todos en el jardín después de haber comido, vieron entrar a dos hombres vestidos de luto que venían tocando dos grandes tambores también cubiertos de negro. Les seguía un personaje de cuerpo agigantado, igualmente cubierto por un gran manto negro. Tenía cubierto el rostro con un trasparente velo negro, a través del cual se vislumbraba una larguísima barba, blanca como la nieve. Iba andando al son de los tambores con mucha gravedad y reposo. En fin, su grandeza, su contoneo, su negrura y su acompañamiento dejó a todos en suspenso.

Se hincó de rodillas ante el duque, pero éste no le consintió hablar hasta que se levantase. Así lo hizo y, puesto en pie, alzó el antifaz del rostro y mostró la más horrenda, la más larga, la más blanca y más poblada barba que hasta entonces habían visto ojos humanos; y luego con una voz grave y sonora dijo:

—Altísimo y poderoso señor, a mí me llaman "Trifaldín el de la Barba Blanca"; soy escudero de la

Un muchacho joven. Por eso la voz de la supuesta Dulcinea no sonaba muy femenina.

"Trifaldi" significa "tres faldas". ¿Por qué se llamará así? Ahora lo verás...

condesa Trifaldi, por otro nombre llamada "la dueña Dolorida", que os pide que la recibáis, pues viene desde el reino de Candaya en busca del valeroso y jamás vencido caballero don Quijote de la Mancha. Ella queda a la puerta de esta fortaleza esperando vuestro beneplácito.

Luego tosió y se manoseó la barba de arriba abajo con ambas manos y estuvo esperando con mucho sosiego la respuesta del duque, que fue:

—Ya hace muchos días, buen escudero Trifaldín de la Blanca Barba, que tenemos noticia de la desgracia de mi señora la condesa Trifaldi, a quien los encantadores la hacen llamar "la dueña Dolorida"; bien podéis, estupendo escudero, decirle que entre y que aquí está el valiente caballero don Quijote de la Mancha, de cuya condición generosa puede prometerse con seguridad todo amparo y toda ayuda; y asimismo le podréis decir de mi parte que, si necesita mi ayuda, no le ha de faltar, pues mi condición de caballero me obliga a ello.

Consentimiento.

Cuando oyó esto, Trifaldín inclinó la rodilla hasta el suelo y salió del jardín con la misma música y al mismo paso con que había entrado, dejando a todos admirados de su presencia y aspecto. Y, volviéndose el duque a don Quijote, le dijo:

—En fin, famoso caballero, apenas hace seis días que estáis en este castillo, y ya os vienen a buscar de lejanas y apartadas tierras los tristes y los afligidos, confiados de hallar en ese fortísimo brazo el remedio de sus penas.

En esto, entraron los tambores, como la primera vez. Detrás de los tristes músicos comenzaron a entrar por el jardín hasta doce dueñas, repartidas en dos hileras. Tras ellas venía la condesa Trifaldi, vestida toda de negro. Su falda era de tres puntas, por lo cual cayeron todos en que por eso se debía llamar la condesa Trifaldi, como si dijésemos "la condesa de las Tres Faldas". Venían las doce dueñas y la señora a paso de procesión, cubiertos los rostros con unos velos negros.

Es decir, lenta y ceremoniosamente.

Cuando ya entraron todos en el jardín, el duque, la duquesa y don Quijote se pusieron en pie. Pararon las doce dueñas e hicieron calle, por medio de la cual la Dolorida se adelantó. El duque, la duquesa y don Quijote, se adelantaron para recibirla, y, levantándola de la mano, el duque la llevó a sentar en una silla junto a la duquesa. Don Quijote callaba, y Sancho andaba muerto por ver el rostro de la Trifaldi y de alguna de sus muchas dueñas, pero no fue posible hasta que ellas se descubrieron.

Estaban todos en silencio, esperando quién lo había de romper, y fue la dueña Dolorida quien dijo:

—Confiada estoy, señor poderosísimo, hermosísima señora y discretísimos amigos, que mi penísima encontrará acogimiento en vuestros valerosísimos pechos, porque es tal, que es bastante para enternecer los mármoles y ablandar los diamantes; pero, antes de decíroslo, quisiera saber si está aquí el valerosísimo caballero don Quijote de la Manchísima y su escuderísimo Panza.

¡Qué cursi!

—El Panza —antes que otro respondiese, dijo Sancho— aquí esta, y el don Quijotísimo también; y así, podréis, dolorosísima dueñísima, decir lo que quisieridísimis, que todos estamos deseandísimo de ser vuestros servidorísimos.

En esto se levantó don Quijote, y, dirigiéndose a la Dolorida dueña, dijo:

—Si vuestras penas, angustiada señora, se pueden remediar gracias al valor y fuerzas de algún caballero andante, aquí están las mías que, aunque flacas y breves, todas se emplearán en vuestro servicio. Yo soy don Quijote de la Mancha, cuya misión es ayudar a los que lo necesiten y, siendo esto así, podéis decir vuestros males.

Sancho intenta imitar la cursilería de la dueña Dolorida.

Oyendo lo cual, la Dolorida dueña se arrojó a los pies de don Quijote, y abrazándoselos, decía:

—Ante estos pies y piernas me arrojo, ¡oh caballero invencible!, por ser columnas de la andante caballería; estos pies quiero besar, pues de ellos depende todo el remedio de mi desgracia, ¡oh valeroso andante, cuyas verdaderas hazañas dejan atrás y oscurecen las del resto de los caballeros!

Y, dejando a don Quijote, se volvió a Sancho Panza, y, cogiéndole de las manos, le dijo:

—¡Oh tú, el más leal escudero que jamás sirvió a caballero andante!, bien puedes preciarte* de servir al gran don Quijote. Intercede por mí** ante tu dueño, para que favorezca a esta humildísima y desdichadísima condesa.

A lo que respondió Sancho:

—Yo rogaré a mi amo, que sé que me quiere bien. Diga vuestra merced su pena.

Reventaban de risa con estas cosas los duques, y alababan entre sí la agudeza y disimulación de la Trifaldi, la cual, volviéndose a sentar, dijo:

—Del famoso reino de Candaya, que cae entre la gran Trapobana*** y el mar del Sur, fue señora la reina doña Maguncia, viuda del rey Archipiela, su señor y marido, de cuyo matrimonio nació la infanta Antonomasia, heredera del reino, la cual se crió y creció bajo mi tutela, por ser yo la más antigua y la más principal dueña de su madre.

Sucedió, pues, que la niña Antonomasia cumplió catorce años, con tan gran perfección de hermosura y discreción, que no la pudo hacer mejor la naturaleza. De esta hermosura se enamoraron muchos príncipes, y entre ellos osó fijarse en tanta belleza un caballero que en la corte estaba, confiado en su juventud y muchas

---

*Presumir.

**Ruega por mí, sé mi intermediario.

***Gran isla que se encuentra en el Índico, cerca del extremo meridional del Indostán y en la entrada del golfo de Bengala. Es la actual Sri Lanka, conocida antiguamente como Ceilán.

habilidades y gracias. Pero todo esto no hubiera sido suficiente para rendir la fortaleza de mi niña, si el ladrón no usara del remedio de rendirme a mí primero. Consiguió granjearse mi simpatía y confianza con sus canciones y sus versos. ¡Ay de mí, desdichada! Mi mucha ignorancia y mi poca prudencia abrieron el camino a los pasos de don <u>Clavijo, que éste es el nombre</u> del referido caballero. Y así, con mi ayuda, él estuvo una y muchas veces en la habitación de <u>Antonomasia, bajo</u> palabra de ser su esposo. Algunos días estuvo encubierto este secreto, hasta que me pareció descubrir una hinchazón en el vientre de la joven. Finalmente, se casaron sin el permiso de sus padres, con lo que recibió tanto enojo y disgusto la reina <u>doña Maguncia, madre</u> de la infanta Antonomasia que, al cabo de tres días, la enterramos.

¡Vaya nombrecitos!

—<u>Debió de morir, sin duda</u> —dijo Sancho.

—¡Pues claro —respondió Trifaldín— que en Candaya no se entierran las personas vivas, sino las muertas!

¡Qué ocurrencia!

—Apenas la enterramos —continuó la condesa— cuando por encima de la sepultura de la reina apareció, sobre un caballo de madera, el gigante Malambruno, primo hermano de Maguncia, que, además de ser cruel, era encantador, el cual con sus artes, en venganza de la muerte de su prima, y por castigo del atrevimiento de don Clavijo y de Antonomasia, los dejó encantados sobre la misma sepultura: a ella, convertida en una mona de bronce, y a él, en un espantoso cocodrilo de un metal desconocido, y entre los dos hay una lápida de metal en la que están escritas unas letras que encierran esta sentencia:

"No recobrarán su primitiva forma estos dos atrevidos amantes

hasta que el valeroso manchego trabe conmigo singular batalla,

que sólo para su gran valor guardan los hados esta nunca vista aventura".

Hecho esto, sacó un ancho y enorme cuchillo, y, agarrándome a mí por los cabellos, hizo ademán de querer cortarme el cuello. Quedé aterrada, pero, con todo, me esforcé lo más que pude, y, con voz temblorosa y doliente, le dije tantas y tales cosas, que le hicieron suspender la ejecución de tan riguroso castigo. Finalmente, hizo traer ante sí a todas las dueñas de palacio, que fueron estas que están presentes, y, después de haber exagerado nuestra culpa y cargando a todas el delito que yo sola tenía, dijo que no quería castigarnos con <u>la pena capital</u>, sino con otras penas que nos diesen otra muerte más cruel. Y, en el mismo momento en que acabó de decir esto, sentimos todas que se nos abrían los poros de la cara, y que por toda ella nos pinchaban como con puntas de agujas. Nos llevamos las manos a los rostros, y nos hallamos de la manera que ahora veréis.

Y luego la Dolorida y las demás dueñas alzaron los antifaces con que venían cubiertas, y descubrieron los rostros, todos poblados de barbas, unas rubias, otras negras, otras blancas, con lo que quedaron admirados el duque y la duquesa, pasmados don Quijote y Sancho, y atónitos todos los presentes.

Y la Trifaldi prosiguió:

—De esta manera nos castigó aquel malintencionado de Malambruno, cubriendo la blandura de nuestros rostros con la aspereza de estas cerdas, que hubiera sido mejor que nos cortara el cuello, pues, ¿adónde podrá ir una dueña con barbas? ¿Qué padre o qué madre se compadecerá de ella? ¿Quién le dará

Con la muerte.

Pelos fuertes y duros, como los de algunos animales.

ayuda? Pues, si cuando tiene la (tez) lisa apenas halla quien bien la quiera, ¿qué hará cuando descubra su rostro hecho un bosque? ¡Oh dueñas y compañeras mías, en desdichada hora nacimos!

Cara, rostro.

Y, diciendo esto, dio muestras de desmayarse.

Dice la historia que, cuando Sancho vio desmayada a la Dolorida, dijo:

—Por la fe de hombre de bien, juro que jamás he oído ni visto, ni mi amo me ha contado aventura como ésta. Maldito Malambruno: ¿no hallaste otro castigo que dar a estas pecadoras sino el de barbarlas? Apostaré yo que no tienen dinero para pagar a quien las rape.

—Así es la verdad, señor —respondió una de las doce—; pues algunas de nosotras usamos unos pegotes o parches pegajosos que, aplicándolos a los rostros, y tirando de golpe, quedamos rasas y lisas; y si el señor don Quijote no nos remedia, con barbas nos llevarán a la sepultura.

—Yo me pelaría las mías —dijo don Quijote— si no remediase las vuestras.

A este punto, volvió de su desmayo la Trifaldi y dijo:

—Vuestra promesa, valeroso caballero, en medio de mi desmayo llegó a mis oídos, y ha hecho que yo cobre todos mis sentidos; y así, de nuevo os suplico que vuestra promesa se convierta en obra.

—Por mí no quedará —respondió don Quijote—: ved, señora, qué es lo que tengo que hacer, que estoy dispuesto a serviros.

—Es el caso —respondió la Dolorida —que desde aquí al reino de Candaya, si se va por tierra, hay cinco mil leguas, más o menos; pero si se va por el aire y por la línea recta, hay tres mil doscientas veintisiete. También hay que saber que Malambruno me dijo que

240

cuando encontrara a nuestro caballero libertador, que él le enviaría una cabalgadura que ha de ser un caballo de madera que se rige por una clavija que tiene en la frente, que le sirve de freno, y vuela por el aire con tanta ligereza que parece que le llevan los mismos diablos. Este caballo, según es tradición antigua, fue creado por aquel sabio Merlín. Malambruno le tiene en su poder, y se sirve de él en sus viajes, que los hace a cada momento por diversas partes del mundo, y hoy está aquí y mañana en Francia y otro día en Potosí, y lo bueno es que este caballo ni come, ni duerme ni gasta herraduras y camina muy reposado. Y este caballo, si es que Malambruno quiere dar fin a nuestra desgracia, estará en nuestra presencia antes de que llegue la medianoche.

—Y ¿cuántos caben en ese caballo? —preguntó Sancho.

La Dolorida respondió:

—Dos personas: una en la silla y otra en las ancas, normalmente caballero y escudero.

—Querría yo saber, señora Dolorida —dijo Sancho—, qué nombre tiene ese caballo.

—Se llama —respondió la Dolorida— Clavileño el Alígero, por ser de leño, por la clavija que trae en la frente, y por la ligereza con que camina.

—Ya lo querría ver —respondió Sancho—, pero pensar que tengo que subir en él, en la silla o en las ancas, es pedir peras al olmo. ¡Apenas puedo sostenerme en mi rucio como para sujetarme en unas ancas de tabla, sin cojín ni almohada! Pardiez, yo no me pienso moler por quitar las barbas a nadie: que cada cual se rape como más le viniere a cuento, que yo no pienso acompañar a mi señor en tan largo viaje. Además, que yo no soy tan necesario para el rapamien-

Notas al margen:

Se conduce, se dirige. (referido a "se rige")

Región del Virreynato del Perú (actualmente, Bolivia) en la que había muchas minas de plata. Quiere decir que en un momento puede ir de un lugar a otro del mundo. (referido a "Potosí")

De madera. (referido a "de leño")

Es pedir lo imposible. Sancho no tiene ninguna intención de subir en el caballo. Le da miedo. (referido a "es pedir peras al olmo") to de estas barbas como para el desencanto de mi señora Dulcinea.

—Sí sois necesario, amigo —respondió la Trifaldi—, y tanto, que, sin vuestra presencia, entiendo que no haremos nada.

—¿Qué tienen que ver los escuderos con las aventuras de sus señores? —dijo Sancho—. ¡Ellos se llevan la fama y nosotros los sufrimientos! Mi señor se puede ir solo, y buen provecho le haga, que yo me quedaré aquí, en compañía de la duquesa mi señora, y podría ser que cuando vuelva encuentre mejorada la causa de la señora Dulcinea, <u>porque pienso darme una buena tanda de azotes en los ratos ociosos y desocupados</u>.

¡Prefiere darse azotes a subir en el caballo!

—Con todo eso —replicó la duquesa—, le habéis de acompañar si es necesario, buen Sancho; que no han de quedar en tal estado estas señoras por vuestro inútil temor.

—Sancho hará lo que yo le mande, —dijo don Quijote.

—¡Ay! —dijo la Dolorida—, que las estrellas infundan en vuestro ánimo toda valentía para ser nuestro amparo. ¡Desdichadas de nosotras las dueñas! ¡Oh gigante Malambruno, envíanos ya al sin par Clavileño, para que nuestra desdicha se acabe!

Dijo esto con tanto sentimiento la Trifaldi, que provocó las lágrimas de los ojos de todos los presentes, y arrasó los de Sancho que se propuso acompañar a su señor hasta el fin del mundo.

Llegó en esto la noche, y con ella el momento de la llegada del famoso caballo Clavileño. De pronto, entraron por el jardín cuatro hombres, vestidos de verde hiedra, que sobre sus hombros traían un gran caballo de madera. Le pusieron en el suelo, y uno de ellos dijo:

—Suba sobre esta máquina el que tenga valor para ello.

—Aquí —dijo Sancho— yo no subo, porque ni tengo valor ni soy caballero.

Y el porteador prosiguió diciendo:

—Y ocupe las ancas el escudero, si es que lo tiene, y fíese del valeroso Malambruno. No hay más que torcer esta clavija que trae puesta sobre el cuello, que él os llevará por los aires adonde os espera Malambruno; pero, para que la altura no les cause vértigo, se han de cubrir los ojos hasta que el caballo relinche, que será la señal de haber dado fin a su viaje.

Dicho esto, dejando a Clavileño, se volvieron por donde habían venido. La Dolorida, cuando vio al caballo, casi con lágrimas dijo a don Quijote:

—Valeroso caballero, las promesas de Malambruno han sido ciertas: el caballo está en casa, nuestras barbas crecen. Te suplicamos que nos ayudes, pues sólo debes subir en él con tu escudero.

—Eso haré yo, señora condesa Trifaldi, de muy buen grado — respondió don Quijote.

—Eso no haré yo —dijo Sancho—, ni de malo ni de buen grado, de ninguna manera. Mi señor puede buscarse otro escudero que le acompañe, que yo no soy brujo para andar por los aires ¿Qué dirán mis insulanos cuando sepan que su gobernador se anda paseando por los aires? Y otra cosa más: que habiendo tres mil y pico leguas de aquí a Candaya, si el caballo se cansa o el gigante se enoja, tardaremos en dar la vuelta media docena de años, y ya ni habrá ínsula ni ínsulos en el mundo que me conozcan.

A lo que el duque dijo:

—Sancho amigo, la ínsula que yo os he prometido no se va a mover de donde está; y cuando volváis,

Sancho busca excusas y más excusas para no emprender el viaje sobre Clavileño...

hallaréis vuestra ínsula donde la dejáis, y a vuestros insulanos con el mismo deseo de recibiros que siempre han tenido, y mi voluntad será la misma.

—Está bien, señor —dijo Sancho—: yo soy un pobre escudero y no puedo llevar a cuestas tantas cortesías; <u>suba mi amo, tápenme estos ojos y encomiéndenme a Dios</u>.

¡Resignación, amigo Sancho!

Don Quijote pidió a la Dolorida que le cubriera los ojos con un pañuelo, subió sobre Clavileño y le tentó la clavija, que se manejaba con facilidad. De mala gana y poco a poco llegó a subir Sancho y, diciendo "adiós", se dejó vendar los ojos. Pero, después de vendados, se volvió a descubrir, y, mirando a todos los del jardín tiernamente y con lágrimas, dijo que le ayudasen en aquel trance con muchos padrenuestros y avemarías, para que Dios les ayudase. A lo que dijo don Quijote:

—¿Acaso estás puesto en la horca o al final de la vida, para pedir semejantes plegarias? Cúbrete, cúbrete, animal descorazonado, y que no te salga a la boca el temor que tienes, por lo menos en presencia mía.

—Tápenme —respondió Sancho resignado.

Se cubrieron, y notando que ya estaban preparados, don Quijote tentó la clavija; y, apenas hubo puesto los dedos en ella, cuando todos los que estaban presentes levantaron las voces, diciendo:

—¡Dios te guíe, valeroso caballero!

—¡Dios sea contigo, escudero intrépido!

—¡Ya, ya vais por esos aires, con más velocidad que una flecha!

—¡Sujétate bien, valeroso Sancho, que te tambaleas, no te vayas a caer!

Oyó Sancho las voces, y, apretándose contra su amo con los brazos, le dijo:

¡Y tanto! Como que no se han movido del sitio...

—Señor, ¿cómo dicen éstos que vamos tan altos, si llegan aquí sus voces, y parece que están aquí hablando junto a nosotros?

—No te fijes ahora en eso, Sancho, que estas son cosas de brujería. Y no me aprietes tanto, que me derribas; no sé de qué te espantas, pues nunca he subido en cabalgadura de paso más llano: <u>no parece sino que no nos movemos del sitio</u>. No tengas miedo, que llevamos el viento en popa.

—Es verdad —respondió Sancho—, que por este lado me da un viento tan fuerte, que parece que me están soplando con mil fuelles.

Y así era, pues les estaban dando aire con unos grandes fuelles: tan bien trazada estaba esta aventura por los duques y su mayordomo, que no le faltó ningún detalle.

Sintiéndose soplar don Quijote, dijo:

—Sin duda alguna, Sancho, que <u>ya debemos de llegar a la segunda región del aire, donde se engendra el granizo y las nieves; los truenos, los relámpagos y los rayos se engendran en la tercera región, y si seguimos subiendo, pronto estaremos en la región del fuego</u>, y no sé yo cómo manejar esta clavija para que no subamos donde nos abrasemos.

Según el pensamiento de la época, el espacio entre la tierra y la luna era ocupado por cuatro regiones: la del aire, la del frío, la del agua y la del fuego.

En esto, con unas estopas encendidas pendientes de una caña, les calentaban los rostros. Sancho, que sintió el calor, dijo:

—Que me maten si no estamos ya en el lugar del fuego, o bien cerca, porque una gran parte de mi barba se me ha chamuscado, y estoy por descubrirme y ver en qué parte estamos.

—No hagas eso —respondió don Quijote—. No tenemos por qué descubrirnos; y, aunque nos parece que no hace media hora que partimos del jardín, créeme que debemos de haber hecho gran camino.

Estas palabras de los dos valientes oían el duque, la duquesa y los del jardín, con lo que se divertían mucho y, queriendo dar remate a la extraña y bien fabricada aventura, pegaron fuego a la cola de Clavileño y, como estaba lleno de cohetes tronadores, voló por los aires, y dio con don Quijote y con Sancho Panza en el suelo, medio chamuscados.

Ya habían desaparecido del jardín el barbado escuadrón de las dueñas y la Trifaldi, y los del jardín quedaron como desmayados, tendidos por el suelo. Don Quijote y Sancho se levantaron maltrechos, y, mirando a todas partes, quedaron atónitos de verse en el mismo jardín de donde habían partido y de ver tendida por tierra a tanta gente. Pero creció más su admiración cuando, a un lado del jardín, vieron hincada una gran lanza en el suelo y pendiente de ella por dos cordones de seda verde, un pergamino liso y blanco, en el cual, con grandes letras de oro, estaba escrito lo siguiente:

"*El célebre caballero don Quijote de la Mancha acabó la aventura de la condesa Trifaldi, por otro nombre llamada la dueña Dolorida, con sólo intentarla.*
Malambruno se da por contento y satisfecho, y las barbas de las dueñas ya quedan lisas y mondas, y los reyes don Clavijo y Antonomasia han recuperado su estado."

Habiendo leído don Quijote las letras del pergamino, se fue adonde estaban el duque y la duquesa desmayados y, tomando de la mano al duque, le dijo:

—¡Ea, buen señor, buen ánimo, que la aventura ya se ha acabado sin ningún daño, como lo muestra claro este escrito.

El duque, poco a poco, y como quien despierta de un pesado sueño, fue volviendo en sí, y del mismo modo la duquesa y todos los que estaban por el jardín, con tales muestras de maravilla y espanto, que casi se podía creer que les había ocurrido de verdad lo que tan bien sabían fingir de burlas. Leyó el duque el cartel con los ojos medio cerrados, y luego, con los brazos abiertos, fue a abrazar a don Quijote, diciéndole que era el mejor caballero que nunca se había visto.

Sancho andaba buscando a la Dolorida, por ver qué rostro tenía sin las barbas, y si era tan hermosa sin ellas como su gallarda disposición prometía, pero le dijeron que, cuando Clavileño bajó ardiendo por los aires y cayó al suelo, todo el escuadrón de las dueñas, con la Trifaldi, había desaparecido, y que ya iban sin rastro de pelos. Preguntó la duquesa a Sancho que cómo le había ido en aquel largo viaje. A lo cual Sancho respondió:

—Yo, señora, sentí que íbamos, según mi señor me dijo, volando por la región del fuego, y quise descubrirme un poco los ojos, pero mi amo, a quien pedí permiso para descubrirme, no lo consintió. <u>Pero yo, que soy muy curioso, aparté un poco el pañuelo por las narices, y por un ladito miré hacia la tierra, y me pareció que no era mayor que un grano de mostaza, y los hombres que andaban sobre ella, poco mayores que avellanas, para que se vea qué altos debíamos de ir entonces.</u>

A esto dijo la duquesa:

—Sancho amigo, mirad lo que decís, que si la tierra os pareció como un grano de mostaza, y cada hombre como una avellana, un hombre solo había de cubrir toda la tierra. Además, por un ladito no se la ve entera.

¡Qué mentirosillo! ¡Ahora se quiere hacer el valiente!

—Yo sólo sé que si volábamos por encantamiento, por encantamiento podía ver yo toda la tierra y todos los hombres —replicó Sancho—; y si esto no se me cree, tampoco creerá vuestra merced cómo, destapándome por las cejas, me vi junto al cielo, y puedo jurar, señora mía, que es muy grande. Y sucedió que íbamos por donde está <u>la constelación de las siete cabrillas</u>; y como yo en mi niñez fui en mi tierra cabrero, cuando las vi, ¡me dieron unas ganas de entretenerme con ellas un rato...! Y ¿qué hice? Sin decir nada a nadie, ni a mi señor tampoco, me apeé de Clavileño, y me entretuve con las cabrillas casi tres cuartos de hora, y Clavileño no se movió ni un paso.

La constelación de las Pléyades.

—Y, mientras el buen Sancho se entretenía con las cabras —preguntó el duque—, ¿en qué se entretenía el señor don Quijote?

A lo que don Quijote respondió:

—De mí sé decir que ni me destapé, ni vi el cielo ni la tierra, ni la mar ni las arenas. Bien es verdad que sentí que pasaba por la región del aire, y que tocaba la del fuego; pero que pasásemos de allí no lo puedo creer, y no hemos podido llegar al cielo donde están las siete cabrillas que Sancho dice, sin abrasarnos; y, como no nos hemos quemado, o Sancho miente o Sancho sueña.

Eso es, Sancho: échale imaginación...

—Ni miento ni sueño —replicó Sancho—: si no, pregúntenme las señas de las cabras, y por ellas verán si digo verdad o no.

—Dígalas, pues, Sancho —dijo la duquesa.

—Son —respondió Sancho— <u>dos verdes, dos encarnadas, dos azules, y una de mezcla.</u>

—Nueva manera de cabras es ésa —bromeó el duque—, y por esta nuestra región del suelo no se usan cabras de tales colores.

—Bien claro está eso —dijo Sancho—; que ha de haber diferencia entre las cabras del cielo y las del suelo.

No quisieron preguntarle más de su viaje, porque les pareció que Sancho llevaba camino de pasearse por todos los cielos, y dar noticias de cuanto allá pasaba, sin haberse movido del jardín.

En resolución, éste fue el fin de la aventura de la dueña Dolorida, que hizo reír a los duques, no sólo en aquel momento, sino durante toda su vida.

CAPÍTULO XXIX

Sancho Panza, gobernador de la Ínsula Barataria

Le esperaban impacientes.

Con el gracioso suceso de la aventura de la Dueña Dolorida, quedaron tan contentos los duques, que decidieron seguir con las burlas; y así, habiendo dado las órdenes oportunas a sus criados y vasallos para que prepararan el gobierno de Sancho en la ínsula prometida, al día siguiente del vuelo de Clavileño, dijo el duque a Sancho que se preparase y vistiese convenientemente para ir a ser gobernador, que ya sus insulanos le estaban esperando <u>como el agua de mayo</u>:

—Espero —dijo el duque— ~~que seréis~~ tan buen gobernador como vuestro juicio promete. Mañana mismo habéis de ir al gobierno de la ínsula, y esta tarde os prepararán el traje apropiado que habéis de llevar y todas las cosas necesarias para vuestra partida.

—Vístanme como quieran —dijo Sancho— que de cualquier manera que vaya vestido seré Sancho Panza.

—Así es verdad —dijo el duque—, pero los trajes se han de acomodar al oficio que se profesa.

En esto llegó don Quijote y, sabiendo lo que pasaba y la rapidez con que Sancho debía partir a su gobierno, con permiso del duque, le tomó por la mano y se fue con él a su estancia. Allí <u>le dio muchos consejos sobre cómo se había de comportar en su oficio, y cómo debía cuidar su cuerpo</u>. Cuando, por fin, don Quijote acabó, Sancho le dijo:

Entre otras cosas, le aconsejó que fuera buen cristiano, humilde, compasivo y no se dejara engañar por las apariencias.
Y por supuesto, que mejorara sus modales.

—Señor, veo que todo cuanto vuestra merced me ha dicho son cosas buenas y provechosas, pero ¿de qué me han de servir, si ya no me acuerdo de ninguna? Será mejor que se me den por escrito, que, puesto que no sé leer ni escribir, yo se lo daré a mi confesor para que me lo recuerde cuando sea necesario.

—¡Ah, pecador de mí —respondió don Quijote—, qué mal está que los gobernadores no sepan leer ni escribir! Gran falta es la que llevas contigo, y así, querría que aprendieses aunque sea a firmar.

—Bien sé firmar mi nombre —respondió Sancho—, aunque fingiré que tengo mal la mano derecha, y haré que firme otro por mí.

—Encomiéndate a Dios —dijo don Quijote— y procura no equivocarte. Y vámonos a comer, que creo que ya estos señores nos esperan.

Aquella misma tarde <u>los duques enviaron a Sancho al lugar que para él había de ser ínsula</u>.

Sancho no tiene muy claro qué es una ínsula... Sólo sabe que la tiene que gobernar.

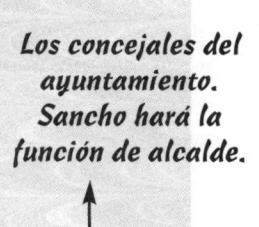

Salió Sancho, acompañado de mucha gente, vestido muy elegantemente y, detrás de él, por orden del duque, iba el rucio con adornos de seda. Volvía Sancho la cabeza de cuando en cuando a mirar a su asno, con cuya compañía iba tan contento que no se cambiaría con el emperador de Alemania.

Al despedirse de los duques, les besó las manos, y tomó la bendición de su señor, que se la dio con lágrimas, y Sancho la recibió con pucheritos.

Así pues, llegó Sancho con todo su acompañamiento a un pueblo de hasta mil vecinos, que era de los mejores que el duque tenía. Le dieron a entender que se llamaba "la ínsula Barataria". Al llegar a las puertas de la villa, que era amurallada, salió <u>el regimiento del pueblo</u> a recibirle; tocaron las campanas, y todos los vecinos dieron muestras de mucha alegría. Con mucha

Los concejales del ayuntamiento. Sancho hará la función de alcalde.

pompa le llevaron a la iglesia mayor a dar gracias a Dios, y luego, con algunas ridículas ceremonias, le entregaron las llaves del pueblo, y le admitieron por perpetuo gobernador de la ínsula Barataria.

El traje, las barbas, la gordura y pequeñez del nuevo gobernador tenía admirada a toda la gente que no estaba al tanto de la historia, y también a todos los que lo sabían, que eran muchos. Finalmente, le sacaron de la iglesia, le llevaron a la silla del juzgado y le sentaron en ella. En ese momento entraron en el juzgado dos hombres, uno vestido de labrador y otro de sastre, y éste último dijo:

—Señor gobernador, yo y este labrador venimos ante vuestra merced porque este buen hombre llegó a mi tienda ayer y, poniéndome un pedazo de paño en las manos, me preguntó: "Señor, ¿este paño es suficiente para hacerme una caperuza? Yo, tanteando el paño, le respondí que sí; él se debió de imaginar, a lo que yo creo, que sin duda yo le quería robar alguna parte del paño, pues los sastres tenemos mala fama, y él me pidió que mirase si habría para dos; le adiviné el pensamiento y le dije que sí; y él, fue añadiendo caperuzas, y yo añadiendo síes, hasta que llegamos a cinco caperuzas, y ahora acaba de venir a por ellas: yo se las doy, y no me quiere pagar.

—¿Es todo esto así, hermano? —preguntó Sancho.

—Sí, señor —respondió el hombre—, pero hágale vuestra merced que muestre las cinco caperuzas que me ha hecho.

—De buena gana —respondió el sastre.

Y, le mostró cinco caperuzas puestas en las cinco cabezas de los dedos de la mano, y dijo:

—He aquí las cinco caperuzas que este buen hombre me pide, y en Dios y en mi conciencia que no me ha sobrado nada del paño.

Una capucha o gorro. (caperuza)

Todos los presentes se rieron de las caperuzas. Sancho se puso a pensar un poco, y dijo:

—Me parece que en este pleito no son necesarias las leyes, sino juzgar con sensatez; y así, yo doy por sentencia que el sastre pierda la costura, el labrador el paño, y las caperuzas se lleven a los presos de la cárcel, y no haya más.

Se hizo lo que mandó el gobernador, ante el cual se presentaron dos hombres ancianos; uno traía una caña como bastón y el otro dijo:

—Señor, a este buen hombre le presté hace días diez escudos de oro, por hacerle un favor, con la condición de que me los devolviera cuando se los pidiese. Se pasaron muchos días sin pedírselos, por no ponerle en un aprieto, pero, por parecerme que se descuidaba en la paga, se los he pedido muchas veces, y no solamente no me los devuelve, sino que me los niega y dice que nunca se los presté, y que si se los presté, que ya me los ha devuelto. Yo no tengo testigos ni del préstamo ni de la vuelta, porque no me los ha devuelto. Querría que vuestra merced le tomase juramento, y si jura que me los ha devuelto, yo se los perdono.

—¿Qué decís vos a esto, buen viejo del bastón? —dijo Sancho.

A lo que dijo el viejo:

—Yo, señor, confieso que me los prestó; y, pues él lo deja en mi juramento, yo juraré que se los he devuelto y pagado real y verdaderamente.

Le dio el bastón al otro viejo, para que se le tuviese en tanto que juraba, como si le estorbara mucho, y luego puso la mano en una cruz, diciendo que era verdad que le habían prestado aquellos diez escudos que se le pedían, pero que él se los había devuelto de su mano a la suya. Viendo lo cual el gran gobernador, preguntó al acreedor que qué respondía a lo que decía su contrario; y dijo que sin duda alguna su deudor debía de decir verdad, porque le tenía por hombre de bien y buen cristiano, y que a él se le debía de haber olvidado el cómo y cuándo se los había devuelto, y que desde allí en adelante jamás le pediría nada. Volvió a tomar su bastón el deudor, y, bajando la cabeza, se salió del juzgado. Viendo Sancho que se iba sin más ni más, y viendo también la paciencia del demandante, inclinó la cabeza sobre el pecho, y, poniéndose el índice de la mano derecha sobre las cejas y las narices, estuvo como pensativo un momento, y luego alzó la cabeza y mandó que llamasen al viejo del bastón, que ya se había ido. Lo trajeron, y Sancho le dijo:

—Dadme, buen hombre, ese bastón, que lo necesito.

—De muy buena gana —respondió el viejo—: aquí está, señor.

Y se lo puso en la mano. Lo tomó Sancho, y, dándoselo al otro viejo, le dijo:

—Andad con Dios, que ya vais pagado.

—¿Yo, señor? —respondió el viejo—. Pues, ¿vale esta caña diez escudos de oro?

—Sí —dijo el gobernador—; o si no, yo soy el mayor burro del mundo. Y ahora se verá si soy capaz de gobernar todo un reino.

Y mandó que allí, delante de todos, se rompiese y abriese la caña. Así se hizo, y hallaron diez escudos de oro. Quedaron todos admirados, y tuvieron a su gobernador por un nuevo Salomón.

Le preguntaron cómo había deducido que en aquella caña estaban aquellos diez escudos, y respondió que, cuando vio que el viejo que juraba daba a su contrario aquel bastón, en tanto que hacía el juramento, y

El hombre que pide que le devuelvan su dinero.

El rey Salomón era considerado como el prototipo de hombre sabio y prudente.

juró que se los había dado real y verdaderamente, y que, cuando acabó de jurar, le volvió a pedir el bastón, le vino a la imaginación que dentro de él estaba lo que le pedían. Finalmente, el viejo avergonzado y el otro pagado, se fueron, y los presentes quedaron admirados.

 Cuenta la historia que, desde el juzgado, llevaron a Sancho Panza a un suntuoso palacio, en cuyo interior había una gran sala donde estaba puesta una limpísima mesa. Sancho se sentó a la cabecera de la mesa, porque no había más que aquel asiento. Se puso a su lado en pie un personaje, que después dijo ser médico, con una varilla en la mano. Levantaron una riquísima y blanca servilleta con que estaban cubiertas las frutas y mucha diversidad de platos de diversos manjares; pero, apenas hubo comido un bocado, cuando el de la varilla, tocando con ella en el plato, hizo que se lo quitaran de delante; pero el mayordomo le acercó otro manjar. Iba a probarlo Sancho pero, antes de que llegase a él ni lo probase, ya la varilla había tocado en él, y un paje se lo había llevado. Sancho quedó suspenso, y, mirando a todos, preguntó cómo había que comer aquella comida. A lo cual respondió el de la vara:

 —No se ha de comer, señor gobernador. Yo, señor, soy médico, y estoy contratado en esta ínsula para serlo de sus gobernadores, y miro por su salud mucho más que por la mía, estudiando de noche y de día, y tanteando la complexión del gobernador, para acertar a curarle cuando caiga enfermo; y lo más importante que hago es asistir a sus comidas y cenas, para dejarle comer de lo que me parece que le conviene, y quitarle lo que imagino que le ha de hacer daño; y así, mandé quitar el plato de la fruta, por ser demasiado

La constitución. → complexión

húmeda, y el plato del otro manjar también le mandé quitar, por ser demasiado caliente y tener muchas especias, que acrecientan la sed.

—De esa manera, aquel plato de perdices que están allí asadas, y, a mi parecer, bien sazonadas, no me harán daño.

A lo que el médico respondió:

—Ésas no comerá el señor gobernador mientras yo viva.

—Si eso es así —dijo Sancho—, vea el señor doctor qué manjares de los que hay en esta mesa me harán más provecho y cuáles menos daño, y déjeme comer porque me muero de hambre, y el negarme la comida, aunque le pese al señor doctor, antes será quitarme la vida que aumentármela.

—Vuestra merced tiene razón, señor gobernador —respondió el médico—; y así, es mi parecer que vuestra merced no coma de aquellos conejos guisados que allí están.

Y Sancho dijo:

—Aquel platazo que está más adelante me parece que es olla podrida, y por la diversidad de cosas que hay en tales ollas, seguro que alguna me será de gusto y de provecho.

—¡Fuera! —dijo el médico—. Vaya lejos de nosotros tan mal pensamiento: la olla podrida es muy mala para la digestión; lo que yo creo que ha de comer el señor gobernador ahora, para conservar su salud, son unas obleas y unas tajadicas de carne de membrillo, que le asienten el estómago y le ayuden a hacer la digestión.

Oyendo esto Sancho, miró de hito en hito al tal médico, y con voz grave le preguntó cómo se llamaba y dónde había estudiado. A lo que él respondió:

Aderezadas, condimentadas.

Tipo de cocido que contiene diversos tipos de carnes, legumbre y verduras. ¿Lo has comido alguna vez? ¡Está buenísimo!

Barquillos con forma de tubo fino.

La miró fijamente de arriba a bajo.

Localidades de la actual provincia de Ciudad Real.

—Yo, señor gobernador, me llamo doctor Pedro Recio de Agüero, y soy natural de un lugar llamado Tirteafuera, que está entre Caracuel y Almodóvar del Campo, a la mano derecha, y tengo el grado de doctor por la universidad de Osuna.

A lo que respondió Sancho, todo encendido en cólera:

Pertenece a la actual provincia de Sevilla. El médico dice que se ha graduado en la Universidad de Osuna pero... ¡en esta universidad no había Facultad de Medicina, así que está mintiendo!

—¡Pues, señor doctor Pedro Recio de Mal Agüero, natural de Tirteafuera, pueblo que está a mano derecha según vamos de Caracuel a Almodóvar del Campo, graduado en Osuna, quíteseme de delante, si no, juro que cogeré un garrote y que, a garrotazos, no me ha de quedar médico en toda la ínsula, empezando por vuestra merced! ¡Y denme de comer!

Se alborotó el doctor, viendo tan colérico al gobernador, y ya iba a marcharse de la sala, cuando, en aquel instante, sonó una corneta en la calle y, asomándose el maestresala a la ventana, volvió diciendo:

—Viene correo del duque mi señor; algún despacho debe de traer de importancia.

Entró el correo sudando y asustado, y, sacando un pliego del seno, lo puso en las manos del gobernador, que a su vez lo puso en las del mayordomo, a quien mandó leyese el sobre escrito, que decía así: *"A don Sancho Panza, gobernador de la ínsula Barataria, en su propia mano o en las de su secretario"*. Oyendo lo cual, Sancho dijo:

—¿Quién es aquí mi secretario?

Y uno de los que estaban presentes respondió:

—Yo, señor, porque sé leer y escribir.

Mensaje que se envía o recibe de forma urgente.

—Abrid ese pliego —dijo Sancho—, y mirad lo que dice.

Así lo hizo el secretario, y, habiendo leído lo que decía, dijo que era asunto para tratarle a solas.

Mandó Sancho despejar la sala, y que no quedasen en ella sino el mayordomo y el maestresala, y los demás y el médico se fueron; y luego el secretario leyó la carta, que decía así:

"*Me han llegado noticias, señor don Sancho Panza, de que unos enemigos míos y de esa ínsula tienen previsto atacaros, no sé qué noche; conviene velar y estar alerta, para que no le tomen desprevenido. Sé también, por espías dignos de confianza, que han entrado en ese lugar cuatro personas disfrazadas para quitaros la vida, porque temen vuestro ingenio; abrid el ojo, y mirad quién llega a hablaros, y no comáis lo que os regalen. Yo os socorreré en caso necesario, y en todo haréis como se espera de vuestro entendimiento. En este lugar, a 16 de agosto, a las cuatro de la mañana.*

Vuestro amigo, El Duque."

Estar sin dormir el tiempo que sea necesario.

Quedó atónito Sancho y mostraron quedarlo asimismo todos los presentes; y, volviéndose al mayordomo, le dijo:

—Lo que ahora se ha de hacer, y ha de ser ahora mismo, es meter en un calabozo al doctor Recio, porque si alguno me ha de matar, ha de ser él, y de muy mala muerte, como es la de hambre. Y por ahora denme un pedazo de pan y uvas, que en ellas no podrá venir veneno; porque si tenemos que estar preparados para estas batallas que nos amenazan, será necesario estar bien alimentados. Y vos, secretario, responded al duque mi señor y decidle que se cumplirá lo que manda; y daréis de mi parte un besamanos a mi señora la duquesa y de camino podéis encajar otro a mi señor don Quijote de la Mancha, para que vea que soy agradecido.

Finalmente, el doctor Pedro Recio Agüero de Tirteafuera, que ya había entrado a la sala, prometió darle de cenar aquella noche. Con esto, quedó contento el gobernador, y esperaba con gran ansia que llegase la noche y la hora de cenar y, aunque parecía que el tiempo no pasaba, por fin llegó la noche, y cenó el gobernador, con permiso del señor doctor Recio.

Después, se prepararon para la ronda; salió con el mayordomo, el secretario, el maestresala y el cronista que iba escribiendo sus hechos, y tantos alguaciles y escribanos que podían formar un escuadrón. Iba Sancho en medio, con su vara. Llevaban pocas calles andadas, cuando llegó un guardia que traía asido a un mozo, y dijo:

—Señor gobernador, este mancebo venía hacia nosotros y, cuando vio a la justicia, volvió las espaldas y comenzó a correr como un gamo, señal de que debe de ser algún delincuente. Yo partí tras él, y, si no fuera porque tropezó y cayó, no le hubiera alcanzado jamás.

—¿Por qué huías, hombre? —preguntó Sancho.

A lo que el mozo respondió:

—Señor, para evitar responder a las muchas preguntas que las justicias hacen.

—¿Qué oficio tienes?

—Tejedor.

—¿Y qué tejes?

—Hierros de lanzas, con licencia buena de vuestra merced.

—¿Graciosico me sois? ¡Está bien! Y ¿adónde ibais ahora?

—Señor, a tomar el aire.

—Y ¿dónde se toma el aire en esta ínsula?

Recorrido que hacen un grupo de personas que vigilan un lugar.

Con esta respuesta, el muchacho intenta tomar el pelo a Sancho.

—Donde sopla.

—¡Bueno: respondéis muy a propósito! Discreto sois, mancebo; pero haced cuenta que yo soy el aire, y que os soplo en popa, y os encamino a la cárcel. ¡Cogedle, y llevadle, que yo haré que duerma allí sin aire esta noche!

—¡Por Dios —dijo el mozo—, así me hará vuestra merced dormir en la cárcel como hacerme rey!

—Pues, ¿por qué no te haré yo dormir en la cárcel? —respondió Sancho—. ¿No tengo yo poder para prenderte y soltarte cuando yo quiera?

—Por más poder que vuestra merced tenga —dijo el mozo—, no será bastante para hacerme dormir en la cárcel.

—¿Cómo que no? —replicó Sancho—. Llevadle y verá el desengaño con sus mismos ojos.

—Todo eso es cosa de risa —respondió el mozo—. El caso es que no me harán dormir en la cárcel cuantos hoy viven.

—Dime, demonio —dijo Sancho—, ¿tienes algún ángel que te saque y que te quite los grillos que te pienso mandar echar?

—Ahora, señor gobernador —respondió el mozo con muy buen donaire—, entremos en razón. Suponga vuestra merced que me manda llevar a la cárcel, y que en ella me ponen cadenas, y que me meten en un calabozo. Si yo no quiero dormir, y estarme despierto toda la noche, sin pegar ojo, ¿será vuestra merced bastante con todo su poder para hacerme dormir, si yo no quiero?

—No, por cierto —dijo el secretario—, y el hombre se ha salido con su intención.

—De modo —dijo Sancho— que no dormiréis por llevarme la contraria.

No es que le vaya a echar grillos para que no duerma... se refiere a "grilletes", que son aros de hierro con que se sujetaban los pies a los presos para que no escaparan.

> *Ya conocemos otros casos de muchachas que huyen de sus casas vestidas de hombre ¿verdad?*

—No, señor —dijo el mozo—, no pienso hacerlo.

—Pues andad con Dios —dijo Sancho—; id a dormir a vuestra casa, y Dios os dé buen sueño, que yo no quiero quitárosle; pero os aconsejo que de aquí en adelante no os burléis de la justicia, porque toparéis con alguna que os dé con la burla en los cascos.

Se fue el mozo, y el gobernador prosiguió con su ronda, y de allí a poco vinieron dos guardias que traían a un hombre asido, y dijeron:

—Señor gobernador, <u>este que parece hombre no lo es, sino mujer, y no fea, que viene vestida en hábito de hombre</u>.

La alumbraron dos o tres antorchas, a cuyas luces descubrieron el rostro de una mujer, al parecer, de dieciséis o pocos más años, con los cabellos recogidos con una redecilla de oro y seda verde, hermosa como mil perlas. La miraron de arriba abajo, y vieron que venía vestida de hombre. No traía espada ceñida, sino una riquísima daga, y en los dedos, muchos y muy buenos anillos. Finalmente, la moza parecía bien a todos, y ninguno de cuantos la vieron la conoció; los naturales del lugar dijeron que no sabían quién podía ser, y los que sabían las burlas que se habían de hacer a Sancho fueron los que más se admiraron, porque aquel suceso y hallazgo no venía ordenado por ellos; y así, estaban dudosos, esperando en qué pararía el caso.

Sancho quedó pasmado de la hermosura de la moza, y le preguntó quién era, adónde iba y qué ocasión le había movido para vestirse con aquellas ropas de hombre. Ella, bajando la mirada con honestísima vergüenza, respondió:

—Yo, señores, soy hija de Diego de la Llana, que todos vuestras mercedes deben de conocer.

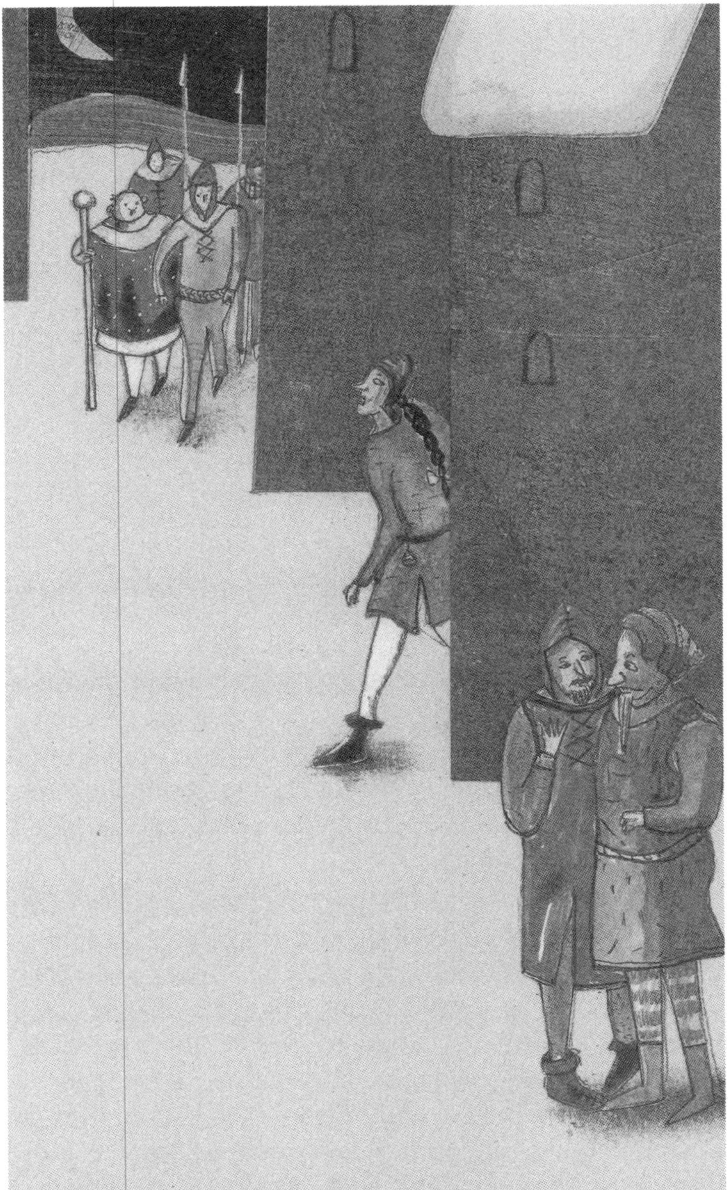

—Así es —respondió el mayordomo—, que yo conozco a Diego de la Llana, y sé que es un hidalgo principal y rico, y que tiene un hijo y una hija y que, después de enviudar, no ha habido nadie en todo este lugar que pueda decir que ha visto el rostro de su hija, pues la tiene tan encerrada que no da lugar a que el sol la vea; y, con todo esto, la fama dice que es muy hermosa.

—Así es la verdad —respondió la doncella—, y esa hija soy yo; si la fama miente o no en mi hermosura ya os habréis desengañado, pues me habéis visto.

Y, en esto, comenzó a llorar tiernamente; viendo lo cual el secretario, se acercó al oído del maestresala y le dijo muy bajito:

—Sin duda alguna que a esta pobre doncella le debe de haber sucedido algo de importancia, pues anda fuera de casa a tales horas y con esta ropa.

—No hay duda en eso —respondió el maestresala—; y más que sus lágrimas confirman esa sospecha.

Sancho la consoló con las mejores razones que él supo, y le pidió que sin temor alguno les dijese lo que le había sucedido; que todos procurarían remediarlo por todas las vías posibles.

—Es el caso, señores —respondió ella—, que mi padre me ha tenido encerrada desde hace diez años, que son los mismos que murió mi madre, y yo en todo este tiempo no he visto más que el sol del cielo de día, y la luna y las estrellas de noche. No sé qué son calles, plazas, ni templos, ni aun hombres, aparte de mi padre y de un hermano mío, y de Pedro Pérez el cobrador de impuestos. Este encerramiento y este negarme el salir de casa, siquiera a la iglesia, hace muchos días y meses que me trae muy desconsolada. Quisiera yo ver el mundo, o, a lo menos, el pueblo donde nací, pareciéndome que este deseo no iba contra el buen decoro que

¡Pobrecilla! ¡No es extraño que haya querido salir a la calle!

las doncellas principales deben guardar. Cuando oía decir que había corridas de toros y torneos, y se representaban comedias, preguntaba a mi hermano, que es un año menor que yo, que me dijese qué cosas eran aquéllas y otras muchas que yo no he visto; él me lo contaba lo mejor que sabía, pero todo era encenderme más el deseo de verlo. Finalmente, por abreviar el cuento de mi perdición, yo rogué y pedí a mi hermano...

Y volvió a renovar el llanto. El mayordomo le dijo:

—Prosiga vuestra merced, señora, y acabe de decirnos lo que le ha sucedido, que nos tienen a todos suspensos sus palabras y sus lágrimas.

—Pocas me quedan por decir —respondió la doncella—, aunque muchas lágrimas sí que llorar.

El maestresala quedó prendado de la belleza de la doncella, y acercó otra vez su antorcha para verla de nuevo. Sus lágrimas le parecían rocío de los prados o, incluso, perlas orientales.

¡Se ha enamorado de ella!

Se desesperaba el gobernador por la tardanza que tenía la moza en dilatar su historia, y le dijo que acabase de contarla, que era tarde, y faltaba mucho que andar del pueblo. Ella, entre sollozos y suspiros, dijo:

—No es otra mi desgracia, sino que yo rogué a mi hermano que me vistiese con ropa de hombre con uno de sus vestidos y que me sacase una noche a ver todo el pueblo, cuando nuestro padre durmiese; él concedió mi deseo y, poniéndome este vestido y él vistiéndose con otro mío, que le está que ni pintado, esta noche, debe de hacer una hora, poco más o menos, salimos de casa; y, guiados por nuestro mozo, hemos rodeado todo el pueblo. Cuando queríamos volver a casa, vimos venir un gran tropel de gente, y mi hermano me dijo: "Hermana, ésta debe de ser la ronda: aligera los pies, y vente tras mí corriendo, para que no nos conozcan". Y, diciendo esto, volvió las espaldas y comenzó, no digo a correr, sino a volar; yo, a menos de seis pasos, caí, con el sobresalto, y entonces llegó el ministro de la justicia que me trajo ante vuestras mercedes, donde, por mala y antojadiza, me veo avergonzada ante tanta gente.

—¿En efecto, señora —dijo Sancho—, no os ha sucedido ninguna otra cosa?

—No me ha sucedido nada, sólo deseaba ver mundo.

Y acabó de confirmarse que era verdad lo que la doncella decía, cuando llegaron los guardias con su hermano preso. El gobernador, el mayordomo y el maestresala se apartaron con él a un lado y, sin que lo oyese su hermana, le preguntaron por qué venía vestido de mujer, y él, con no menos vergüenza, contó lo mismo que su hermana había contado. Pero el gobernador les dijo:

—Por cierto, señores, que ésta ha sido una niñería, y para contar esta tontería no eran necesarias tantas lágrimas y suspiros; que con decir: "Somos fulano y fulana, que salimos de casa de nuestros padres con esta invención, sólo por curiosidad", se acabara el cuento y tanta lágrima.

—Así es la verdad —respondió la doncella—, pero sepan vuestras mercedes que la turbación que he tenido ha sido tanta, que no me ha dejado guardar el decoro que debía.

—No se ha perdido nada —respondió Sancho—. Vamos, y dejaremos a vuestras mercedes en casa de su padre; quizá no les habrá echado de menos. Y, de aquí en adelante, no se muestren tan niños, ni tan deseosos de ver mundo, que la doncella honrada, la pierna quebrada y en casa.

El mancebo agradeció al gobernador la merced que quería hacerles de acompañarles a su casa, y así, se

¡Qué machista! Esto que dice Sancho, por desgracia, lo pensaba mucha gente de aquella época. Menos mal que los tiempos han cambiado...

encaminaron hacia ella, que no estaba muy lejos de allí. Llegaron, pues, y, tirando el hermano una piedrecita a una reja, al momento bajó una criada, que los estaba esperando, y les abrió la puerta, y ellos entraron, dejando a todos admirados, así de su gentileza y hermosura como del deseo que tenían de ver mundo, de noche y sin salir del pueblo; pero todo lo atribuyeron a su poca edad.

Quedó herido de amor el corazón del maestresala, y decidió que al día siguiente iría a pedírsela por mujer a su padre, teniendo por cierto que no se la negaría, por ser él criado del duque; y aun a Sancho le vinieron deseos de casar al mozo con Sanchica, su hija, dándose a entender que a una hija de un gobernador ningún marido se le podía negar. Con esto, se acabó la ronda de aquella noche, y de allí a dos días, el gobierno, como se verá a continuación.

Una noche, estando Sancho en su cama, no harto de pan ni de vino, sino de juzgar y hacer estatutos y leyes, cuando ya se le comenzaban a cerrar los párpados, oyó tan gran ruido de campanas y de voces, que no parecía sino que toda la ínsula se hundía. Se sentó en la cama, y estuvo atento y escuchando, por ver si caía en la cuenta de lo que podía ser la causa de tan gran alboroto; pero no sólo no lo supo sino que, oyendo también el sonido de trompetas y tambores, quedó aún más confuso y lleno de temor y espanto; se levantó, se puso unas chinelas, y, sin ponerse nada encima del pijama, salió a la puerta de su aposento, justo cuando venían por el pasillo más de veinte personas con hachas encendidas en las manos y con las espadas desenvainadas, gritando a grandes voces:

—¡Alarma, alarma, señor gobernador, alarma!; que han entrado muchos enemigos en la ínsula, y estamos perdidos si vuestro valor no nos socorre.

> *También era costumbre que los padres decidieran con quién se casaban sus hijos. ¡Qué cosas!*

> *Zapatillas que se usan para estar en casa.*

Con este ruido, furia y alboroto llegaron donde Sancho estaba, atónito y embelesado con lo que oía y veía; y, cuando llegaron a él, uno le dijo:

—¡Ármese vuestra señoría, si no quiere perderse y que toda esta ínsula se pierda!

—¿Por qué me tengo que armar —respondió Sancho—, si yo no sé de armas ni de socorros? Estas cosas mejor será dejarlas para mi amo don Quijote, que en dos paletas las despachará.

—¡Ah, señor gobernador! —dijo otro—. Ármese vuestra merced, que aquí le traemos armas ofensivas y defensivas. Salga a esa plaza, y sea nuestra guía y nuestro capitán, pues de derecho le toca el serlo, siendo nuestro gobernador.

—Ármenme, pues —replicó Sancho.

Y al momento le pusieron dos escudos de gran tamaño, que protegían todo el cuerpo, de modo que quedó emparedado y entablado, más derecho que un palo, sin poder doblar las rodillas ni dar un solo paso. Le pusieron en las manos una lanza, a la cual se arrimó para poder tenerse en pie. Cuando acabaron, le dijeron que caminase, y les guiase y animase a todos.

—¿Cómo voy a caminar, desventurado yo —respondió Sancho—, si no puedo mover las rodillas, porque me lo impiden estas tablas que tan cosidas tengo a mis carnes? Lo que han de hacer es llevarme en brazos y ponerme, atravesado o en pie, en alguna puerta del palacio, que yo le guardaré con esta lanza o con mi cuerpo.

—Ande, señor gobernador —dijo otro—, que el miedo le impide el paso; acabe y muévase, que es tarde, y los enemigos crecen, y el peligro aumenta.

Probó el pobre gobernador a moverse, y se dio tal golpe en el suelo, que pensó que se había hecho pedazos. Quedó como una tortuga, encerrado y cubierto con su concha; y no por verle caído aquellas gentes burladoras le tuvieron compasión alguna; antes, apagando las antorchas, volvieron a reforzar las voces, y a gritar ¡alarma! con tanta prisa, pasando por encima del pobre Sancho, dándole infinitas cuchilladas sobre su escudo, que si él no se recogiera y encogiera, metiendo la cabeza entre los escudos, lo hubiera pasado muy mal, y así, sudando se encomendaba de todo corazón a Dios para que le sacase de aquel peligro. Unos tropezaban con él, otros caían, y alguno hubo que se puso encima de él un buen rato. Cuando menos lo esperaba, oyó voces que decían:

—¡Victoria, victoria! ¡Los enemigos se retiran! ¡Ea, señor gobernador, levántese vuestra merced y venga a gozar de la victoria y a repartir los despojos que se han tomado a los enemigos gracias el valor de ese invencible brazo!

—Levántenme —dijo el dolorido Sancho.

Le ayudaron a levantarse, y, puesto en pie, dijo:

—Sólo quiero pedir y suplicar a algún amigo, si es que lo tengo, que me dé un trago de vino, que estoy seco, y que me limpie este sudor.

Le limpiaron, le trajeron el vino, le quitaron la armadura, se sentó sobre su lecho y se desmayó del temor, del sobresalto y del trabajo. Ya les pesaba a los de la burla el habérsela hecho tan pesada; pero cuando Sancho volvió en sí, se les pasó la pena que les había dado su desmayo. Preguntó qué hora era y le respondieron que ya amanecía. Calló, y, sin decir otra cosa, comenzó a vestirse, en silencio. Todos le miraban y esperaban en qué había de parar la prisa con que se vestía. Acabó de vestirse y, poco a poco, porque estaba molido y no podía ir mucho a mucho, se fue a la caba-

¡Pobre Sancho! Ya se están pasando...

El botín.

lleriza, siguiéndole todos los que allí se hallaban, y, acercándose al rucio, le abrazó y le dio un beso en la frente, y, con lágrimas en los ojos, le dijo:

—Venid acá, compañero y amigo mío: dichosas eran las horas, los días y los años cuando yo iba con vos y no pensaba en otra cosa que en los cuidados de vuestros aparejos y en alimentar vuestro corpezuelo; pero, desde que os dejé y me subí sobre las torres de la ambición y de la soberbia, se me han entrado por el alma adentro mil miserias, mil trabajos y cuatro mil desasosiegos.

Y, mientras iba diciendo estas palabras, iba preparando el asno, sin que nadie le dijese nada. Preparado, pues, el rucio, con gran pena y pesar subió sobre él, y, encaminando sus palabras y razones al mayordomo, al secretario, al maestresala y a Pedro Recio, el doctor, y a otros muchos que allí estaban presentes, dijo:

—Abrid camino, señores míos, y dejadme volver a mi antigua libertad. Yo no nací para ser gobernador, ni para defender ínsulas ni ciudades de los enemigos que quieran atacarlas. Mejor se me da a mí arar y cavar, y podar las viñas, que dar leyes ni defender provincias ni reinos. Quédense vuestras mercedes con Dios, y digan al duque mi señor que ni pierdo ni gano; quiero decir, que sin blanca entré en este gobierno y sin ella salgo. Y apártense: déjenme ir, que me voy a curar; que creo que tengo todas las costillas rotas, gracias a los enemigos que esta noche se han paseado sobre mí.

—No ha de ser así, señor gobernador —dijo el doctor Recio—, que yo le daré a vuestra merced una bebida contra caídas y molimientos, que le devolverá las fuerzas; y, en lo de la comida, yo prometo a vuestra merced enmendarme, dejándole comer abundantemente de todo aquello que quiera.

Sin dinero.

—¡Demasiado tarde! —respondió Sancho.

Así pues, le dejaron ir, ofreciéndole primero compañía y todo aquello que quisiese para el regalo de su persona y para la comodidad de su viaje. Sancho dijo que no quería más que un poco de cebada para el rucio, y medio queso y medio pan para él; que, pues el camino era tan corto, no necesitaba nada más. Todos le abrazaron, y él, llorando, abrazó a todos, y los dejó admirados, tanto por sus palabras como por su decisión.

Ya estaba cerca del castillo del duque, cuando le alcanzó la noche, algo oscura y cerrada y, como era verano, se apartó del camino con intención de pasar allí la noche y esperar la mañana. Pero quiso su mala suerte que, buscando un lugar donde acomodarse, <u>cayeron él y el rucio en una honda y oscurísima sima que había entre unas ruinas</u>. A pesar de que el rucio cayó sobre Sancho, no le rompió nada. Tentó las paredes con la manos, por ver si sería posible salir de ella sin ayuda de nadie, pero todas las halló lisas y sin ningún saliente donde agarrarse, con lo que se entristeció mucho, especialmente cuando oyó que el rucio se quejaba tierna y dolorosamente.

¡Qué mala suerte!

—¡Ay! —dijo entonces Sancho Panza—. ¡Qué cosas les pasan a los que viven en este miserable mundo! ¡Quién dijera que ayer era gobernador de una ínsula, mandando a sirvientes y a vasallos y hoy estoy sepultado en una sima, sin que haya nadie que lo remedie! Aquí moriremos de hambre mi jumento y yo. ¡Desdichado de mí, en qué han acabado mis locuras y fantasías! ¡Oh compañero y amigo mío, qué mal pago te he dado a tus buenos servicios! Perdóname y pide a la fortuna que nos saque de este agujero.

De esta manera se lamentaba Sancho Panza y <u>su jumento le escuchaba sin responderle palabra</u>. Pero

¡Ya sólo faltaba que hablara el rucio!

dejemos al pobre Sancho en la sima y ocupémonos de su amo, que había quedado en casa de los duques.

Cuenta la historia que, una mañana que don Quijote había salido a pasear con su caballo, éste llegó a poner las patas tan cerca de una cueva, que, a no tirarle fuertemente de las riendas, hubieran caído en ella. En fin, le detuvo y, acercándose algo más, sin apearse, miró aquella hondura. Justo cuando estaba mirándola, oyó grandes voces dentro; escuchó atentamente y pudo entender que el que las daba, decía:

—¡Ah de arriba! ¿Hay algún cristiano que me escuche, o algún caballero caritativo que se duela de un pecador enterrado en vida?

Le pareció a don Quijote que oía la voz de Sancho Panza, con lo que quedó suspenso y asombrado, y, levantando la voz todo lo que pudo, dijo:

—¿Quién está allá bajo? ¿Quién se queja?

—¿Quién puede estar aquí, o quién se ha de quejar —respondieron—, sino Sancho Panza, el gobernador de la ínsula Barataria, que fue escudero del famoso caballero don Quijote de la Mancha?

Cuando oyó esto don Quijote, se le dobló la admiración y se le acrecentó el pasmo, viniéndosele al pensamiento que Sancho Panza debía de estar muerto, y que estaba allí penando su alma; y llevado de esta imaginación dijo:

—Te conjuro a que me digas quién eres; y si eres alma en pena, dime qué quieres que haga por ti; que, pues mi profesión es favorecer y socorrer a los necesitados de este mundo, también lo será socorrer y ayudar a los necesitados del otro mundo.

—De esa manera —respondieron—, vuestra merced que me habla debe de ser mi señor don Quijote de la Mancha.

—Don Quijote soy —replicó don Quijote—, el que ayuda a los vivos y a los muertos. Por eso dime quién eres, que me tienes atónito.

—Juro, señor don Quijote de la Mancha —respondieron— que yo soy su escudero Sancho Panza, y que nunca me he muerto en todos los días de mi vida, sino que, habiendo dejado mi gobierno por cosas que es necesario contar más despacio, anoche caí en esta sima junto con el rucio, que está aquí conmigo.

Y el rucio, que pareció entender lo que Sancho dijo, comenzó a rebuznar, tan fuerte, que toda la cueva retumbaba.

—Conozco el rebuzno y oigo tu voz, Sancho mío —dijo don Quijote—. Espérame; iré al castillo del duque, que está aquí cerca, y traeré quien te saque de esta sima.

—Vaya vuestra merced —dijo Sancho—, y vuelva rápido, por Dios, que ya no puedo soportar estar aquí, y me estoy muriendo de miedo.

Le dejó don Quijote, y fue al castillo a contar a los duques el suceso de Sancho Panza, con lo que se maravillaron. Finalmente, llevaron sogas y maromas; y, a costa de mucha gente y de mucho trabajo, sacaron al rucio y a Sancho Panza de aquellas tinieblas a la luz del sol.

Llegaron, rodeados de muchachos y de otra mucha gente, al castillo, donde estaban ya el duque y la duquesa esperándoles. Sancho no quiso subir a ver al duque sin que primero no hubiese acomodado al rucio en la caballeriza, porque decía que había pasado muy mala noche; y luego subió a ver a sus señores, ante los cuales, puesto de rodillas, dijo:

—Yo, señores, fui a gobernar vuestra ínsula Barataria. Si he gobernado bien o mal, testigos he tenido delante, que dirán lo que quieran. He declarado dudas, sentenciado pleitos, siempre muerto de hambre, por haberlo querido así el doctor Pedro Recio. Nos acometieron enemigos de noche, pero les vencimos. En resolución, en este tiempo yo he tanteado las obligaciones que trae consigo el gobernar, y he decidido que no las podrán llevar mis hombros; y así, antes de que el gobierno acabase conmigo, he querido yo acabar con el gobierno, y ayer de mañana dejé la ínsula como la hallé: con las mismas calles, casas y tejados que tenía cuando entré en ella. Salí, como digo, de la ínsula, sin otro acompañamiento que el de mi rucio; caí en una sima, y allí estuve hasta que me rescataron esta mañana. Así que, mis señores duque y duquesa, doy un salto del gobierno, y me paso al servicio de mi señor don Quijote.

El duque abrazó a Sancho, y le dijo que le pesaba en el alma que hubiese dejado tan rápido el gobierno, pero que él le daría otro oficio de menos carga y de más provecho. También le abrazó la duquesa y mandó que le dieran de comer.

CAPÍTULO XXX

Don Quijote, camino de Barcelona

Descanso y tiempo libre. Don Quijote quiere volver a sus aventuras.

Al cabo de unos días, ya le pareció a don Quijote que estaría bien salir de tanta ociosidad y pidió licencia a los duques para partir. Se la dieron, con mucha pena, y se despidieron de ellos. Don Quijote hizo una reverencia a los duques y a todos los que estaban allí y, volviendo las riendas a Rocinante, siguiéndole Sancho sobre el rucio, salió del castillo, enderezando su camino a Zaragoza.

Cuando don Quijote se vio en el campo, le pareció que el espíritu se le renovaba para proseguir de nuevo el asunto de sus caballerías.

Don Quijote y Sancho se sentaron al lado de una fuente clara y limpia que encontraron en una fresca arboleda. Comieron y se echaron a dormir. Despertaron algo tarde y siguieron su camino, dándose prisa para llegar a una venta que estaba cerca. Llegaron y preguntaron si había posada. Les respondieron que sí, con toda la comodidad que pudieran hallar en Zaragoza. Se apearon y Sancho llevó las bestias a la caballeriza, les echó sus piensos y salió a ver lo que don Quijote, que estaba sentado sobre un poyo, le mandaba, dando gracias al cielo de que a su amo no le hubiese parecido castillo aquella venta.

Llegó la hora de cenar, y don Quijote se retiró a su aposento adonde le trajeron algo de comer. Parece ser

Esta segunda parte de las aventuras de don Quijote es una versión escrita por un tal Alonso Fernández de Avellaneda, nombre falso tras el que se oculta algún autor que no se llevaba bien con Cervantes.

que en otro aposento que estaba junto al de don Quijote, que no le separaba más que un sutil tabique, oyó decir:

—Por vida de vuestra merced, señor don Jerónimo, que mientras nos traen la cena leamos otro capítulo de la segunda parte de *don Quijote de la Mancha*.

Apenas oyó su nombre don Quijote, cuando se puso en pie, y con oído atento escuchó lo que decían de él, y oyó que el tal don Jerónimo respondió:

—¿Para qué quiere vuestra merced, señor don Juan, que leamos estos disparates? El que haya leído la primera parte de la historia de *don Quijote de la Mancha* no es posible que pueda tener gusto en leer esta segunda.

—Con todo eso —dijo el don Juan—, estará bien leerla, pues no hay libro tan malo que no tenga alguna cosa buena. Lo que a mí más me disgusta en esta parte es que pinta a don Quijote ya desenamorado de Dulcinea del Toboso.

Oyendo lo cual don Quijote, lleno de ira y de despecho, alzó la voz y dijo:

—Quienquiera que diga que don Quijote de la Mancha ha olvidado, ni puede olvidar, a Dulcinea del Toboso, yo le haré entender con armas que va muy lejos de la verdad; porque la sin par Dulcinea del Toboso ni puede ser olvidada, ni en don Quijote puede caber olvido.

Esto es lo peor que le pueden decir a nuestro héroe.

—¿Quién es el que nos responde? —respondieron del otro aposento.

—¿Quién ha de ser —contestó Sancho— sino el mismo don Quijote de la Mancha?

Apenas hubo dicho esto Sancho, cuando entraron por la puerta de su aposento dos caballeros, que tales lo parecían, y uno de ellos echando los brazos al cuello de don Quijote, le dijo:

—Sin duda, vos, señor, sois el verdadero don Quijote de la Mancha, norte y lucero de la andante caballería, a despecho del que ha querido usurpar vuestro nombre y aniquilar vuestras hazañas, como lo ha hecho el autor de este libro que aquí os entrego.

Hacerse dueño de algo que pertenece a otro.

Y, poniéndole un libro en las manos, le tomó don Quijote, y, sin responder palabra, comenzó a hojearle, y de allí a un poco se lo devolvió, diciendo:

—Este libro es falso y no dice la verdad.

Los dos caballeros pidieron a don Quijote que cenara con ellos. Don Quijote aceptó. Durante la cena preguntó don Juan a don Quijote qué noticias tenía de la señora Dulcinea del Toboso. Y él les fue contando punto por punto el encanto de la señora Dulcinea, y lo que le había sucedido en la cueva de Montesinos, con la orden que el sabio Merlín le había dado para desencantarla, que fue la de los azotes de Sancho.

Grande fue el contento que los dos caballeros recibieron de oír contar a don Quijote los extraños sucesos de su historia, y así quedaron admirados tanto de sus disparates como del elegante modo con que los contaba.

En esto dijo Sancho:

—Créanme vuestras mercedes que el Sancho y el don Quijote de esa historia deben de ser otros.

—Así lo creo yo también —dijo don Juan.

En estas y otras pláticas se pasó gran parte de la noche; y, aunque don Juan quería que don Quijote leyera más del libro, éste no lo consintió diciendo que él lo daba por leído y lo daba todo por mentira. Le preguntaron que adónde llevaba determinado su viaje. Respondió que a Zaragoza, a participar en unos torneos que en aquella ciudad suelen hacerse todos los años. Le dijo don Juan que aquella nueva historia contaba que don Quijote, o quienquiera que fuera, había estado en esa ciudad.

Don Quijote no quiere pasar por Zaragoza, para llevar la contraria al autor de la falsa segunda parte de sus aventuras.

—Pues entonces —respondió don Quijote—, no pondré los pies en Zaragoza, y así descubriré al mundo la mentira de ese historiador moderno, y la gente se dará cuenta de que yo no soy el don Quijote que él dice.

—Hará muy bien —dijo don Jerónimo—; y otros torneos hay en Barcelona, donde podrá mostrar su valor el señor don Quijote.

—Así lo pienso hacer —dijo don Quijote—; y con permiso de vuestras mercedes, me iré a dormir.

Con esto se despidieron, y don Quijote y Sancho se retiraron a su aposento, dejando a don Juan y a don Jerónimo admirados de ver la mezcla que había hecho de su discreción y de su locura; y creyeron que éstos eran los verdaderos don Quijote y Sancho, y no los que describía aquel autor aragonés.

Madrugó don Quijote, y, dando golpes al tabique del otro aposento, se despidió de sus vecinos.

Era fresca la mañana, y daba muestras de serlo asimismo el día en que don Quijote salió de la venta, informándose primero de cuál era el camino más derecho para ir a Barcelona sin pasar por Zaragoza: tal era el deseo que tenía de dejar por mentiroso a aquel nuevo historiador.

En más de seis días no le sucedió cosa digna de mención, pero un día, les tomó la noche entre unas espesas encinas. Se apearon de sus bestias amo y mozo, y, acomodándose a los troncos de los árboles, Sancho, que había merendado aquel día, se dejó atrapar por el sueño; pero don Quijote, a quien desvelaban sus imaginaciones mucho más que el hambre, no podía pegar ojo. Iba y venía con la imaginación por mil lugares: unas veces le parecía hallarse en la cueva de Montesinos; otras veces veía a Dulcinea convertida en labradora; otras le sonaban en los oídos las palabras del sabio Merlín. Y se desesperaba de ver la flojedad y poca caridad de Sancho, pues, a lo que creía, sólo se había dado cinco azotes, número pequeño para los infinitos que le faltaban. Así, se acercó a él, habiendo tomado primero las riendas de Rocinante, colocándolas de modo que pudiese azotarle con ellas; pero, apenas se acercó a él, cuando Sancho despertó y dijo:

—¿Qué es esto?

—Soy yo —respondió don Quijote—, que vengo a suplir tus faltas y a remediar mis trabajos: vengo a azotarte, Sancho, y a descargar, en parte, la deuda a que te obligaste. Dulcinea sufre; tú vives sin preocupación; yo muero deseando; y así, voy a darte, por lo menos, dos mil azotes.

—Eso no —dijo Sancho—; estése quieto vuestra merced; si no, por Dios verdadero que nos han de oír los sordos. Los azotes a que yo me obligué han de ser voluntarios, y no por fuerza, y ahora no tengo ganas de azotarme.

Pues si tenemos que esperar a que tenga ganas...

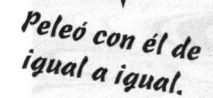

—No hay que dejarlo a tu cortesía, Sancho —dijo don Quijote—, porque eres duro de corazón, y blando de carnes.

Y así, procuraba azotarle. Pero Sancho Panza se puso en pie, y, arremetiendo a su amo, se abrazó con él a brazo partido, y, echándole una zancadilla, dio con él en el suelo boca arriba; le puso la rodilla derecha sobre el pecho, y con las manos le sujetaba, de modo que no le dejaba moverse. Don Quijote le decía:

Peleó con él de igual a igual.

—¿Cómo, traidor? ¿Te rebelas contra tu amo y señor? ¿Te atreves con quien te da su pan?

—Prométame vuestra merced que se estará quieto y no tratará de azotarme —respondió Sancho.

Se lo prometió don Quijote, y juró no tocarle ni el pelo de la ropa, y que dejaría en toda su voluntad el azotarse cuando quisiese.

Este personaje está basado en un histórico y famoso bandolero catalán, llamado Perot Roca Guinarda.

A la mañana siguiente, caballero y escudero fueron rodeados por más de cuarenta bandoleros que les dijeron que estuviesen quietos hasta que llegase su capitán. Estaba don Quijote de pie, su caballo sin freno, su lanza arrimada a un árbol, y, finalmente, sin defensa alguna; y así, cruzó las manos e inclinó la cabeza, guardándose para mejor ocasión.

Acudieron los bandoleros a registrar al rucio, y a no dejarle nada de lo que traía en las alforjas; y le vino bien a Sancho una bolsa que tenía ceñida al cuerpo en la que tenía escondidos los escudos del duque y los que habían sacado de su tierra. Ya iban a registrarle aquellos hombres, cuando apareció su capitán, el cual parecía ser joven, robusto, de mirar grave y color moreno. Venía sobre un poderoso caballo, y con cuatro pistolas a los lados. Vio que sus escuderos, que así llaman a los que andan en aquel ejercicio, iban a despojar a Sancho Panza; les mandó que no lo hiciesen, y fue obedecido; y así se escapó la bolsa. Le admiró ver la lanza arrimada al árbol, el escudo en el suelo, y a don Quijote armado y pensativo, con la más triste y melancólica figura que pudiera formar la misma tristeza. Se acercó a él diciéndole:

—No estéis tan triste, buen hombre, porque habéis caído en las manos de Roque Guinart, que tienen más de compasivas que de rigurosas.

—No estoy triste —respondió don Quijote— por haber caído en tu poder, ¡oh valeroso Roque, cuya fama no tiene límites!, sino por haber sido tal mi descuido, que me hayan cogido tus soldados desprevenido, estando yo obligado, según la orden de la andante caballería, que profeso, a vivir en continua alerta, siendo a todas horas centinela de mí mismo; porque te hago saber, ¡oh gran Roque!, que si me hubieran hallado sobre mi caballo, con mi lanza y con mi escudo, no les hubiera sido tan fácil rendirme, porque yo soy don Quijote de la Mancha, cuyas hazañas son conocidas en todo el mundo.

Enseguida, Roque Guinart se dio cuenta de que la enfermedad de don Quijote tocaba más en locura que en valentía, y, aunque algunas veces le había oído nombrar, nunca tuvo por verdad sus hechos. Se alegró mucho de haberle encontrado; y así, le dijo:

—Valeroso caballero, no creáis que habéis tenido mala suerte; que el cielo suele levantar a los caídos y enriquecer a los pobres.

Se apartó Roque a un lado y escribió una carta a un amigo suyo, a Barcelona, dándole aviso de que estaba con él el famoso don Quijote de la Mancha, aquel caballero andante de quien tantas cosas se decían; y que le hacía saber que era el más gracioso y el más entendido hombre del mundo, y que de allí a cuatro días, se le pondría en mitad de la playa de la ciudad, armado con todas sus armas, sobre Rocinante, su caballo, y a su escudero Sancho sobre un asno, y que diese noticia de esto a sus amigos, para que disfrutasen con las locuras y discreciones de don Quijote y los donaires de su escudero Sancho Panza. Despachó esta carta con uno de sus escuderos, que, cambiando el traje de bandolero por el de labrador, entró en Barcelona y se la entregó a quien iba dirigida.

Tres días y tres noches estuvo don Quijote con Roque, y si estuviera trescientos años, no le faltara qué mirar y admirar en el modo de su vida: aquí amanecían, allá comían; unas veces huían, sin saber de quién, y otras esperaban, sin saber a quién. Dormían de pie, interrumpiendo el sueño, cambiándose de un lugar a otro. En fin, por caminos desusados, por atajos y sendas

Las ocurrencias.

> Este momento no lo olvidarán nunca... ¡Es la primera vez que ven el mar!

encubiertas, partieron Roque, don Quijote y Sancho con otros seis escuderos a Barcelona. Llegaron a su playa la víspera de San Juan en la noche, y, abrazando Roque a don Quijote y a Sancho, les dejó con mil ofrecimientos que se hicieron.

Don Quijote y Sancho tendieron la vista por todas partes: <u>vieron el mar</u>, que hasta entonces no habían visto; les pareció grandísimo, y muy largo, mucho más que las lagunas de Ruidera, que habían visto en La Mancha; vieron las galeras que estaban en la playa. De pronto comenzaron a sonar clarines, trompetas y chirimías. Los soldados de las galeras disparaban su artillería, a la que respondían los que estaban en las murallas y fuertes de la ciudad, lo que provocaba un espantoso estruendo. En esto, algunos caballeros llegaron corriendo adonde don Quijote estaba suspenso y atónito, y uno de ellos, le dijo en voz alta:

—Bienvenido sea a nuestra ciudad el espejo, el farol, la estrella y el norte de toda la caballería andante. Bienvenido sea, digo, el valeroso y verdadero don Quijote de la Mancha.

No respondió don Quijote palabra, ni los caballeros esperaron a que la respondiese, sino que volviéndose y revolviéndose con los demás que los seguían, comenzaron a hacer un revuelto caracol alrededor de don Quijote; el cual, volviéndose a Sancho, dijo:

—Éstos nos han conocido: yo apostaré a que han leído nuestra historia.

Volvió otra vez el caballero que habló a don Quijote, y le dijo:

—Acompáñenos vuestra merced, señor don Quijote, que todos somos sus servidores y grandes amigos de Roque Guinart.

A lo que don Quijote respondió:

—Llevadme donde queráis, que yo no tendré otra voluntad que la vuestra.

Así, se encaminaron con él a la ciudad, y llegaron a la casa de su guía, que era grande y principal. Allí pasaron varios días entre las atenciones de Don Antonio Moreno, que así se llamaba el rico caballero que hospedaba a don Quijote y Sancho.

CAPÍTULO XXXI

El caballero de la blanca luna

Una mañana, don Quijote salió a pasearse por la playa armado con todas sus armas y vio venir hacía él un caballero, armado también de pies a cabeza, en cuyo escudo traía pintada una luna resplandeciente. Cuando el caballero llegó adonde podía ser oído, gritó a don Quijote:

—Insigne caballero y jamás como se debe alabado don Quijote de la Mancha, yo soy el Caballero de la Blanca Luna, cuyas inauditas hazañas quizá conozcas. Vengo a pelear contigo y a probar la fuerza de tus brazos, para hacerte confesar que mi dama es sin comparación más hermosa que tu Dulcinea del Toboso. Si confiesas esta verdad, te perdonaré la vida; y si tú peleas y yo te venzo, no quiero otra satisfacción sino que dejes las armas y no busques más aventuras y te retires a tu pueblo durante un año, donde has de vivir sin echar mano a la espada, en paz y en provechoso sosiego. Si tú me vences, quedaré a tu disposición, y serán tuyos los despojos de mis armas y caballo. Mira lo que prefieres, y respóndeme pronto, porque sólo tengo un día para despachar este asunto.

Don Quijote quedó suspenso y atónito, tanto de la arrogancia del Caballero de la Blanca Luna como de la causa por la que le desafiaba; y con reposo y ademán severo le respondió:

¡Qué prisas!

—Caballero de la Blanca Luna, cuyas hazañas hasta ahora no han llegado a mis oídos, yo osaré jurar que jamás habéis visto a la ilustre Dulcinea, porque si la hubieseis visto, no me pediríais eso, ya que no ha habido ni puede haber belleza que se pueda comparar con la suya; y así, acepto vuestro desafío. Tomad, pues, la parte del campo que queráis, que yo haré lo mismo, <u>y a quien Dios se la dé, San Pedro se la bendiga</u>.

¡Que sea lo que Dios quiera!

Don Quijote, encomendándose al cielo de todo corazón y a su Dulcinea —como tenía por costumbre al comenzar las batallas que se le ofrecían—, volvió a tomar otro poco más de campo, porque vio que su contrario hacía lo mismo, y, sin tocar trompeta ni otro instrumento que les diese señal de arremeter, volvieron ambos a un mismo punto las riendas a sus caballos; y, como era más ligero el de la Blanca Luna, llegó antes a don Quijote, y allí le acometió con tan poderosa fuerza, que dio con Rocinante y con don Quijote por el suelo. Luego fue sobre él, y, poniéndole la lanza sobre la visera, le dijo:

—Vencido sois, caballero, e incluso muerto, si no confesáis las condiciones de nuestro desafío.

Don Quijote, molido y aturdido, sin alzarse la visera, como si hablara dentro de una tumba, con voz debilitada y enferma, dijo:

—Dulcinea del Toboso es la mujer más hermosa del mundo, y yo el más desdichado caballero de la tierra, y no está bien que mi flaqueza defraude esta verdad. Aprieta, caballero, la lanza, y quítame la vida, pues me has quitado la honra.

—No haré yo eso —dijo el de la Blanca Luna—: viva la fama de la hermosura de la señora Dulcinea del Toboso, que yo sólo me conformo con que el gran don Quijote se retire a su aldea un año, o el tiempo que yo le mande, como concertamos antes de entrar en batalla.

Oyeron todo esto los que allí estaban, y escucharon asimismo que don Quijote respondió que mientras no le pidiese cosa que fuese en perjuicio de Dulcinea, todo lo demás cumpliría como caballero puntual y verdadero. Hecha esta confesión, volvió las riendas el de la Blanca Luna y, a medio galope, entró en la ciudad. Don Antonio fue tras él, para averiguar quién era aquel caballero.

Levantaron a don Quijote, le descubrieron el rostro y le hallaron sin color y sudando. Rocinante, de puro malparado, no se pudo mover. Sancho, todo triste, todo pesaroso, no sabía qué decir ni qué hacer: le parecía que todo aquel suceso pasaba en sueños y que todo era cosa de encantamiento. Veía a su señor rendido y obligado a no tomar armas en un año; imaginaba la luz de la gloria de sus hazañas oscurecida, las esperanzas de sus promesas deshechas, como se deshace el humo con el viento. Temía si quedaría o no herido Rocinante, o dislocado su amo.

Mientras, cuando el Caballero de la Blanca Luna fue encontrado, explicó lo siguiente:

—Sabed que a mí me llaman <u>el bachiller Sansón Carrasco</u>; soy del mismo pueblo de don Quijote de la Mancha, cuya locura mueve a que le tengamos lástima todos cuantos le conocemos, y entre los que más se la han tenido he sido yo. Creyendo que recuperará su salud en reposo en su casa, me las ingenié para hacerle estar en ella; y así, hará tres meses que salí al camino como caballero andante, llamándome el Caballero de los Espejos, con intención de pelear con él y vencerle, sin hacerle daño, poniendo por condición de nuestra pelea que el vencido quedase a disposición del vencedor. Lo que yo pensaba pedirle, porque estaba seguro de vencerle, era que se volviese a su pueblo y que no saliese de él

¡Sansón Carrasco! ¡Al final se ha salido con la suya!

en todo un año, tiempo en el que podría ser curado; pero la suerte lo ordenó de otra manera, porque él me venció a mí y me derribó del caballo, y así, no tuvo efecto mi pensamiento: él prosiguió su camino, y yo me volví, vencido y molido de la caída, que fue muy peligrosa; pero no por esto se me quitó el deseo de volver a buscarle y a vencerle, como hoy se ha visto. Y como él es tan puntual en guardar las órdenes de la caballería andante, sin duda alguna guardará la que le he dado, en cumplimiento de su palabra. Esto es lo que pasa; os suplico, señor, que no me descubráis ni le digáis a don Quijote quién soy, para que tengan efecto mis buenos pensamientos y vuelva a cobrar su juicio.

—¡Oh, señor —dijo don Antonio—, Dios os perdone el agravio que habéis hecho a todo el mundo al querer volver cuerdo al más gracioso loco que hay!

Seis días estuvo don Quijote en el lecho, triste y pensativo, yendo y viniendo con la imaginación en el desdichado suceso de su vencimiento. Le consolaba Sancho, y, entre otras cosas, le dijo:

—Señor mío, alce vuestra merced la cabeza y alégrese, si puede, y dé gracias al cielo que, aunque le derribó en la tierra, no salió con ninguna costilla quebrada. Volvámonos a nuestra casa y dejémonos de andar buscando aventuras por tierras y lugares que no conocemos. Además, si lo piensa, yo soy el que más pierde, que ya no podré tener ningún título.

—Calla, Sancho, que mi retirada no ha de pasar de un año; que luego volveré a mis honrados ejercicios, y no me ha de faltar reino que gane y algún condado que darte.

—Dios lo oiga —dijo Sancho.

¡Ahora quiere ser pastor! Las novelas de pastores narraban historias de pastores idealizados, jóvenes que viven sus amores en el campo, rodeados de verdes árboles, frescos arroyuelos, animalillos... A este paisaje tan bonito, en literatura se le llama "locus amoenus".

CAPÍTULO XXXII

De vuelta a casa

Llegó el día de la partida de don Quijote y Sancho y comenzaron la vuelta a casa: don Quijote desarmado y Sancho a pie, por ir el rucio cargado con las armas.

Iba don Quijote entretenido con sus pensamientos: unos iban al desencanto de Dulcinea y otros a la vida que había de hacer durante su forzosa retirada. Cuando llegaron al mismo sitio y lugar donde fueron atropellados por los toros, don Quijote dijo a Sancho:

—Éste es el prado donde encontramos a aquellos jóvenes que querían imitar la vida pastoril. <u>Si te parece bien, querría, ¡oh Sancho!, que nos convirtiésemos en pastores</u>, siquiera durante el tiempo que tengo que estar recogido. Yo compraré algunas ovejas, y todas las demás cosas que son necesarias para ese oficio, y llamándome <u>yo el pastor Quijotiz, y tú el pastor Pancino, andaremos por los montes, por las selvas y por los prados, cantando, bebiendo agua de las fuentes, o de los limpios arroyuelos, o de los caudalosos ríos. Las encinas nos darán su dulcísimo fruto, asiento los troncos de los durísimos alcornoques, sombra los sauces, olor las rosas, alfombras de mil colores los extendidos prados, aliento el aire claro y puro, luz la luna y las estrellas, a pesar de la oscuridad de la noche...</u>

Este es un ejemplo de "locus amoenus".

—Pardiez —dijo Sancho—, que me ha convencido tal género de vida; y seguro que el bachiller Sansón Carrasco y maese Nicolás el barbero, también la querrán seguir y hacerse pastores con nosotros; y es posible que hasta el cura también desee entrar en el grupo, según es de alegre.

—Tú has dicho muy bien —dijo don Quijote—; y si entran en el grupo de pastores, el bachiller Sansón Carrasco podrá llamarse el pastor Sansonino, o el pastor Carrascón; el barbero Nicolás se podrá llamar Niculoso; al cura no sé qué nombre le pondremos, si no es algún derivativo de su nombre, llamándole el pastor Curiambro. Los nombres de las pastoras de quienes hemos de ser amantes los podremos escoger fácilmente; y, como el de mi señora cuadra igual al de pastora como al de princesa, no hay para qué cansarme en buscar otro que mejor le venga; tú, Sancho, pondrás a la tuya el que quieras.

—No pienso —respondió Sancho— ponerle otro alguno sino el de Teresona, que le vendrá bien con su gordura y con el propio que tiene, pues se llama Teresa. En cuanto al cura, no estará bien que tenga pastora, por dar buen ejemplo; y si el bachiller quiere tenerla, allá él.

—¡Válgame Dios —exclamó don Quijote—, y qué vida nos hemos de dar, Sancho amigo!

Se retiraron, cenaron tarde y mal, contra la voluntad de Sancho, y así, pasó aquella noche durmiendo, y su amo velando.

A la mañana siguiente, don Quijote despertó a Sancho y le dijo:

—Estoy maravillado, Sancho, de la libertad de tu condición: yo imagino que estás hecho de mármol, o de duro bronce, pues no tienes sentimientos. Yo velo

Don Quijote inventa estos nombres, imitando los de los libros de pastores, que también estaban muy de moda en aquella época.

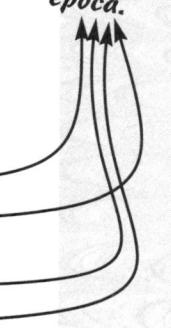

cuando tú duermes, yo lloro cuando cantas, yo me desmayo de ayuno cuanto tú estás harto de comer. De buenos criados es conllevar las penas de sus señores y sentir sus sentimientos. Levántate, y date trescientos o cuatrocientos azotes para conseguir el desencanto de Dulcinea.

—Señor —respondió Sancho—, déjeme dormir y no me insista en lo del azotarme.

—¡Oh alma endurecida! ¡Oh escudero sin piedad! Por mí te has visto gobernador, y por mí te ves con esperanzas de ser conde, o tener otro título equivalente.

—Durmamos lo poco que queda de la noche —dijo Sancho—, y amanecerá y todo se arreglará.

—Duerme tú, Sancho —respondió don Quijote—, que naciste para dormir; que yo, que nací para velar, en el tiempo que falta de aquí al día, daré rienda suelta a mis pensamientos.

Llegó el día y volvieron los dos a su comenzado camino. Sancho, acordándose de la obligación de sus azotes dijo a su señor:

—En verdad, señor, que soy el más desgraciado que se debe de hallar en el mundo. A todo el que hace un trabajo, se le paga por ello y a mí, que me cuesta la sangre, no me dan nada.

—Tienes razón, Sancho amigo —respondió don Quijote—. Si quieres paga por los azotes del desencanto de Dulcinea, yo te la daré.

Sancho abrió los ojos y las orejas y dijo a su amo:

—Señor, yo quiero disponerme a dar gusto a vuestra merced en lo que desea, con provecho mío; que el amor de mis hijos y de mi mujer me hace que me muestre interesado. Dígame vuestra merced: ¿cuánto me dará por cada azote que me dé?

Sancho no se quiere azotar gratis. Intenta que don Quijote le pague por ello.

—Si yo tuviera que pagarte, Sancho —respondió don Quijote—, conforme a lo que merece la grandeza y calidad de este remedio, el tesoro de Venecia, las minas del Potosí serían poco para pagarte; mira tú el dinero mío que llevas, y pon el precio a cada azote.

—Son tres mil trescientos azotes —respondió Sancho—; de ellos me he dado hasta cinco: quedan los demás; a cuartillo cada uno, hacen tres mil trescientos cuartillos, que vienen a hacer ochocientos veinticinco reales. Estos descontaré yo de los que tengo de vuestra merced, y entraré en mi casa rico y contento, aunque bien azotado.

—¡Oh Sancho bendito! ¡Oh Sancho amable —respondió don Quijote—, qué obligados hemos de quedar Dulcinea y yo a servirte todos los días que el cielo nos dé de vida! Si ella vuelve a su ser, su desdicha habrá sido dicha, y mi vencimiento, felicísimo triunfo. Y mira, Sancho, cuándo quieres comenzar la disciplina, que te daré cien reales si empiezas pronto.

—¿Cuándo? —replicó Sancho—. Esta noche, sin falta. Procure vuestra merced que la pasemos en el campo, al cielo abierto, que yo me abriré mis carnes.

Llegó la noche, esperada por don Quijote con la mayor ansia del mundo, pareciéndole que el día se alargaba más de lo acostumbrado, tal como sucede a los enamorados. Finalmente, se metieron entre unos amenos árboles que estaban un poco desviados del camino, se tendieron sobre la verde hierba y cenaron. Cuando acabaron, Sancho se retiró hasta veinte pasos de su amo, entre unas hayas. Don Quijote, que le vio ir con tanto brío, le dijo:

—Mira, amigo, que no te hagas pedazos; no te des tan fuerte que te falte la vida antes de llegar al número deseado. Y, para que no pierdas la cuenta, yo

Era el símbolo de la riqueza, junto con las minas del Potosí, de las que ya hemos tratado unas páginas atrás.

Se refiere a un cuarto de real.

estaré contando los azotes que te des. Que el cielo te favorezca como tu buena intención merece.

—Al buen pagador no le duelen prendas —respondió Sancho—: yo pienso darme de manera que, sin matarme, me duela, que en esto debe de consistir la sustancia de este milagro.

Se desnudó rápidamente de medio cuerpo arriba, y comenzó a azotarse, y comenzó don Quijote a contar los azotes. Hasta seis u ocho se habría dado Sancho, cuando le pareció ser pesada la burla y muy barato su precio, y, deteniéndose un poco, dijo a su amo que se llamaba a engaño, porque merecía cada azote de aquéllos ser pagado a medio real, que no a cuartillo.

—Prosigue, Sancho amigo, y no desmayes —le dijo don Quijote—, que yo doblo el precio.

—De ese modo —dijo Sancho—, ¡a la mano de Dios, y lluevan azotes!

Pero el socarrón dejó de dárselos en las espaldas, *y daba en los árboles*, con unos suspiros de cuando en cuando, que parecía que con cada uno de ellos se le arrancaba el alma. Don Quijote, temeroso de que se le acabase la vida y no consiguiese su deseo, le dijo:

—Por tu vida, amigo, que se quede en este punto este negocio, que me parece muy áspera esta medicina, y será bien dar tiempo al tiempo; que *no se ganó Zamora en un hora*. Más de mil azotes, si yo no he contado mal, te has dado: bastan por ahora.

—No, no, señor —respondió Sancho—. Apártese vuestra merced otro poco y déjeme dar otros mil azotes siquiera.

—Ya que tú te hallas con tan buena disposición —dijo don Quijote—, el cielo te ayude, y pégate, que yo me aparto.

¡Qué tramposo!

Refrán que significa que todo lleva su tiempo.

Volvió Sancho a su tarea con tanta decisión, que ya había quitado las cortezas a muchos árboles: tal era la fuerza con que se azotaba; y, alzando una vez la voz, y dando un desaforado azote en una haya, dijo:

—¡Aquí morirás, Sansón, y cuantos con él son! *Con esta expresión, Sancho da a entender que está dispuesto a todo.*

Acudió don Quijote al oír la lastimada voz y el fuerte golpe del azote, y, agarrando las riendas que le servían de látigo a Sancho, le dijo:

—No permita la suerte, Sancho amigo, que por el gusto mío pierdas tú la vida que ha de servir para sustentar a tu mujer y a tus hijos: espere Dulcinea mejor ocasión, que yo esperaré a que cobres fuerzas nuevas, para que se concluya este negocio a gusto de todos.

—Pues vuestra merced, señor mío, lo quiere así —respondió Sancho—, sea en buena hora, y écheme su capa sobre estas espaldas, que estoy sudando y no querría resfriarme.

Así lo hizo don Quijote, y abrigó a Sancho, el cual se durmió hasta que le despertó el sol, y luego volvieron a proseguir su camino, hasta que llegaron a un pueblo que estaba a tres leguas de allí y se apearon en un mesón donde pasaron la noche. Al día siguiente, siguieron su camino, y aquella noche la pasaron entre otros árboles, por dar lugar a Sancho de cumplir su penitencia, que la cumplió del mismo modo que la pasada noche, a costa de las cortezas de las hayas, más que de sus espaldas.

No perdió el engañado don Quijote un solo golpe de la cuenta, y halló que con los de la noche pasada era tres mil veintinueve. Al amanecer volvieron a proseguir su camino. Aquel día y aquella noche caminaron sin sucederles cosa digna de contarse, salvo que Sancho acabó su tarea, con lo que quedó don Quijote muy contento, y esperaba el día, por ver si en el camino encontraba a Dulcinea ya desencantada.

Con estos pensamientos y deseos, subieron una cuesta arriba, desde la cual descubrieron su aldea. Cuando Sancho la vio, se hincó de rodillas y dijo:

—Abre los ojos, deseada patria, y mira que vuelve a ti Sancho Panza, tu hijo, no muy rico, pero muy bien azotado. Abre los brazos y recibe también a tu hijo don Quijote, que aunque viene vencido por los brazos ajenos, viene vencedor de sí mismo; que, según él me ha dicho, es el mayor vencimiento que pueda desearse. Llevo dineros, por los buenos azotes que me he dado.

—Déjate de tonterías —dijo don Quijote—, y vamos a entrar con pie derecho en nuestro pueblo, donde nos dedicaremos a pensar en nuestra próxima vida pastoril.

Con esto, bajaron de la cuesta y se fueron a su pueblo.

Los supersticiosos creen que entrar con el pie derecho da buena suerte.

CAPÍTULO XXXIII

Enfermedad y muerte de Alonso Quijano

A la entrada del pueblo, se encontraron en un prado con el cura y el bachiller Carrasco que les reconocieron y se acercaron a ellos con los brazos abiertos. Se apeó don Quijote y les abrazó. Y así, rodeados de muchachos curiosos y acompañados por el cura y del bachiller, entraron en el pueblo, y se fueron a casa de don Quijote, en cuya puerta estaban al ama y la sobrina, a quienes ya habían llegado las noticias de su venida. También se las habían dado a Teresa Panza, mujer de Sancho, la cual, desgreñada, trayendo de la mano a Sanchica, su hija, acudió a ver a su marido; y, viéndole no tan bien arreglado como ella se pensaba que había de estar un gobernador, le dijo:

—¿Cómo venís así, marido mío, que me parece que venís a pie y más parecéis desgobernado que gobernador?

—Calla, Teresa —respondió Sancho—, traigo dineros, que es lo que importa, ganados por mí y sin daño de nadie.

Abrazó Sanchica a su padre, y le preguntó si traía algo, que le estaba esperando como el agua de mayo; y, cogiéndole de un lado del cinto, y su mujer de la mano, se fueron a su casa, dejando a don Quijote en la suya, en poder de su sobrina y de su ama, y en compañía del cura y del bachiller.

> ¡Como si no lo supieran ya! Sobre todo el bachiller Sansón Carrasco, que le venció bajo el disfraz de Caballero de la Blanca Luna.

Don Quijote, sin esperar ni un momento, se apartó a solas con el bachiller y el cura, y en breves razones <u>les contó su vencimiento</u>, y la obligación en que había quedado de no salir de su aldea en un año, la cual pensaba guardar al pie de la letra, como buen caballero andante, y que tenía pensado hacerse aquel año pastor, y entretenerse en la soledad de los campos, donde podría dar rienda suelta a sus amorosos pensamientos. Y les suplicó que, si no tenían mucho que hacer, que quisiesen ser sus compañeros, que él compraría ovejas y ganado suficiente que les diese nombre de pastores; y que les hacía saber que lo más principal de aquel negocio estaba hecho, porque les tenía puestos los nombres, que les vendrían como de molde. Le pidió el cura que los dijese. Respondió don Quijote que él se había de llamar el pastor Quijótiz; y el bachiller, el pastor Carrascón; el cura, el pastor Curiambro; y Sancho Panza, el pastor Pancino.

Se pasmaron todos de ver la nueva locura de don Quijote; pero, para que no se les fuese otra vez del pueblo a sus caballerías, esperando que en aquel año podría ser curado, accedieron a su nueva intención, y aprobaron por discreta su locura, ofreciéndose por compañeros en su nueva profesión.

—Es más —dijo Sansón Carrasco—, que, como ya todo el mundo sabe, yo soy célebre poeta, a cada paso compondré versos pastoriles, para que nos entretengamos por esos (andurriales) donde hemos de andar; y lo que es más necesario, señores míos, es que cada uno escoja el nombre de la pastora que piensa cantar en sus versos, y que no dejemos árbol, por duro que sea, donde no grabemos su nombre, como es uso y costumbre de los enamorados pastores.

—Eso está muy bien —respondió don Quijote—, puesto que yo no tengo por qué buscar nombre de

> Lugar poco frecuentado que está fuera de un camino.

pastora fingida, ya que está ahí la sin par Dulcinea del Toboso, gloria de estas riberas, adorno de estos prados y sustento de la hermosura.

—Es verdad —dijo el cura—, pero nosotros buscaremos por ahí a nuestras pastoras.

A lo que añadió Sansón Carrasco:

—Y si no las encontramos, les pondremos los nombres de las de los libros: Fílida, Amarilis, Diana, Flérida, Galatea y Belisarda. Si mi dama, o, por mejor decir, mi pastora, por ventura se llamara Ana, la llamaré Anarda; y si Francisca, la llamaré yo Francenia; y si Lucía, Lucinda; y Sancho Panza, si es que ha de entrar en esta cofradía, podrá cantar a su mujer Teresa Panza con nombre de Teresaina.

Se rió don Quijote de ese nombre, y el cura le alabó su honesta y honrada resolución, y se ofreció de nuevo a hacerle compañía todo el tiempo que le quedara libre. Con esto, se despidieron de él, y le rogaron y aconsejaron que cuidara su salud.

Quiso la suerte que su sobrina y el ama oyeran la conversación de los tres, y, cuando se fueron, entraron con don Quijote, y la sobrina le dijo:

—¿Qué es esto, señor tío? Ahora que pensábamos nosotras que vuestra merced volvía a su casa a pasar en ella una vida quieta y honrada, ¿se quiere meter en nuevos laberintos, haciéndose pastor?

A lo que añadió el ama:

—¿Y podrá vuestra merced pasar en el campo las siestas del verano, los fríos del invierno, el aullido de los lobos? No, por cierto, que éste es ejercicio y oficio de hombres robustos, curtidos y criados para ese trabajo casi desde la cuna. A las malas, es mejor ser caballero andante que pastor. Mire, señor, tome mi consejo: estése en su casa, atienda a su hacienda, y favorezca a los pobres.

> La égloga es una composición lírica que ensalza la vida en el campo y suele incluir diálogos de pastores que tratan sobre asuntos amorosos.

—Callad, hijas —les respondió don Quijote—, que yo sé bien lo que hago. Llevadme al lecho, que me parece que no estoy muy bueno, y tened por cierto que, ahora sea caballero andante o pastor, no dejaré de acudir a lo que necesitéis.

Y las buenas hijas —que lo eran sin duda ama y sobrina— le llevaron a la cama, donde le dieron de comer y cuidaron todo lo posible.

Y así, llegó su fin cuando él menos lo pensaba; porque, ya fuese por la melancolía que le causaba el verse vencido, o por la disposición del cielo, que así lo ordenaba, le atacó una fiebre que le tuvo seis días en la cama, en los cuales fue visitado muchas veces por el cura, el bachiller y el barbero, sus amigos, sin quitársele de la cabecera Sancho Panza, su buen escudero.

Éstos, creyendo que la pesadumbre de verse vencido y de no ver cumplido su deseo en la libertad y desencanto de Dulcinea le tenía de aquella manera, procuraban alegrarle por todas las vías posibles, diciéndole el bachiller que se animase y levantase, para comenzar su pastoral ejercicio, para el cual tenía ya compuesta una égloga, y que ya tenía comprados dos famosos perros para guardar el ganado: uno llamado Barcino, y el otro Butrón. Pero no por esto dejaba don Quijote sus tristezas.

Llamaron sus amigos al médico, le tomó el pulso, y no le contentó mucho, y dijo que, por si acaso, atendiese a la salud de su alma, porque la del cuerpo corría peligro. Lo oyó don Quijote con ánimo sosegado, pero cuando lo oyeron su ama, su sobrina y su escudero, comenzaron a llorar tiernamente, como si ya le tuvieran muerto delante. Dijo el médico que acababan con él melancolías y penas. Rogó don Quijote que le dejasen solo, porque quería dormir un poco. Así lo hicieron y

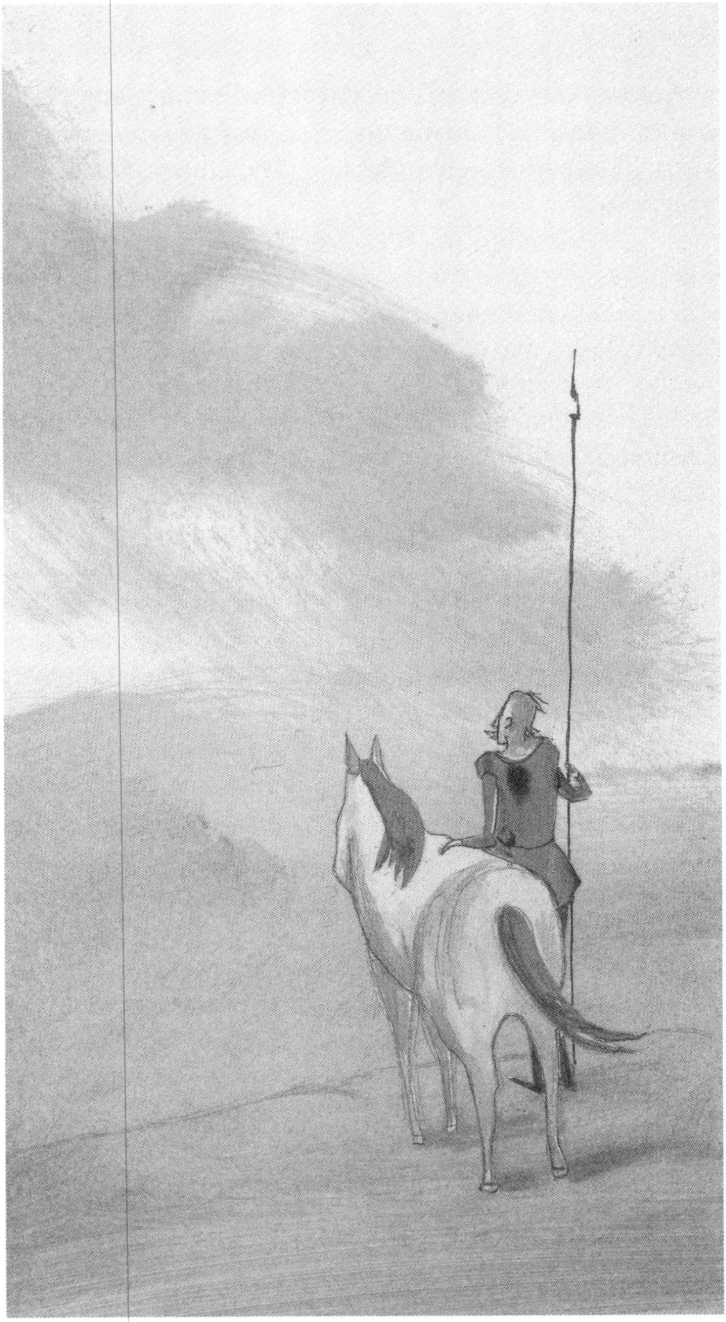

durmió de un tirón más de seis horas; tanto, que pensaron el ama y la sobrina que se había de quedar en el sueño. Despertó al cabo del tiempo dicho, y, dando una gran voz, dijo:

—¡Bendito sea el poderoso Dios, que tanto bien me ha hecho! Sus misericordias no tienen límite.

Estuvo atenta la sobrina a las razones del tío, y le parecieron más concertadas que él solía decirlas, a lo menos, en aquella enfermedad, y le preguntó:

—¿Qué es lo que vuestra merced dice, señor? ¿Tenemos algo de nuevo? ¿Qué misericordias son éstas?

—He recobrado el juicio, libre y claro —respondió don Quijote—, sin las sombras de la ignorancia que me pusieron mi amarga y continua lectura de los detestables libros de caballerías. Ya conozco sus disparates, y no me pesa sino que este desengaño ha llegado tan tarde, que no me deja tiempo para hacer alguna recompensa, leyendo otros libros que sean luz del alma. Yo me siento, sobrina, a punto de muerte y no querría que se me recordase como loco. Llama a mis buenos amigos: el cura, al bachiller Sansón Carrasco y a maese Nicolás, el barbero, que quiero confesarme y hacer mi testamento.

Pero no fue necesario llamarlos, pues entraron los tres. Apenas los vio don Quijote, cuando dijo:

—Alegraos, buenos señores, que ya no soy don Quijote de la Mancha, sino Alonso Quijano, a quien mis costumbres me dieron sobrenombre de "Bueno". Ya soy enemigo de Amadís de Gaula y de todo su linaje, ya me son odiosas todas las historias de la andante caballería, ya conozco mi necedad y el peligro en que me pusieron haberlas leído, ya, por misericordia de Dios, las abomino.

Se refiere a todos los libros de caballerías. Amadís fue el más famoso y tuvo muchas continuaciones e imitaciones.

Odiar, aborrecer.

Cuando esto le oyeron decir los tres, creyeron, sin duda, que alguna nueva locura le había tomado. Y Sansón le dijo:

—¿Ahora, señor don Quijote, que tenemos noticias de que está desencantada la señora Dulcinea, sale vuestra merced con eso? ¿Ahora que estamos a punto de ser pastores, para pasar la vida cantando? Calle, por su vida, vuelva en sí, y déjese de cuentos.

—Yo, señores, siento que me voy muriendo a toda prisa; déjense de burlas, y tráiganme un confesor que me confiese y un escribano que haga mi testamento; y así, suplico que, en tanto que el señor cura me confiesa, vayan por el escribano.

Se miraron unos a otros, admirados de las razones de don Quijote, y, aunque con algunas dudas, le quisieron creer; y una de las señales por donde comprendieron que se moría fue el haber vuelto con tanta facilidad de loco a cuerdo.

El cura hizo salir a la gente, se quedó solo con él, y le confesó. El bachiller fue a por el escribano, y de allí a poco volvió con él y con Sancho Panza; el cual, que ya sabía por el bachiller en qué estado estaba su señor, hallando a la ama y a la sobrina llorosas, comenzó a hacer pucheros y a derramar lágrimas. Se acabó la confesión, y salió el cura, diciendo:

—Verdaderamente se muere, y verdaderamente está cuerdo Alonso Quijano el Bueno; bien podemos entrar para que haga su testamento.

Estas noticias provocaron nuevas lágrimas en el ama, sobrina y Sancho Panza, su buen escudero; porque, verdaderamente, mientras que don Quijote fue Alonso Quijano el Bueno, a secas, y mientras que fue don Quijote de la Mancha, fue siempre de apacible condición y de agradable trato, y por esto no sólo era bien querido por los de su casa, sino por todos cuantos le conocían.

Entró el escribano con los demás, y Don Quijote dijo:

—Es mi voluntad que dé ciertos dineros a Sancho Panza, a quien en mi locura hice mi escudero, porque ha habido entre él y yo ciertas cuentas, y no quiero que se le pida cuenta alguna, sino que si sobra algo, después de haberse pagado lo que le debo, el restante sea suyo, que será bien poco, y buen provecho le haga; y si pudiera darle un reino, se lo daría porque la sencillez de su condición y fidelidad de su trato lo merece.

Y, volviéndose a Sancho, le dijo:

—Perdóname, amigo, por haberte hecho parecer loco como yo, haciéndote caer en el error en que yo he caído, de que hubo y hay caballeros andantes en el mundo.

—¡Ay! —respondió Sancho, llorando—: no se muera vuestra merced, señor mío, sino tome mi consejo y viva muchos años, porque la mayor locura que puede hacer un hombre en esta vida es dejarse morir, sin más ni más, sin que nadie le mate, ni otras manos le acaben que las de la melancolía. Mire no sea perezoso, sino levántese de esa cama, y vámonos al campo vestidos de pastores, como tenemos concertado: quizá tras de alguna mata hallaremos a la señora doña Dulcinea desencantada. Si es que se muere de pena por verse vencido, écheme a mí la culpa, diciendo que por haber yo preparado mal a Rocinante le derribaron.

—Así es —dijo Sansón—, el buen Sancho Panza tiene razón.

—Señores —dijo don Quijote— yo fui loco, y ya soy cuerdo; fui don Quijote de la Mancha, y soy ahora, como he dicho, Alonso Quijano, el Bueno. Prosiga adelante el señor escribano.

¿A quién prefieres: a don Quijote o a Alonso Quijano?

—Dejo toda mi hacienda a Antonia Quijana, mi sobrina, que está presente; quiero que se pague el salario que debo del tiempo que mi ama me ha servido, más veinte ducados para un vestido. Dejo por mis <u>albaceas</u> al señor cura y al señor bachiller Sansón Carrasco, que están presentes. Es mi voluntad que si Antonia Quijana, mi sobrina, quiere casarse, se case con un hombre que no sepa qué son libros de caballerías; y, en caso de que se averiguase que lo sabe, y, con todo eso, mi sobrina se quisiera casar con él, pierda todo lo que le he dejado.

Cerró con esto el testamento, y, tomándole un desmayo, se tendió en la cama. Se alborotaron todos y acudieron a su remedio, y en tres días que vivió después se desmayaba muy a menudo. Andaba la casa alborotada y, finalmente, llegó el último día de don Quijote, después de recibidos todos los sacramentos, y después de haber abominado con muchas y eficaces razones de los libros de caballerías. Se halló el escribano presente, y dijo que nunca había leído en ningún libro de caballerías que algún caballero andante hubiese muerto en su lecho tan sosegadamente y tan cristiano como don Quijote; el cual, entre compasiones y lágrimas de los que allí se hallaron, dio su espíritu: quiero decir que se murió.

Persona que se encarga de hacer cumplir la última voluntad de alguien que ha muerto.

(Fin)

Hasta aquí llegan las aventuras más famosas de nuestro caballero. Espero que dentro de unos años te animes a leer la obra entera, tal y como la escribió Cervantes.

Índice

Prólogo de Josefina Aldecoa 5

Nuestra edición 8

Primera Parte

Capítulo I   Te presento al Hidalgo Alonso Quijano
                  y descubre cómo se convierte en el caballero
                  don Quijote de la Mancha 13

Capítulo II   La primera salida: La graciosa manera
                  que tuvo don Quijote de ser armado
                  caballero 17

Capítulo III   Don Quijote "salva" al joven Andrés 25

Capítulo IV   La pelea con los mercaderes toledanos 29

Capítulo V   Don Quijote vuelve a su aldea y consigue
                  un estupendo escudero: Sancho Panza 31

Capítulo VI   La famosa aventura de los molinos de viento 38

Capítulo VII   La aventura con los frailes y la pelea
                  con el vizcaíno 43

Capítulo VIII   Donde cuenta la desgraciada aventura
                  que le pasó a don Quijote
                  con unos desalmados arrieros 51

Capítulo IX   De nuevo en una venta. La aventura
                  de Maritornes y el manteamiento de Sancho ... 55

Capítulo X   Nuestro valiente caballero se enfrenta
                  ¡¡a un ejército de ovejas!! 67

Capítulo XI   Lo que sucedió una noche con un muerto 75

Capítulo XII   Los batanes: La aventura con menos
                  peligro de todas 81

Capítulo XIII   Don Quijote consigue el yelmo
                  de mambrino y libera a los galeones 88

Capítulo XIV	Don Quijote y Sancho en Sierra Morena	97
Capítulo XV	Sancho "pillado" por el cura y el barbero. La aparición de la Princesa Micomicona	108
Capítulo XVI	¡Otra vez a la venta! La aventura de los cueros de vino y otros sucesos que te contaré si sigues leyendo...	124
Capítulo XVII	Fin de la aventura del yelmo de Mambrino	134
Capítulo XVIII	Don Quijote es encantado... ¡Dentro de una jaula!	139
Capítulo XIX	De vuelta a casa	147

Segunda Parte

Capítulo XX	Don Quijote convaleciente. El bachiller Sansón Carrasco	151
Capítulo XXI	En El Toboso. El encantamiento de Dulcinea	158
Capítulo XXII	El caballero de los espejos o caballero del bosque reta a don Quijote	167
Capítulo XXIII	La increíble aventura de los leones	183
Capítulo XXIV	La extraña aventura de la cueva de Montesinos	191
Capítulo XXV	La aventura del rebuzno y el retablo de Maese Pedro	202
Capítulo XXVI	Don Quijote en el castillo de los duques	218
Capítulo XXVII	¡Una solución para desencantar a Dulcinea!	226
Capítulo XXVIII	El viaje sobre Clavileño, el caballo de madera	233
Capítulo XXIX	Sancho Panza, gobernador de la Ínsula Barataria	249
Capítulo XXX	Don Quijote, camino de Barcelona	273
Capítulo XXXI	El caballero de la blanca luna	282
Capítulo XXXII	De vuelta a casa	286
Capítulo XXXIII	Enfermedad y muerte de Alonso Quijano	293